L'Ickabog

J.K. ROWLING

Traduit de l'anglais
par Clémentine Beauvais

GALLIMARD JEUNESSE

Titre original : *The Ickabog*

Édition originale publiée en 2020 en Grande-Bretagne par Hodder & Stoughton.
© J. K. Rowling, 2020, pour le texte
© Éditions Gallimard Jeunesse, 2020, pour la traduction française
© J. K. Rowling et Éditions Gallimard Jeunesse, 2020, pour les illustrations pleine page
© J. K. Rowling, 2020, pour le logo The Ickabog
et les illustrations de la couronne et de la plume
© Hodder & Stoughton, 2020, pour l'illustration et la conception de la couverture

Les illustrations pleine page ont été réalisées par les gagnants
du concours d'illustration L'Ickabog qui s'est tenu en juin et juillet 2020.

Tous les personnages et événements évoqués dans ce livre, autres que ceux
qui relèvent clairement du domaine public, sont fictifs, et toute ressemblance
avec des personnes réelles, vivantes ou non, serait une pure coïncidence.
Tous droits réservés.
L'ouvrage ne peut être reproduit en tout ou en partie, stocké sur un système de récupération,
ou diffusé, sous aucune forme et notamment sous une forme, reliure ou une couverture différentes
de celle de l'original, ni par aucun moyen, sans le consentement préalable et écrit de l'éditeur.
Une telle interdiction s'impose à tous acquéreurs et sous-acquéreurs de l'ouvrage.

L'Ickabog est dédié à Mackenzie Jean,
dont ça a toujours été l'histoire préférée,
qui insiste depuis dix ans pour que je la rédige
en bonne et due forme;

à Megan Barnes et Patrick Barnes;

*à la mémoire immortelle de
Lisa Cheesecake et du Lama;*

*et, bien entendu, à deux merveilleuses Daisy,
Daisy Goodwin et Daisy Murray,
fières filles du QSC.*

Un mot de J.K. Rowling

L'idée de l'Ickabog m'est venue il y a longtemps. Le mot « Ickabog » est dérivé d'« Ichabod », qui signifie « sans gloire », ou « la gloire s'en est allée ». Je pense que vous comprendrez pourquoi j'ai choisi ce nom une fois que vous aurez lu l'histoire, qui traite de thèmes qui m'ont toujours intéressée. Qu'est-ce que les monstres que nous inventons révèlent de nous-mêmes ? Que doit-il se passer pour que le mal s'empare de quelqu'un, ou d'un pays, et comment arrive-t-on à le vaincre ? Pourquoi les gens choisissent-ils de croire aux mensonges, même quand les preuves sont maigres, voire absentes ?

J'ai écrit *L'Ickabog* par vagues, entre les tomes de *Harry Potter*. L'histoire n'a jamais été considérablement modifiée. Elle a toujours commencé par la mort de la pauvre Mrs Doisel, et la fin a toujours été… Eh bien, je ne vais pas vous le dire, au cas où vous la liriez ici pour la première fois !

J'ai lu l'histoire à voix haute à mes deux plus jeunes enfants quand ils étaient tout petits, mais je ne l'ai jamais terminée, à la grande frustration de Mackenzie, dont c'était l'histoire préférée. Après avoir fini la saga *Harry Potter*, j'ai fait une pause pendant cinq ans, et quand j'ai décidé ensuite de ne plus publier de livres pour enfants, *L'Ickabog* est monté au grenier, encore inachevé. Il y est resté plus de dix ans, et il est probable qu'il y serait toujours si la pandémie de Covid-19 n'était pas advenue, coinçant chez eux des millions d'enfants qui ne pouvaient plus aller à l'école ou retrouver leurs amis. C'est là que j'ai eu l'idée de mettre l'histoire en ligne gratuitement et de proposer aux enfants de l'illustrer.

Du grenier est redescendue la boîte très poussiéreuse de pages tapées à l'ordinateur ou écrites à la main, et je me suis attelée au travail. Mes enfants, désormais adolescents, qui avaient été le tout premier auditoire de *L'Ickabog*, en ont écouté un chapitre chaque soir jusqu'à ce que j'aie presque terminé. De temps à autre, ils me demandaient pourquoi j'avais coupé quelque chose qui leur avait plu à l'époque et, naturellement, j'ai remis en place tout ce qui leur manquait, estomaquée de la quantité de souvenirs qu'ils en avaient gardés.

En plus de ma famille qui me soutient énormément, je voudrais remercier ceux et celles qui m'ont aidée à mettre *L'Ickabog* en ligne en un temps si court : mes éditeurs Arthur Levine et Ruth Alltimes, James McKnight de l'agence The Blair Partnership, mon équipe de gestion, Rebecca Salt, Nicky Stonehill et Mark Hutchinson, et mon agent, Neil Blair. Ça a été, véritablement, un effort

UN MOT DE J. K. ROWLING

herculéen de la part de tous les concernés, et je ne pourrais pas leur en être plus reconnaissante. J'aimerais aussi remercier chacun des enfants (et, occasionnellement, des adultes !) ayant soumis des dessins pour le concours d'illustration. Ça a été un bonheur de contempler ces œuvres et je sais que je suis loin d'être la seule à m'émerveiller de tout ce talent. J'adore penser que *L'Ickabog* a peut-être offert à des artistes et illustrateurs de demain leur toute première exposition publique.

Retourner en terre de Cornucopia et terminer ce que j'avais commencé il y a si longtemps a été l'une des expériences les plus épanouissantes de ma vie d'autrice. Tout ce qu'il me reste à dire, c'est que j'espère que vous aurez autant de plaisir à lire l'histoire que j'en ai pris à l'écrire !

Juillet 2020

Chapitre 1

Le roi
Fred Sans Effroi

Il était une fois un tout petit pays, qui avait pour nom la Cornucopia, sur lequel régnait depuis des siècles une longue lignée de rois aux cheveux blonds. Le roi de l'époque dont je parle ici s'appelait Fred Sans Effroi. Il s'était lui-même proclamé Sans Effroi, au matin de son couronnement, en partie parce que ça sonnait bien avec Fred, mais également parce qu'il avait un jour réussi à attraper et à tuer une guêpe tout seul, si l'on exceptait cinq laquais et le cireur de chaussures.

Le roi Fred Sans Effroi monta sur le trône porté par une immense vague de popularité. Il avait de charmantes boucles jaunes, une fort belle moustache aux pointes recourbées, et une allure superbe dans les étroits hauts-de-chausses, les pourpoints de velours et les chemises à jabot que les hommes riches portaient en ces temps-là. On disait de Fred qu'il était généreux ; il offrait sourires et saluts à quiconque l'apercevait, et il était terriblement beau sur les portraits que l'on distribuait d'un bout à l'autre du royaume afin qu'ils fussent accrochés dans les hôtels de ville. Le peuple de Cornucopia était tout à fait heureux de son nouveau roi, et beaucoup estimaient qu'il finirait par remplir encore mieux cette fonction que son père, Richard le Droit, dont les dents (bien que personne ne se risquât alors à le faire remarquer) étaient plutôt de travers.

Le roi Fred fut secrètement soulagé de s'apercevoir combien il était facile de diriger la Cornucopia. De fait, le pays semblait marcher tout seul. Presque tous les habitants avaient de la nourriture en abondance, les commerçants gagnaient des mille et des cents, et les conseillers de Fred s'occupaient du moindre problème qui pouvait surgir. Il ne restait au roi qu'à envoyer à ses sujets des sourires rayonnants lorsqu'il se promenait en calèche, et à s'en aller chasser cinq fois par semaine avec ses deux meilleurs amis, Lord Crachinay et Lord Flapoon.

Crachinay et Flapoon possédaient eux-mêmes de vastes domaines dans le pays, mais ils trouvaient bien moins cher et plus amusant de vivre au palais avec le roi, de manger ses plats, de chasser ses cerfs, et de s'assurer que le roi ne se prenait pas trop d'affection pour l'une des belles dames de la cour. Ils n'avaient aucune envie que Fred se marie, parce qu'une reine risquerait bien de jouer les trouble-fête. Pendant quelque temps, Fred avait eu, semble-t-il, un penchant pour Lady Eslanda, qui était aussi brune et belle que Fred était blond et beau, mais Crachinay avait convaincu le roi qu'elle était beaucoup trop sérieuse, beaucoup trop absorbée par ses lectures, pour devenir une reine aimée de son pays. Fred ne savait pas que Lord Crachinay avait une dent contre Lady Eslanda. Le lord l'avait autrefois lui-même demandée en mariage, mais elle avait refusé.

Lord Crachinay était très maigre, rusé, et futé. Son ami Flapoon avait le visage rougeaud, et il était si énorme qu'il fallait six hommes pour le hisser sur son monumental cheval alezan. Sans être aussi futé que Crachinay, Flapoon était tout de même beaucoup plus malin que le roi.

Les deux lords étaient des flatteurs chevronnés, qui faisaient expertement semblant d'être époustouflés par le talent de Fred dans tous les domaines, de l'équitation au jeu de puces. Si Crachinay avait un don particulier, c'était bien dans l'art de persuader le roi de faire ce que Crachinay avait en tête ; et là où Flapoon était doué, c'était pour convaincre Fred que personne au monde n'était aussi loyal envers lui que ses deux meilleurs amis.

Fred trouvait que Crachinay et Flapoon étaient de chics types. Ils le poussaient à donner des fêtes fastueuses, des pique-niques sophistiqués et de somptueux banquets, car la Cornucopia était célèbre, bien au-delà de ses frontières, pour sa nourriture. Chacune de ses villes s'illustrait dans une spécialité distincte, pour laquelle elle était sans rivale dans le monde entier.

La capitale de la Cornucopia, Chouxville, était située au sud du pays, et entourée d'hectares de vergers, de champs de blé doré et chatoyant, et d'herbe vert émeraude que broutaient des vaches laitières d'un blanc pur. La crème, la farine et les fruits que produisaient les fermiers étaient ensuite apportés aux pâtissiers exceptionnels de Chouxville, qui en faisaient des gâteaux.

Pensez, s'il vous plaît, au gâteau ou au biscuit le plus délicieux que vous ayez jamais goûté. Eh bien, laissez-moi vous dire qu'il aurait été une honte suprême de servir à Chouxville cette chose-là. Si les yeux d'un solide gaillard ne s'emplissaient pas de larmes de plaisir lorsqu'il mordait dans un gâteau de Chouxville, on jugeait que c'était un échec et on ne le refaisait plus jamais. Dans les vitrines des pâtisseries de Chouxville s'empilaient haut des douceurs : Songes-de-Donzelles, Nacelles-de-Fées et, plus renommées encore, des Espoirs-du-Paradis, qui étaient si délicieusement, si douloureusement exquises, qu'on les gardait pour les grandes occasions et que tout le monde pleurait de joie en les mangeant. Le roi Porfirio, du royaume voisin de Pluritania, avait déjà envoyé au roi Fred une lettre pour lui proposer la main de n'importe laquelle de ses filles en échange d'un approvisionnement à vie en Espoirs-du-Paradis, mais Crachinay avait conseillé à Fred de rire au nez de l'ambassadeur pluritanien.

– Ses filles sont *très loin* d'être assez jolies pour qu'on les échange contre des Espoirs-du-Paradis, Sire ! avait-il dit.

Au nord de Chouxville s'étalaient encore d'autres champs verts et des rivières transparentes et scintillantes ; on y élevait des vaches d'un noir de jais et de joyeux cochons roses.

On destinait ceux-ci aux villes jumelles de Kurdsburg et de Baronstown, qui étaient séparées par un pont de pierre s'arquant sur la Fluma, le fleuve principal de la Cornucopia. Des péniches aux couleurs vives y transportaient des marchandises d'un bout à l'autre du royaume.

Kurdsburg était célèbre pour ses fromages : d'énormes meules blanches, de denses boulets orange, de grosses bûches friables aux veines bleues, et de mignons petits fromages frais plus doux que du velours.

Baronstown était réputée pour ses jambons fumés et rôtis au miel, ses rubans de lard, ses saucisses épicées, ses biftecks fondants et ses tourtes au chevreuil.

Les fumées aux parfums salins qui s'élevaient des cheminées des fours en brique rouge de Baronstown se mêlaient à l'aigreur odorante émanant des fromageries de Kurdsburg, et sur des dizaines de lieues à la ronde, il était impossible de ne pas saliver en respirant l'air délicieux.

À quelques heures au nord de Kurdsburg et de Baronstown, on tombait sur des hectares de vignobles chargés de raisins aussi gros que des œufs, tous mûrs et sucrés et juteux. Cheminant encore plus loin pour le reste de la journée, on atteignait la cité de granit de Jéroboam, connue pour ses vins. L'on disait de l'air de Jéroboam qu'il pouvait rendre un peu pompette rien qu'en se promenant dans les rues. Les meilleurs crus s'échangeaient pour des milliers et des milliers de pièces d'or, et les marchands de vin de la ville comptaient parmi les hommes les plus riches du royaume.

Mais un peu au nord de Jéroboam, il se passait quelque chose de curieux. On aurait dit que la terre de la Cornucopia, riche comme par magie, s'était exténuée à produire la meilleure herbe, les meilleurs fruits et le meilleur blé au monde. À l'extrémité nord se trouvait l'endroit qu'on appelait les Marécages, et il n'y poussait rien d'autre que des champignons fadasses et caoutchouteux, et une herbe sèche et grêle, tout juste bonne à alimenter quelques moutons galeux.

Les Marécageux qui s'occupaient des moutons n'avaient pas l'allure élancée, épanouie, élégante, des citoyens de Jéroboam, de Baronstown, de Kurdsburg, ou de Chouxville. Ils étaient décharnés et loqueteux. Leurs moutons mal nourris ne se vendaient jamais à très bon prix, ni en Cornucopia ni à l'étranger ; ainsi, rares étaient les Marécageux qui pouvaient goûter aux délices du vin, du fromage, du bœuf ou des pâtisseries de Cornucopia. Le plat le plus courant dans les Marécages était un bouillon de viande graisseux, à base de moutons trop vieux pour être vendus.

L'ensemble du pays considérait les Marécageux comme un drôle de clan, maussade, malpropre et de mauvais poil. Ils avaient des voix rocailleuses, que les autres Cornucopiens imitaient en les faisant ressembler à des bêlements rauques de vieux moutons. On blaguait sur leurs manières et leur humilité. Pour le reste de la Cornucopia, les Marécages n'étaient à l'origine que d'une chose qui méritât une place dans les mémoires : la légende de l'Ickabog.

Chapitre 2

L'Ickabog

La légende de l'Ickabog avait été transmise de génération en génération chez les Marécageux, et s'était répandue par le bouche-à-oreille dans tout le pays jusqu'à Chouxville. Désormais, tout le monde connaissait l'histoire. Naturellement, comme toutes les légendes, celle-ci changeait un peu selon la personne qui la racontait. Chaque version, cependant, convenait qu'un monstre vivait à l'extrémité nord du pays, dans une vaste étendue de marais sombres et souvent brumeux, trop dangereux pour que des êtres humains y pénètrent. Le monstre, disait-on, mangeait des enfants et des moutons. Parfois, il emportait même des hommes et des femmes adultes qui s'aventuraient trop près du marais pendant la nuit.

Les habitudes et l'apparence de l'Ickabog variaient selon celui ou celle qui le décrivait. Pour certains, il était semblable à un serpent ; pour d'autres, dragonesque, ou un peu comme un loup. Certains disaient qu'il rugissait, d'autres qu'il feulait, et d'autres encore affirmaient qu'il se déplaçait aussi silencieusement que les brumes qui glissaient sans avertissement sur les marais.

L'Ickabog, disait-on, avait des pouvoirs extraordinaires. Il était capable d'imiter la voix humaine pour attirer des voyageurs jusque dans ses griffes. Tenteriez-vous de le tuer qu'il se réparerait comme par magie, ou bien se diviserait en deux Ickabogs ; il pouvait voler, cracher du feu, projeter du poison – les pouvoirs de l'Ickabog étaient aussi formidables que l'imagination du conteur.

– Ne t'avise pas de sortir du jardin pendant que je travaille, disaient les parents à leurs enfants à travers tout le royaume, ou l'Ickabog viendra t'attraper pour te manger tout cru !

Et de par le pays entier, petits garçons et petites filles jouaient à combattre l'Ickabog, tentaient de se faire peur en se racontant l'histoire de l'Ickabog, et même, si le conte devenait trop convaincant, cauchemardaient de l'Ickabog.

Bert Beamish était l'un de ces petits garçons. Lorsqu'une famille du nom de Doisel vint dîner un soir, Mr Doisel régala tout le monde de ce qu'il déclarait être les dernières nouvelles de l'Ickabog. Cette nuit-là, Bert, qui était âgé de cinq ans, se réveilla en sanglots et terrifié d'un rêve où les énormes yeux blancs du monstre luisaient, braqués sur lui, par-delà un marais noyé de brouillard dans lequel il s'enfonçait lentement.

– Du calme, du calme, murmura sa mère, qui était entrée doucement dans sa chambre, une chandelle à la main, et qui le berçait à présent sur ses genoux. L'Ickabog n'existe pas, Bertie. C'est juste une histoire idiote.

– M… mais Mr Doisel a dit qu'il y a des m… moutons qui ont disparu ! hoqueta Bert.

– C'est vrai, concéda Mrs Beamish, mais pas parce qu'un monstre les a emportés. Les moutons sont des créatures très tête en l'air. Ils s'éloignent et ils s'égarent dans les marais.

– M… mais Mr Doisel a dit qu'il y a aussi des gens qu… qui disparaissent !

– Seulement des gens assez idiots pour s'aventurer dans les marais la nuit, expliqua Mrs Beamish. Allez, chut, Bertie, le monstre n'existe pas.

– Mais Mr D… Doisel a dit que des gens ont ent… tendu des voix par la fenêtre et que le m… matin leurs poules n'étaient plus là !

Mrs Beamish ne put s'empêcher de rire.

– Les voix qu'ils ont entendues étaient celles de banals voleurs, Bertie. Là-bas, dans les Marécages, tout le monde se chipe des choses en permanence. C'est plus facile d'accuser l'Ickabog que d'admettre qu'il y a des vols entre voisins.

– Des vols ? s'étrangla Bert en se redressant sur les genoux de sa mère pour la fixer d'un regard solennel. Voler, c'est très mal, hein, maman ?

– C'est très mal, en effet, dit Mrs Beamish, qui souleva Bert, le reposa tendrement dans son lit bien chaud et le borda. Mais heureusement, nous n'habitons pas à côté de ces Marécageux sans foi ni loi.

Elle prit sa chandelle et regagna la porte de la chambre sur la pointe des pieds.

– Bonne nuit, ma merveille, chuchota-t-elle depuis le seuil.

Elle aurait normalement dû ajouter : « Ne laisse pas l'Ickabog te grignoter l'orteil », qui était ce que disaient les parents de toute la Cornucopia à leurs enfants au moment du coucher, mais à la place, elle dit :

– Dors sur tes deux oreilles.

Bert s'endormit à nouveau, et ne vit plus aucun monstre dans ses rêves.

Il se trouvait que Mr Doisel et Mrs Beamish étaient très amis. Ils avaient été dans la même classe à l'école et se connaissaient depuis toujours. Quand Mr Doisel apprit qu'il avait fait faire des cauchemars à Bert, il se sentit coupable. Comme il était le meilleur menuisier de Chouxville, il décida de sculpter pour le petit garçon un Ickabog. Il avait une grande bouche, souriante et pleine de dents, et de gros pieds griffus, et il devint immédiatement le jouet préféré de Bert.

Si Bert, ou ses parents, ou leurs voisins les Doisel, ou quiconque dans tout le royaume de Cornucopia avaient entendu parler des terribles ennuis qui déferleraient bientôt sur le pays – tout ça à cause du mythe de l'Ickabog –, ils auraient éclaté de rire. Ils vivaient dans le royaume le plus heureux au monde. Comment l'Ickabog pourrait-il leur nuire ?

Chapitre 3

Mort d'une couturière

La famille Beamish et la famille Doisel habitaient dans un endroit qu'on appelait la Cité-dans-la-Cité. C'était le quartier de Chouxville où tous ceux qui travaillaient pour le roi Fred avaient leur maison. Jardiniers, cuisiniers, tailleurs, laquais, couturières, sculpteurs, palefreniers, menuisiers, valets de pied et femmes de chambre ; tout ce monde-là occupait de petites chaumières proprettes à la lisière du domaine du palais.

La Cité-dans-la-Cité était séparée du reste de Chouxville par un haut mur blanc, et les portes de ce mur restaient ouvertes durant la journée, de manière à ce que les habitants pussent rendre visite à leurs amis ou à leur famille dans l'ensemble de la ville, et aller faire leur marché. Quand la nuit tombait, on fermait les lourdes portes, et chaque résident de la Cité-dans-la-Cité dormait, tout comme le roi, sous la protection de la garde royale.

Le commandant Beamish, le père de Bert, était à la tête de la garde royale. Bel homme, jovial, monté sur un cheval d'un gris acier, il accompagnait le roi Fred, Lord Crachinay et Lord Flapoon dans leurs parties de chasse, qui se tenaient ordinairement cinq fois par semaine. Le roi aimait bien le commandant Beamish, et il aimait bien aussi la mère de Bert, parce que Bertha Beamish était la chef pâtissière particulière du roi, un grand honneur dans cette ville de pâtissiers à la renommée planétaire. Bertha avait coutume de rapporter à la maison de délicats gâteaux dont le rendu n'était pas absolument parfait ; ainsi Bert était-il un petit garçon un peu potelé, et de temps en temps, je le crains, les autres enfants l'appelaient Bouboule, ce qui le faisait pleurer.

Bert avait pour meilleure amie Daisy Doisel. Les deux enfants étaient nés à quelques jours d'intervalle et se comportaient davantage comme frère et sœur que comme camarades de jeux. Daisy défendait Bert contre les brutes. Elle était maigre mais vive, et toujours plus que partante pour se bagarrer contre quiconque appelait Bert Bouboule.

Le père de Daisy, Dan Doisel, était le menuisier du roi : il réparait et remplaçait les roues et les essieux de ses carrosses. Comme il était habile à sculpter le bois, il fabriquait aussi des meubles pour le palais.

La mère de Daisy, Dora Doisel, était couturière en chef au palais ; une autre position fort estimable, car le roi Fred aimait beaucoup les vêtements, et toute son équipe de tailleurs s'affairait à lui confectionner de nouveaux costumes chaque mois.

Ce fut cette affection prononcée du roi Fred pour les beaux atours qui mena à un vilain incident, que les livres d'histoire de Cornucopia désigneraient, par la suite, comme le début de tous les ennuis qui engloutiraient bientôt le joyeux petit royaume. Toutefois, au moment où il se produisit, seul un petit nombre de personnes dans la Cité-dans-la-Cité en eurent vent, bien qu'il s'agît, pour certains d'entre eux, d'une terrible tragédie.

Voici ce qui arriva.

Le roi de Pluritania vint rendre une visite officielle à Fred (comptant toujours, peut-être, échanger l'une de ses filles contre un approvisionnement à vie en Espoirs-du-Paradis), et Fred décida qu'il devait se faire confectionner pour l'occasion une toute nouvelle tenue, d'un violet passé, recouverte de dentelle argentée, aux boutons d'améthyste et manchettes de fourrure grise.

Le roi Fred avait, certes, entendu dire que la couturière en chef n'était pas en grande forme, mais il n'y avait pas fait trop attention. Il n'avait confiance qu'en la mère de Daisy pour coudre correctement la dentelle argentée ; aussi ordonna-t-il qu'on ne donne cette tâche à personne d'autre. Par conséquent, la mère de Daisy passa trois nuits sans dormir, à se dépêcher de terminer le costume violet à temps pour la visite du roi de Pluritania, et à l'aube du quatrième jour, son assistant la découvrit effondrée par terre, morte, le tout dernier bouton d'améthyste au creux de la main.

Le conseiller suprême du roi vint lui apprendre la nouvelle, alors que Fred était encore en train de prendre son petit déjeuner. Le conseiller était un homme âgé et sage, du nom de Chevronnet, dont la barbe argentée tombait quasiment jusqu'à ses genoux. Ayant expliqué que la couturière en chef était morte, il ajouta :

– Mais je ne doute pas que l'une des autres dames sera en mesure de mettre en place le dernier bouton pour Votre Majesté.

Il y avait, dans le regard de Chevronnet, un petit quelque chose qui déplut au roi Fred. Il eut l'impression qu'on lui trifouillait l'estomac.

Plus tard ce matin-là, pendant que ses habilleurs l'aidaient à se vêtir du nouveau costume violet, Fred tenta de se sentir moins coupable en revenant sur les faits avec Lord Crachinay et Lord Flapoon :

– Ce que je veux dire, c'est que si j'avais su qu'elle était gravement malade, hoqueta Fred, que les domestiques soulevaient du sol pour réussir à lui passer son pantalon de satin moulant, naturellement, j'aurais laissé quelqu'un d'autre assembler le costume.

– Votre Majesté est trop gentille, dit Crachinay, qui contemplait son teint cireux dans le miroir au-dessus de la cheminée. On n'a jamais connu monarque au cœur plus tendre.

– La bonne femme aurait dû clamer haut et fort qu'elle était mal en point, grogna Lord Flapoon depuis un siège molletonné près de la fenêtre. Si elle était pas capable de travailler, elle aurait dû le dire. Quand on y pense, c'est pas loyal envers le roi. Ou envers votre costume, en tout cas.

– Flapoon a raison, approuva Crachinay qui se détourna du miroir. Personne ne traite mieux ses serviteurs que vous, Sire.

– Oui, c'est vrai que je les traite bien, hein ? dit anxieusement le roi Fred, tout en rentrant le ventre pour que les habilleurs lui ferment jusqu'au cou les boutons d'améthyste. Et puis, camarades, il faut bien que j'aie une allure de tous les diables aujourd'hui, non ? Vous connaissez le roi de Pluritania, toujours sur son trente et un !

– Ce serait une honte nationale si vous apparaissiez même légèrement moins bien habillé que le roi de Pluritania, affirma Crachinay.

– Sortez-vous de la tête ce malheureux incident, Sire, dit Flapoon. Une couturière déloyale, c'est pas une raison pour se gâcher une journée ensoleillée.

Et cependant, malgré les conseils des deux lords, le roi Fred n'avait toujours pas tout à fait l'esprit tranquille. Peut-être s'illusionnait-il, mais il trouva que Lady Eslanda avait l'air particulièrement austère ce jour-là. Les sourires de ses serviteurs lui semblèrent frisquets, les révérences de ses servantes un petit peu moins basses. Tandis que la cour festoyait le soir en compagnie du roi de Pluritania, les pensées de Fred ne cessaient de dériver à nouveau vers la couturière, morte par terre, le dernier bouton d'améthyste dans sa main serrée.

Avant que Fred aille se coucher cette nuit-là, Chevronnet frappa à la porte de sa chambre. Après une profonde courbette, le conseiller suprême demanda si le roi avait l'intention de faire livrer des fleurs à l'enterrement de Mrs Doisel.

– Oh ! Oh, oui ! lâcha Fred, dans un sursaut. Oui, envoyez une grosse couronne, vous savez, pour dire que je suis bien désolé, etc. Vous vous occuperez de ça, hein, Chevronnet ?

– Certainement, Sire, répondit le conseiller suprême. Et, si je peux me permettre, peut-être comptiez-vous rendre visite à la famille de la couturière ? Ils habitent à quelques pas à peine des portes du palais, vous voyez ?

– Leur rendre visite ? dit pensivement le roi. Oh, non, Chevronnet, ça ne me plairait... je veux dire, je suis sûr qu'ils ne s'attendent pas à cela.

Chevronnet et le roi s'entre-regardèrent durant quelques secondes, puis le conseiller suprême s'inclina et quitta la pièce.

Comme le roi Fred était accoutumé à ce que tout le monde lui dise qu'il était un type formidable, il n'apprécia pas le moins du monde le froncement de sourcils qui avait ponctué le départ du conseiller suprême. Voilà qu'il commença à ressentir de la colère plutôt que de la honte.

– C'est drôlement dommage, lança-t-il à son reflet, dans le miroir devant lequel il peignait ses moustaches avant d'aller au lit, mais après tout, je suis le roi, et elle, c'était une couturière. Si je mourais, moi, je ne m'attendrais pas à ce qu'elle…

Mais il lui vint à l'esprit que s'il mourait, il s'attendrait à ce que toute la Cornucopia cesse immédiatement ses activités, et que chacun, tout de noir vêtu, passe une semaine entière à sangloter, comme cela avait été le cas pour son père, Richard le Droit.

– Enfin, quoi qu'il en soit, dit-il impatiemment à son reflet, la vie continue.

Il enfila son bonnet de nuit en soie, grimpa dans son lit à baldaquin, souffla la bougie et s'endormit.

Chapitre 4

La maison silencieuse

On enterra Mrs Doisel dans le cimetière de la Cité-dans-la-Cité, où reposaient des générations de serviteurs royaux. Daisy et son père, main dans la main, restèrent longtemps à contempler la tombe. Bert ne cessa de se retourner pour regarder Daisy, alors que sa mère en larmes et son père au visage sombre l'entraînaient lentement hors des lieux. Bert voulait dire quelque chose à sa meilleure amie, mais ce qui s'était produit était trop énorme et trop atroce pour y mettre des mots. Il supportait à peine d'imaginer ce qu'il ressentirait si sa mère avait disparu pour toujours sous la terre froide et dure.

Lorsque tous leurs amis furent partis, Mr Doisel dégagea de la pierre tombale de Mrs Doisel la couronne de fleurs violettes envoyée par le roi, et il déposa à sa place la petite poignée de perce-neige que Daisy avait cueillis le matin même. Puis les deux Doisel rentrèrent lentement chez eux, dans une maison qui, ils le savaient, ne serait plus jamais la même.

Une semaine après les funérailles, le roi sortit à cheval du palais avec la garde royale pour aller chasser. Comme d'habitude, tous les habitants jaillirent de leur maison à son passage pour lui adresser, depuis leur jardin, un salut ou une révérence, et l'acclamer. Alors que le roi s'inclinait et distribuait en retour des signes de la main, il s'aperçut que le jardin devant l'une des chaumières restait vide. Les fenêtres et la porte étaient tendues de noir.

– Qui est-ce qui habite ici ? demanda-t-il au commandant Beamish.

– C'est la… la maison des Doisel, Votre Majesté, dit-il.

– Doisel, Doisel, fit le roi en fronçant les sourcils, j'ai déjà entendu ce nom quelque part, me semble-t-il.

– Euh… oui, Sire, répondit le commandant Beamish. Mr Doisel est le menuisier de Votre Majesté, et Mrs Doisel est… était… la couturière en chef de Votre Majesté.

– Ah, oui, dit précipitamment le roi Fred. Je… je me souviens.

Alors, faisant partir au galop, d'un coup d'éperons, son destrier d'un blanc laiteux, il dépassa prestement les fenêtres aux tentures noires de la chaumière des Doisel, et s'efforça de ne penser à rien d'autre qu'à la partie de chasse qui s'annonçait.

Mais par la suite, chaque fois que le roi sortait, il ne pouvait s'empêcher de poser son regard sur le jardin vide et la porte tendue de noir de la maison des Doisel, et chaque fois qu'il voyait la chaumière, l'image de la couturière morte, agrippant le bouton d'améthyste, lui revenait en tête. Enfin, il ne put plus le supporter et convoqua son conseiller suprême.

– Chevronnet, dit-il sans croiser le regard du vieil homme, il y a une maison au coin de la rue, en direction du parc. Une bien jolie chaumière. Au jardin pas minuscule.

– La maison des Doisel, Votre Majesté ?

– Ah, c'est eux qui habitent là-bas ? demanda le roi Fred d'un ton désinvolte. Bon, bref, il m'est venu à l'esprit que c'est fort grand, comme endroit, pour une petite famille. Il me semble avoir entendu dire qu'ils n'étaient que deux là-dedans, c'est bien ça ?

– C'est tout à fait ça, Votre Majesté. Juste deux personnes, depuis que la mère…

– Il ne me paraît pas très juste, Chevronnet, ajouta le roi Fred d'une voix forte, que cette grande et belle chaumière soit occupée par deux personnes seulement, alors qu'il y a des familles de cinq ou six, je crois, qui seraient heureuses de gagner un peu de place.

– Vous voudriez que je fasse déménager les Doisel, Votre Majesté ?

– Il faudrait, oui, répondit le roi Fred qui faisait mine de s'intéresser de très près à la pointe de son soulier en satin.

– Très bien, Votre Majesté, dit le conseiller suprême en s'inclinant bien bas. Je leur demanderai d'échanger avec la famille Blatt – qui appréciera certainement de disposer de plus d'espace –, et je mettrai les Doisel dans la maison des Blatt.

– Qui se trouve où, exactement ? questionna nerveusement le roi, car la dernière chose qu'il voulait, c'était voir ces tentures noires plus près encore des portes du palais.

– Tout au bout de la Cité-dans-la-Cité, dit le conseiller suprême, très près du cimetière, justem…

– Cela devrait convenir, l'interrompit le roi Fred en se levant d'un bond. Nul besoin de m'informer des détails. Arrangez-moi ça, et puis c'est tout, mon bon Chevronnet.

Ainsi ordonna-t-on à Daisy et à son père d'échanger leur maison avec celle de la famille du capitaine Blatt qui, comme le père de Bert, était membre de la garde royale. Lorsque le roi Fred fut à nouveau de sortie, les tentures noires avaient disparu de la porte, et les enfants Blatt – quatre frères bien costauds, qui avaient été les premiers à baptiser Bert Beamish Bouboule – se précipitèrent dans le jardin devant la maison pour rebondir sur place, applaudir et agiter des drapeaux de la Cornucopia. Le roi Fred, rayonnant, salua les garçons en retour. Les semaines s'écoulèrent, et le roi oublia toute l'histoire des Doisel, et il fut à nouveau heureux.

Chapitre 5

Daisy Doisel

Pendant quelques mois après la mort brutale de Mrs Doisel, les serviteurs du roi s'étaient divisés en deux groupes. Dans le premier, il se murmurait que c'était la faute du roi Fred si elle était morte de cette manière. Dans le second, on préférait croire qu'il avait dû y avoir une erreur, et que le roi n'avait pas pu savoir à quel point Mrs Doisel était malade avant de lui donner l'ordre de terminer son costume.

Mrs Beamish, la chef pâtissière, appartenait au second groupe. Le roi avait toujours été très gentil avec elle, la conviant même parfois dans la salle à manger pour la féliciter d'une fournée particulièrement succulente de Délices-des-Ducs ou de Chichis-Chics ; elle avait donc la certitude qu'il était bon, généreux et bienveillant.

– Je te le dis, moi : quelqu'un a oublié de faire passer le message au roi, disait-elle à son mari, le commandant Beamish. Il ne ferait *jamais* travailler une servante malade. Je suis sûre qu'il doit se sentir extrêmement mal par rapport à ce qui s'est passé.

– Oui, répondait Beamish, sans doute.

Tout comme son épouse, il avait envie de croire au meilleur, s'agissant du roi ; car lui-même, son père, et son grand-père avant lui avaient servi avec loyauté dans la garde royale. Ainsi, bien que le commandant Beamish observât que le roi Fred paraissait plutôt de joyeuse humeur après la mort de Mrs Doisel, et chassait tout aussi régulièrement qu'avant, et bien que le commandant Beamish fût au courant qu'on avait fait déménager les Doisel de leur ancienne maison pour les réinstaller près du cimetière, il s'efforçait de croire que le roi était désolé de ce qui était arrivé à la couturière, et que le déménagement du mari et de la fille de Mrs Doisel n'était nullement de son fait.

La nouvelle chaumière des Doisel était lugubre. Les grands ifs qui bordaient le cimetière barraient la lumière du soleil, même si la fenêtre de la chambre de Daisy lui offrait une vue dégagée sur la tombe de sa mère, par un espace entre les branches sombres. Comme elle ne vivait plus à côté de chez Bert, elle le voyait moins pendant son temps libre, bien que Bert vînt lui rendre visite le plus souvent possible. Il y avait beaucoup moins de place pour jouer dans son nouveau jardin, mais ils modifiaient leurs jeux pour s'adapter.

Quant à ce que pensait Mr Doisel de sa nouvelle maison, ou du roi, nul ne le savait. Il ne parlait jamais de tout cela avec les autres serviteurs ; il poursuivait silencieusement ses tâches, gagnant l'argent dont il avait besoin pour entretenir et élever Daisy le mieux possible sans sa mère.

Daisy, qui aimait bien aider son père dans son atelier de menuiserie, n'était jamais aussi heureuse qu'en salopette. C'était le genre de fille qui se moquait de se salir, et les vêtements ne l'intéressaient pas beaucoup. Pourtant, après l'enterrement, elle porta une robe différente chaque jour, pour aller déposer un nouveau petit bouquet sur la tombe de sa mère. Quand elle était encore en vie, Mrs Doisel avait toujours voulu que sa fille ait l'air, comme elle le disait, d'une « petite lady », et elle lui avait confectionné nombre de jolies petites robes, utilisant parfois les chutes de tissu que le roi Fred lui laissait garder, à titre gracieux, une fois qu'elle avait terminé ses superbes costumes.

Ainsi, une semaine s'écoula, puis un mois, et puis toute une année, jusqu'à ce que les robes que sa mère lui avait cousues fussent toutes trop petites pour Daisy, mais elle les conserva tout de même soigneusement dans son armoire. Autour d'elle, tout le monde paraissait avoir oublié ce qui lui était arrivé, ou s'était habitué à l'idée que sa mère n'était plus là. Daisy faisait comme si elle s'y était habituée, elle aussi. En apparence, sa vie retrouva une espèce de normalité. Elle aidait son père à l'atelier de menuiserie, elle faisait ses devoirs et elle jouait avec son meilleur ami, Bert, mais ils ne parlaient jamais de sa mère, et ils ne parlaient jamais du roi. Chaque soir, Daisy gardait les yeux rivés au loin sur la pierre tombale blanche qui luisait au clair de lune, jusqu'à s'endormir.

Chapitre 6

La bagarre dans la cour

Il y avait une cour derrière le palais, où des paons se promenaient, où l'eau des fontaines dansait, et où des statues de rois et reines des temps passés montaient la garde. Tant qu'ils ne tiraient pas la queue des paons, ne sautaient pas dans les fontaines et n'escaladaient pas les statues, les enfants des serviteurs du palais avaient la permission de jouer dans la cour après l'école. Parfois, Lady Eslanda, qui aimait bien les enfants, sortait faire avec eux des guirlandes de pâquerettes, mais le plus exaltant, c'était les apparitions du roi Fred qui les saluait depuis le balcon ; tous les enfants se répandaient alors en acclamations, courbettes et révérences, comme leurs parents le leur avaient appris.

Le seul moment où ils faisaient silence, cessaient de jouer à la marelle et arrêtaient de faire semblant de combattre l'Ickabog, c'était quand Lord Crachinay et Lord Flapoon traversaient la cour. Ces deux lords-là n'avaient pas du tout d'affection pour les enfants. Ils trouvaient que ces petits morveux faisaient beaucoup trop de bruit en fin d'après-midi, précisément à l'heure où Crachinay et Flapoon aimaient à faire la sieste entre la chasse et le dîner.

Un jour, alors que Bert et Daisy venaient à peine d'avoir sept ans, tous jouaient, comme d'habitude, entre les paons et les fontaines, quand la fille de la nouvelle couturière en chef, qui portait une belle robe de brocart rose foncé, s'exclama :

– Oh, j'espère *tellement* que le roi va venir nous dire bonjour aujourd'hui !

– Eh bien, pas moi, dit Daisy.

Elle n'avait pas pu s'en empêcher, et ne s'était pas aperçue à quel point elle avait parlé fort.

Tous les enfants eurent un sursaut et se retournèrent pour la dévisager. Daisy eut à la fois chaud et froid en sentant sur elle tous ces regards furieux.

– T'aurais pas dû dire ça, chuchota Bert.

Comme il était juste à côté d'elle, les autres enfants le fixaient des yeux, lui aussi.

– Je m'en fiche, dit Daisy, qui virait à l'écarlate.

À présent qu'elle avait commencé, autant qu'elle termine :

– S'il n'avait pas fait autant trimer ma mère, elle serait encore vivante.

Il sembla à Daisy qu'elle avait besoin de dire ces mots tout haut depuis très longtemps.

Un nouveau sursaut parcourut l'assemblée des enfants,

LA BAGARRE DANS LA COUR

et la fille de l'une des femmes de chambre poussa un véritable glapissement de terreur.

– C'est le meilleur roi de Cornucopia qu'on ait jamais eu, dit Bert, qui avait entendu sa mère répéter cela de nombreuses fois.

– Non, c'est pas vrai, rétorqua Daisy d'une voix forte. Il est égoïste, vaniteux et cruel !

– Daisy ! murmura Bert, horrifié. Arrête tes... tes *idioties* !

C'est le mot « idioties » qui fit tout basculer. Des « idioties » ! Alors que la fille de la nouvelle couturière en chef ricanait et chuchotait à l'oreille de ses amies, une main devant la bouche, l'autre désignant les salopettes de Daisy ? Des « idioties », alors que son père essuyait ses larmes, le soir, quand il pensait qu'elle ne le regardait pas ? Des « idioties », alors que pour parler à sa mère elle devait se rendre sur une tombe blanche et froide ?

Daisy leva un bras, et planta une grande gifle sur la joue de Bert.

Alors, l'aîné des frères Blatt, qui s'appelait Roderick et qui occupait désormais l'ancienne chambre de Daisy, hurla :

– La laisse pas s'en tirer comme ça, Bouboule !

Et tous les garçons s'exclamèrent :

– La bagarre ! La bagarre ! La bagarre !

Terrifié, Bert poussa timidement l'épaule de Daisy, et il parut à Daisy que la seule chose à faire était de se jeter sur

Bert. Et tout le reste ne fut que poussière et coudes jusqu'à la séparation soudaine des deux enfants par le père de Bert, le commandant Beamish, qui s'était précipité hors du palais en entendant le vacarme, pour voir ce qui se passait.

– Une conduite abominable, marmonna Lord Crachinay en passant près du commandant et des deux enfants en pleurs, qui se débattaient.

Mais alors que Lord Crachinay s'éloignait, un ample rictus s'étendit sur son visage. C'était un homme qui savait faire bon usage de toute situation, et voilà qu'il estimait avoir trouvé la solution pour bannir les enfants – ou certains d'entre eux, en tout cas – de la cour du palais.

∞

Chapitre 7

Les racontars de Lord Crachinay

Ce soir-là, les deux lords dînèrent, comme toujours, avec le roi Fred. Après un somptueux plat de chevreuil de Baronstown, arrosé du meilleur vin de Jéroboam, suivi d'un assortiment de fromages de Kurdsburg et de quelques aériennes Nacelles-de-Fées de Mrs Beamish, Lord Crachinay décida que le moment était venu. Il s'éclaircit la voix, puis il déclara :

– J'espère bien, Votre Majesté, que vous n'avez pas été dérangé par la répugnante bagarre entre enfants dans la cour cet après-midi ?

– Une bagarre ? répéta le roi Fred, qui n'avait rien entendu car il était alors en grande discussion avec son tailleur au sujet de la coupe d'une nouvelle cape. Quelle bagarre ?

– Miséricorde… Je pensais que Votre Majesté était au courant, dit Lord Crachinay, faisant mine d'être surpris.

Peut-être que le commandant Beamish pourrait vous en parler.

Mais le roi Fred trouvait cela amusant plutôt que dérangeant.

– Bah, il me semble que des enfants qui se cherchent des noises, c'est très normal, Crachinay.

Les deux lords échangèrent un regard derrière le dos du roi, et Crachinay fit une nouvelle tentative.

– Votre Majesté, comme toujours, est l'essence même de la bonté, dit-il.

– C'est sûr qu'il y a des rois, marmonna Flapoon en balayant des miettes de son gilet, s'ils entendaient dire qu'une enfant parlait de la Couronne avec un tel manque de respect…

– Comment ça ? demanda Fred, son sourire s'effaçant de son visage. Une enfant a parlé de moi… en me manquant de respect ?

Le roi n'en croyait pas ses oreilles. Il était accoutumé aux cris de joie des enfants quand il les saluait depuis le balcon.

– Il me semble bien, Votre Majesté, reprit Crachinay qui s'examinait les ongles, mais, comme je vous l'ai dit… c'est le commandant Beamish qui a séparé les enfants… c'est lui qui connaît tous les détails.

Les bougies crachotèrent un peu dans les chandeliers d'argent.

– Les enfants… disent tout un tas de choses pour rire,

commenta le roi Fred. Sans doute la petite ne cherchait-elle pas à nuire.

– Haute trahison, plutôt, si vous me demandez mon avis, grognonna Flapoon.

– Mais, enchaîna Crachinay, c'est le commandant Beamish qui sait tout. Flapoon et moi-même avons peut-être mal compris.

Fred buvait son vin du bout des lèvres. À cet instant, un valet entra dans la pièce pour débarrasser les assiettes à dessert.

– Cankerby, appela le roi Fred, car tel était le nom du valet, allez me chercher le commandant Beamish.

Contrairement au roi et aux deux lords, le commandant ne mangeait pas sept plats pour le dîner chaque soir. Il avait terminé son repas depuis plusieurs heures, et se préparait à aller se coucher, quand la convocation du roi lui parvint. Ayant précipitamment troqué son pyjama contre son uniforme, il revint au palais à toute vitesse ; le temps qu'il arrive, le roi Fred, Lord Crachinay et Lord Flapoon s'étaient retirés dans le petit salon jaune. Installés dans des fauteuils de satin, ils s'étaient resservis en vin de Jéroboam ; Flapoon, de plus, mangeait une deuxième assiette de Nacelles-de-Fées.

– Ah, Beamish, lança le roi Fred tandis que le commandant s'inclinait bien bas, j'ai entendu dire qu'il y avait eu une petite échauffourée dans la cour cet après-midi.

Le commandant eut un serrement de cœur. Il avait

espéré que la nouvelle de la bagarre entre Bert et Daisy n'atteindrait pas les oreilles royales.

– Oh, ce n'était rien du tout, Votre Majesté, dit-il.

– Allons, allons, Beamish, l'encouragea Flapoon, vous devriez être fier d'avoir enseigné à votre fils à ne pas tolérer les traîtres.

– Je… Il n'est pas question de trahison, dit le commandant. Ce ne sont que des enfants, monseigneur.

– Dois-je comprendre que votre fils m'a défendu, Beamish ? s'enquit le roi Fred.

Le commandant était dans une situation tout à fait inconfortable. Il n'avait pas envie de raconter au roi ce que Daisy avait dit. Quelle que fût sa propre loyauté envers le souverain, il comprenait fort bien pourquoi la petite fille privée de mère éprouvait à l'égard de Fred ces sentiments-là, et la dernière chose qu'il voulait, c'était lui attirer des ennuis. En même temps, il était parfaitement conscient qu'une vingtaine de témoins pourraient rapporter au roi les paroles exactes que Daisy avait prononcées, et il était certain que, s'il mentait, Lord Crachinay et Lord Flapoon diraient au roi que lui, le commandant Beamish, était également déloyal et traître.

– Je… oui, Votre Majesté, c'est vrai, mon fils Bert vous a défendu, dit-il. Toutefois, il faut être indulgent, je crois, envers la fillette qui a eu ces… ces mots maladroits au sujet de Votre Majesté. Elle a traversé bien des épreuves, Votre Majesté, et même les adultes, lorsqu'ils sont malheureux, disent parfois des choses extravagantes.

– Quel genre d'épreuves a-t-elle traversées, cette gamine ? demanda le roi Fred, qui ne pouvait imaginer de bonne raison pour qu'un sujet parlât mal de lui.

– Elle… elle s'appelle Daisy Doisel, Votre Majesté, répondit le commandant Beamish, qui contemplait, au-dessus de la tête du roi Fred, un portrait de son père, le roi Richard le Droit. Sa mère était la couturière qui…

– Oui, oui, je me rappelle, l'interrompit le souverain d'une voix sonore. Fort bien, ce sera tout, Beamish. Vous pouvez disposer.

Assez soulagé, le commandant fit une autre profonde courbette, et il avait quasiment atteint la porte lorsqu'il entendit la voix du roi :

– Qu'est-ce qu'elle a dit *exactement*, cette gamine, Beamish ?

Le commandant s'arrêta net, la main posée sur la poignée de la porte. Il n'avait d'autre choix que de dire la vérité.

– Elle a dit que Votre Majesté était égoïste, vaniteuse et cruelle.

Et sans oser regarder le roi, il quitta la pièce.

Chapitre 8

Le jour des Requêtes

« Égoïste, vaniteux et cruel. Égoïste, vaniteux et cruel. »

Ces mots ricochaient dans le crâne de Fred quand il enfila son bonnet de nuit en soie. Ce n'était pas vrai, tout de même, si ? Il mit longtemps à s'endormir et, lorsqu'il se réveilla le matin suivant, il se sentait, figurez-vous, encore plus mal.

Il décida qu'il avait envie de faire quelque chose de gentil, et la première chose qui lui vint à l'esprit fut de récompenser le fils Beamish, qui l'avait défendu contre la méchante fillette. Alors, il prit un petit médaillon qui pendait d'ordinaire au cou de son chien de chasse préféré, demanda à une servante d'y passer un ruban, et convoqua les Beamish au palais. Bert, que sa mère était allée chercher en pleine journée d'école, et qu'elle avait habillé en toute hâte d'un costume de velours bleu, se trouva bien incapable d'articuler un seul mot en présence du roi. Cela plut beaucoup à Fred, qui parla gentiment au petit garçon pendant plusieurs minutes ; le commandant Beamish et Mrs Beamish étaient si fiers de leur fils qu'ils frôlaient l'explosion. Enfin, Bert retourna en classe, sa petite médaille en or autour du cou, et cet après-midi-là, dans la cour, Roderick Blatt, qui d'ordinaire était le premier à le persécuter, fit grand cas de sa personne. Daisy ne dit rien du tout et quand Bert croisa son regard, il eut très chaud tout à coup et ressentit une sorte de malaise, et il dissimula vivement la médaille sous sa chemise.

Le roi, cependant, n'était toujours pas tout à fait heureux. Il demeurait en lui une impression de gêne, semblable à une indigestion, et à nouveau il trouva difficilement le sommeil cette nuit-là.

Quand il se réveilla le jour suivant, il se souvint que c'était le jour des Requêtes.

Le jour des Requêtes était un événement spécial, qui se tenait une fois par an, où le roi accordait une audience à ses sujets. Naturellement, les gens étaient soigneusement passés au crible par ses conseillers avant de recevoir la permission de le rencontrer. Fred ne s'occupait jamais de gros problèmes. Il voyait seulement des gens dont les soucis pouvaient se résoudre avec quelques pièces d'or et quelques mots gentils : un fermier à la charrue cassée, par exemple, ou une vieille dame dont le chat était mort. Fred avait hâte que le jour des Requêtes arrive. C'était l'occasion d'arborer ses tenues les plus chics, et il trouvait très émouvant de voir à quel point les petites gens de Cornucopia l'aimaient.

Les habilleurs de Fred l'attendaient après le petit déjeuner, lui apportant une nouvelle tenue qu'il avait réclamée à peine un mois auparavant : un pantalon de satin blanc et un pourpoint assorti, avec des boutons de perles et d'or, une cape bordée d'hermine à la doublure écarlate, et des chaussures de satin blanc aux boucles de perles et d'or. Son valet patientait avec un fer en or, prêt à lui friser les pointes de la moustache, et un petit page était à son poste, portant nombre de bagues ornées de pierres précieuses sur un coussinet de velours, pour que Fred fît son choix.

– Remportez-moi tout ça, je n'en veux pas, lança Fred avec agacement tout en agitant les mains en direction du costume que les habilleurs lui présentaient.

Ceux-ci se figèrent. Ils n'étaient pas sûrs d'avoir bien entendu. Le roi Fred avait montré un intérêt immense pour l'avancée du costume, et il avait lui-même exigé l'ajout de la doublure écarlate et des boucles clinquantes.

– Je vous dis de remporter tout ça ! aboya-t-il en voyant que personne ne bougeait. Apportez-moi quelque chose de simple ! Apportez-moi le costume que j'ai mis pour l'enterrement de mon père !

– Votre… Votre Majesté va-t-elle tout à fait bien ? demanda son valet, tandis que les habilleurs, estomaqués, s'inclinaient et décampaient avec le costume blanc, pour revenir à toute allure avec un costume noir.

– Bien sûr que ça va, rétorqua Fred. Mais je suis un homme, pas un mirliflore à fanfreluches.

D'un coup d'épaule, il endossa le costume noir, qui était le plus simple qu'il possédât, bien que tout de même assez splendide, aux manches et au col bordés d'argent, et aux boutons d'onyx et de diamant. Puis, à la stupéfaction du valet, il ne le laissa lui recourber que le bout du bout de la moustache, avant de le congédier, ainsi que le page qui portait le coussinet couvert de bagues.

« Voilà, pensa Fred en s'examinant dans le miroir. Comment pourrait-on me traiter de vaniteux ? Le noir n'est *vraiment* pas la couleur qui me va le mieux. »

Le roi s'était habillé avec une rapidité si inhabituelle que Lord Crachinay, qui était en train de se faire désencrasser le fond de l'oreille par l'un des serviteurs de Fred, et Lord Flapoon, qui engloutissait une assiette de Délices-des-Ducs commandée en cuisine, furent pris au dépourvu, et durent sortir de leur chambre au pas de course, enfilant leurs gilets à la hâte et leurs bottes à cloche-pied.

– Dépêchez-vous, flemmards ! ordonna le roi Fred, que les deux lords suivaient le long du couloir. Il y a des gens qui attendent que je les aide !

« Et est-ce qu'un roi égoïste se dépêcherait d'aller rencontrer d'humbles gens qui réclament son aide ? pensa-t-il. Certainement pas ! »

Les conseillers du roi eurent un choc en le voyant à l'heure, et habillé sans éclat, du moins pour Fred.

Chevronnet, le conseiller suprême, arbora même un sourire appréciateur en lui faisant une courbette.

– Votre Majesté arrive tôt, dit-il. Les gens vont être ravis. Ils font la queue depuis l'aurore.

– Faites-les entrer, Chevronnet, dit le roi, qui s'installa sur son trône et fit signe à Crachinay et à Flapoon de prendre place de part et d'autre.

On ouvrit les portes, et les requéreurs entrèrent un par un.

Les sujets de Fred perdaient souvent leur langue quand ils se retrouvaient face à face avec le roi en chair et en os, lui dont le portrait était accroché dans leur hôtel de ville. Certains se mettaient à glousser, ou bien oubliaient pourquoi ils étaient venus, et une fois ou deux, quelqu'un était tombé dans les pommes. Fred se montra particulièrement bienfaisant ce jour-là ; il honorait chaque requête, tantôt glissant quelques pièces d'or, tantôt bénissant un bébé, tantôt laissant une vieille dame lui baiser la main.

Ce jour-là, cependant, alors qu'il souriait et dispensait pièces d'or et promesses, les mots de Daisy Doisel continuaient à résonner dans sa tête. « Égoïste, vaniteux et cruel. » Il voulait faire quelque chose d'exceptionnel pour prouver quel homme merveilleux il était – pour montrer qu'il était prêt à se sacrifier pour d'autres. Tous les rois de Cornucopia avaient donné des pièces d'or et octroyé des faveurs insignifiantes pendant les jours des Requêtes : Fred voulait accomplir quelque chose de tellement magnifique

que son écho traverserait les siècles ; or on n'entre pas dans les livres d'histoire en remplaçant le chapeau fétiche d'un petit maraîcher.

Les deux lords à ses côtés commençaient à s'ennuyer. Ils auraient largement préféré qu'on les laissât traînasser dans leur chambre jusqu'à l'heure du déjeuner, plutôt que d'être plantés là à écouter des gueux raconter leurs minables problèmes. Après plusieurs heures, le dernier requéreur sortit de la salle du trône, plein de gratitude, et Flapoon, dont le ventre gargouillait depuis près d'une heure, s'extirpa de son fauteuil avec un soupir de soulagement.

– À table ! brailla-t-il.

Mais alors que les gardes tentaient de fermer les portes, on entendit un brouhaha, et brusquement elles se rouvrirent.

Chapitre 9

L'histoire du berger

– Votre Majesté, dit Chevronnet en se précipitant vers le roi Fred qui venait de se lever du trône, il y a ici un berger venu des Marécages pour vous exprimer une requête. Il est un peu en retard… Je peux le renvoyer, si Votre Majesté désire déjeuner.

– Un Marécageux ! s'exclama Crachinay, qui s'agita sous le nez son mouchoir parfumé. Vous imaginez, Sire !

– Une sacrée insolence, être en retard pour le roi, renchérit Flapoon.

– Non, dit Fred après une brève hésitation. Non, si le pauvre bonhomme est venu d'aussi loin, nous acceptons de le recevoir. Faites-le entrer, Chevronnet.

Le conseiller suprême fut ravi de cette preuve supplémentaire que le roi était un homme nouveau, bienveillant et attentionné, et il se dépêcha de retourner aux portes pour dire aux gardes de laisser entrer le berger. Le roi se réinstalla sur son trône, et Crachinay et Flapoon, l'air rogue, se rassirent eux aussi.

L'HISTOIRE DU BERGER

Le vieil homme qui s'avançait à présent, chancelant, sur le long tapis rouge en direction du trône, était tout tanné et assez crasseux, avec une barbe broussailleuse et des habits effrangés et rapiécés. Il arracha son chapeau de son crâne en s'approchant du roi, l'air tout à fait effrayé, et quand il atteignit l'endroit où les gens, d'habitude, exécutaient une courbette ou une révérence, il tomba à genoux.

– Votre Majesté ! chuinta-t-il.

– Votre Maaaaa… jesté, l'imita Crachinay à voix basse, prêtant au vieux berger un bêlement de mouton.

Les mentons de Flapoon tremblotèrent d'un rire silencieux.

– Votre Majesté, continua le berger, je suis parti y a de ça cinq gros jours pour venir vous voir. Ça a été pénible comme trajet. J'ai voyagé dans le foin quand je pouvais, et j'ai marché sinon, et y a des trous dans mes bottes…

– Oh, là, là, mais qu'il abrège, murmura Crachinay, son long nez toujours enfoui dans son mouchoir.

– … mais tout le temps que je voyageais, je pensais au vieux Tweed, Sire, et comment que vous m'aideriez si j'arrivais seulement à atteindre le palais…

– Qu'est-ce donc que le « vieux tweed », mon brave ? demanda le roi, le regard posé sur le pantalon mille fois raccommodé du berger.

– C'est mon vieux chien, Sire… ou plutôt *c'était*, je devrais dire, répondit-il, ses yeux s'emplissant de larmes.

– Ah, fit le roi Fred qui farfouillait dans la bourse

suspendue à sa ceinture. Eh bien, mon bon berger, prenez ces quelques pièces d'or et achetez-vous un nouveau…

— Rien de ça, Sire, merci, mais c'est pas une question d'or, dit le berger. Je peux me trouver un chiot facilement, même si ça sera jamais pareil que mon vieux Tweed.

Il s'essuya le nez dans sa manche. Crachinay frémit.

— Mais alors, pourquoi êtes-vous venu me voir ? demanda le roi Fred, aussi gentiment qu'il en était capable.

— Pour vous dire, Sire, comment Tweed a trouvé la mort.

— Ah, fit le roi, ses yeux vagabondant en direction de l'horloge dorée sur la cheminée. Eh bien, nous adorerions entendre cette histoire, mais il nous presse un peu de déjeuner…

— C'est l'Ickabog qui l'a mangé, Sire, dit le berger.

Il y eut un silence éberlué, puis Crachinay et Flapoon éclatèrent de rire.

Les yeux du berger débordèrent de larmes, qui dégringolèrent, scintillantes, sur le tapis rouge.

— Ah, on s'est moqué de moi tout pareil, de Jéroboam à Chouxville, Sire, quand j'ai dit pourquoi je venais vous voir. Les gens, ils ont gloussé jusqu'à plus pouvoir, et ils m'ont dit que j'étais cinglé. Mais moi, je l'ai vu le monstre, de mes yeux vu, et le pauvre vieux Tweed aussi, avant qu'il se fasse manger.

Le roi Fred avait une forte envie de partager le fou rire des deux lords. Il voulait son déjeuner et il voulait se débarrasser du vieux berger mais, en même temps, l'atroce petite

L'HISTOIRE DU BERGER

voix lui chuchotait « égoïste, vaniteux et cruel » au creux du crâne.

– Allons, racontez-moi donc ce qui s'est passé, dit le roi Fred au berger, et Crachinay et Flapoon cessèrent immédiatement de rire.

– Eh bien, Sire, commença le berger en s'essuyant à nouveau le nez sur sa manche, c'était au crépuscule, rudement brouillardeux, et Tweed et moi on rentrait à la maison le long du marais. Là-dessus, Tweed repère un margondin…

– Un quoi ? demanda le roi Fred.

– Un margondin, Sire. C'est des machins chauves qu'on dirait des rats qui vivent dans le marécage. Pas mauvais en tourte, si la queue vous dérange pas.

Flapoon eut l'air un peu barbouillé.

– Alors Tweed repère le margondin, continua le berger, et voilà qu'il court après. Moi, j'y crie et j'y crie pour qu'il vienne au pied, Sire, mais lui il s'affaire trop pour revenir. Et là, Sire, j'entends que ça jappe. « Tweed ! je hurle. Tweed ! Il t'arrive quoi, mon gars ? » Mais Tweed revient pas, Sire. Et alors je le vois, à travers le brouillard, dit-il d'une voix basse. Énorme, qu'il est, avec des yeux comme des lampions et une bouche grosse comme ce trône-là, et des dents méchantes qui me brillent dessus. Là, moi j'oublie le vieux Tweed, Sire, et je cours et je cours et je cours jusqu'à la maison. Et le jour suivant, je me mets en route, Sire, histoire de venir vous voir. Il y a l'Ickabog qu'a mangé mon chien, Sire, et je veux qu'il soit puni !

Le roi observa le berger quelques secondes. Puis, très lentement, il se leva.

– Berger, dit-il, nous partirons vers le nord aujourd'hui même pour enquêter sur l'Ickabog une bonne fois pour toutes. Si nous trouvons la moindre trace de la créature, vous pouvez être certain que nous irons la chercher jusque dans son antre et la punirons d'avoir eu l'impudence de vous prendre votre chien. Maintenant, acceptez ces quelques pièces d'or et payez-vous un retour à la maison dans une charrette à foin !

« Mes amis, poursuivit le roi en se tournant vers Crachinay et Flapoon, stupéfaits, veuillez mettre vos culottes de cheval et me suivre aux écuries. Une nouvelle partie de chasse commence !

Chapitre 10

La quête du roi Fred

Le roi Fred déboula de la salle du trône très content de lui. Plus jamais personne ne dirait qu'il était égoïste, vaniteux et cruel ! Au nom d'un pauvre vieux berger puant et de son misérable vieux cabot, lui, le roi Fred Sans Effroi, partait à la chasse à l'Ickabog ! D'accord, l'Ickabog n'existait pas, mais c'était quand même drôlement gentil et noble de sa part de traverser tout le pays, à cheval, en personne, pour le prouver !

Oubliant tout à fait de déjeuner, le roi se rua dans sa chambre à l'étage, hurlant à son valet de venir l'aider à se débarrasser de son sinistre costume noir pour lui passer sa tenue de bataille, qu'il n'avait encore jamais eu l'occasion de mettre. La tunique était écarlate, avec des boutons en or, une écharpe violette, et des tas de médailles que Fred avait le droit de porter parce qu'il était le roi, et quand il se regarda dans le miroir et vit à quel point la tenue de bataille lui allait bien, il se demanda pourquoi il ne la portait pas en permanence. Lorsque son valet déposa le casque à plumet du roi sur ses boucles dorées, Fred s'imagina un portrait de lui où il l'arborerait, monté sur son destrier préféré d'une blancheur de lait, pourfendant de sa lance un monstre reptilien. Le roi Fred Sans Effroi, en effet ! Il en venait presque à espérer que l'Ickabog existât vraiment, en fin de compte.

Pendant ce temps, le conseiller suprême informait la Cité-dans-la-Cité que le roi se préparait à un périple à travers le pays, et que tout le monde devait être prêt à l'applaudir au moment de son départ. Chevronnet ne mentionna pas l'Ickabog, parce qu'il voulait éviter, s'il le pouvait, que le roi se rendît ridicule.

Hélas, le valet de pied du nom de Cankerby avait surpris les chuchotements de deux conseillers au sujet de l'étrange entreprise du roi. Il les rapporta immédiatement à une petite bonne, qui répandit la nouvelle partout dans les cuisines, où un marchand de saucisses de Baronstown échangeait des potins avec le cuisinier. En bref, le temps que Fred et sa suite soient prêts à partir, toute la Cité-dans-la-Cité était au courant que le roi s'en allait dans le Nord chasser l'Ickabog, et l'information commençait aussi à fuiter dans le reste de Chouxville.

– C'est une blague ? se demandaient les habitants de la capitale qui s'amassaient sur les trottoirs, s'apprêtant à applaudir le roi. Qu'est-ce que ça signifie ?

Certains haussaient les épaules, rigolaient et disaient que le roi s'était simplement trouvé un divertissement. D'autres secouaient la tête et murmuraient qu'il devait y avoir quelque chose derrière tout ça. Nul roi ne partirait à cheval, armé, pour le nord du pays, sans raison valable.

– Qu'est-ce que peut bien savoir le roi, s'interrogeaient les quidams inquiets, qu'on ignore, nous ?

Lady Eslanda rejoignit les autres dames de la cour sur un balcon pour regarder les soldats se rassembler.

Je vais maintenant vous confier un secret que personne d'autre ne connaissait. Lady Eslanda n'aurait jamais épousé le roi, même s'il le lui avait demandé. Voyez-vous, elle était secrètement amoureuse d'un homme qui s'appelait le capitaine Bonamy, et qui était alors occupé à bavarder et à rire dans la cour avec son cher camarade, le commandant Beamish. Lady Eslanda, qui était très timide, n'avait jamais trouvé la force d'aller parler au capitaine Bonamy, qui ne soupçonnait nullement que la plus belle femme de la cour était amoureuse de lui. Les parents de Bonamy, qui n'étaient plus de ce monde, avaient été fromagers à Kurdsburg. Bien que le capitaine fût à la fois intelligent et courageux, c'était là une époque où nul fils de fromagers ne pouvait s'attendre à épouser une dame de haut rang.

Pendant ce temps, les enfants des serviteurs sortaient de l'école en avance pour regarder partir l'escadron. Mrs Beamish, la chef pâtissière, se dépêcha d'aller récupérer Bert, afin qu'il ait un bel angle de vue sur son père lorsqu'il défilerait.

Quand les portes du palais s'ouvrirent enfin, et que la cavalerie en sortit, Bert et Mrs Beamish l'acclamèrent de toute la force de leurs poumons. On n'avait pas vu de tenues de bataille depuis très longtemps ; comme c'était exaltant, comme c'était beau ! La lumière du soleil jouait sur les boutons dorés, les épées d'argent et les cornets éclatants des clairons, et sur le balcon du palais, en signe d'adieu, les mouchoirs des dames de la cour voletaient telles des tourterelles.

À la tête du cortège, le roi Fred, sur son destrier blanc comme le lait, des rênes écarlates à la main, saluait la foule. Juste derrière lui, juché sur un maigre cheval jaune, se tenait Crachinay, la mine pleine d'ennui, et puis venait Flapoon, furieusement privé de déjeuner, et perché sur son alezan pachydermique.

Derrière le roi et les deux lords trottait la garde royale, montée sur des chevaux gris pommelés, sauf le commandant Beamish, qui chevauchait son étalon gris acier. Le cœur de Mrs Beamish frétilla quand elle vit son mari si beau.

– Bonne chance, papa ! hurla Bert, et le commandant (même s'il n'aurait vraiment pas dû) fit un signe à son fils.

La troupe, au trot, descendit la colline, envoyant des sourires à la foule en liesse de la Cité-dans-la-Cité, jusqu'à atteindre les portes de l'enceinte qui s'ouvraient sur le reste de Chouxville. Là, cachée par la cohue, se nichait la chaumière des Doisel. Mr Doisel et Daisy étaient sortis dans leur jardin et parvenaient tout juste à distinguer les plumes des casques de la garde royale sur son passage.

Daisy n'était pas très intéressée par les soldats. Elle et Bert ne s'étaient toujours pas reparlé. D'ailleurs, Bert avait passé la récréation du matin en compagnie de Roderick Blatt, qui se moquait souvent d'elle parce qu'elle portait des salopettes au lieu de robes ; la clameur et le bruit des chevaux ne lui remontaient donc pas du tout le moral.

– Ça n'existe pas vraiment, l'Ickabog, hein, papa ? demanda-t-elle.

– Non, Daisy, soupira Mr Doisel avant de retourner à son atelier, ça n'existe pas, l'Ickabog, mais si le roi a envie d'y croire, qu'on le laisse faire. Il ne peut pas faire de mal, là-bas, dans les Marécages.

Ce qui montre bien que les hommes, même les plus raisonnables, échouent parfois à distinguer les terribles dangers qui se profilent.

Chapitre 11

Voyage vers le nord

Le roi Fred se sentait de plus en plus guilleret à mesure qu'il s'éloignait de Chouxville et s'enfonçait dans la campagne. La nouvelle de la soudaine expédition royale pour trouver l'Ickabog s'était à présent répandue parmi les fermiers qui cultivaient les verts champs vallonnés, et ils accouraient avec leur famille pour acclamer le roi, les deux lords et la garde royale sur leur passage.

N'ayant pas déjeuné, le roi décida de s'arrêter à Kurdsburg pour souper.

– On campera ici, camarades, comme les bons soldats que nous sommes! déclara-t-il à son escorte alors qu'ils entraient dans la ville célèbre pour ses fromages. Et on reprendra la route aux premières lueurs de l'aube!

Mais, bien entendu, il n'était pas question que le roi couche sous la tente. Les clients de l'auberge la plus luxueuse de Kurdsburg furent mis à la porte pour faire de la place à Fred, qui dormit cette nuit-là dans un lit de cuivre, sur un matelas en duvet de canard, après un copieux repas de fromage gratiné et de fondue au chocolat. Lord Crachinay et Lord Flapoon, en revanche, durent passer la nuit dans une petite chambre au-dessus de l'écurie. L'un et l'autre avaient de sacrées courbatures après cette longue journée à cheval. Vous vous demandez peut-être pourquoi, vu qu'ils allaient chasser cinq fois par semaine, mais en vérité, ils s'éclipsaient généralement au bout d'une demi-heure de chasse pour aller s'asseoir derrière un arbre, où ils se bâfraient de sandwichs et buvaient du vin jusqu'à ce qu'il soit l'heure de rentrer au palais. Aucun des deux n'avait l'habitude de passer des heures en selle, et Crachinay commençait déjà à avoir des cloques sur ses fesses osseuses.

Tôt le matin suivant, le commandant Beamish fit savoir au souverain que les citoyens de Baronstown étaient très vexés que le roi eût choisi de dormir à Kurdsburg plutôt que dans leur superbe ville à eux. Ayant à cœur de ne pas ternir sa popularité, Fred donna l'ordre à son cortège de décrire une immense boucle par les champs environnants, sous les acclamations continues des fermiers, de manière à se retrouver à Baronstown à la tombée de la nuit. Une odeur délicieuse de saucisses rissolées accueillit l'escadron royal, et une foule en extase, brandissant des flambeaux, escorta Fred jusqu'à la meilleure chambre de la ville. Là-bas, on lui servit du rôti de bœuf et du jambon au miel, et il dormit dans un lit de chêne ouvragé, sur un matelas en duvet d'oie. Crachinay et Flapoon, quant à eux, durent partager une chambre minuscule sous les combles, occupée d'ordinaire par deux servantes. Crachinay avait à présent extrêmement mal aux fesses, et il était furieux d'avoir dû cavaler en rond sur soixante kilomètres juste pour faire plaisir à des fabricants de saucisses. De son côté, Flapoon, qui avait mangé beaucoup trop de fromage à Kurdsburg et avalé trois biftecks à Baronstown, passa la nuit à gémir, en proie à une indigestion.

Le jour suivant, le roi et ses hommes se mirent à nouveau en route, prenant cette fois la direction du nord. Bientôt, ils traversèrent des vignobles d'où émergeaient des vendangeurs enthousiastes agitant des drapeaux cornucopiens. Le roi, radieux, leur adressait des signes de la main. Crachinay pleurait presque de douleur, malgré le coussin qu'il s'était attaché aux fesses, et les rots et grognements de Flapoon s'entendaient même par-dessus le fracas des sabots et le cliquetis des brides.

À leur arrivée le soir même à Jéroboam, ils furent accueillis par des trompettes et par la ville entière qui chantait en chœur l'hymne national. Fred se régala de vin pétillant et de truffes cette nuit-là, avant d'aller se lover dans un lit à baldaquin de soie et au matelas en duvet de cygne. Mais Crachinay et Flapoon furent obligés de partager une chambre avec deux autres soldats au-dessus des cuisines de l'auberge. Des citoyens de Jéroboam avinés zigzaguaient dans la rue, fêtant la présence du roi. Crachinay passa une bonne partie de la nuit assis dans un seau de glace ; Flapoon, qui avait bu beaucoup trop de vin rouge, passa à peu près autant de temps à vomir dans un autre seau au coin de la pièce.

À l'aube, le matin suivant, le roi et son cortège prirent le chemin des Marécages, après l'adieu traditionnel des habitants de Jéroboam qui, pour accompagner ce départ, firent sauter des bouchons en rafales ; en conséquence de quoi le cheval de Crachinay l'envoya d'une ruade s'écraser par terre. Quand on eut fini d'épousseter le lord et de lui rattacher son coussin aux fesses, et quand Fred eut cessé de rigoler, la troupe se remit en marche.

Bientôt, Jéroboam fut loin derrière, et ils n'entendirent plus que le chant des oiseaux. Pour la toute première fois de leur périple, les bords de la route étaient déserts. Petit à petit, les riches terres verdoyantes firent place à une herbe grêle et sèche, à des arbres crochus et à des rochers.

– Extraordinaire, cet endroit, non ? hurla le roi, tout joyeux, vers Crachinay et Flapoon. Je suis drôlement content d'aller enfin visiter les Marécages, pas vous ?

Les deux lords affirmèrent que oui, mais dès que Fred eut tourné la tête, ils firent des gestes grossiers et articulèrent en silence des qualificatifs encore plus grossiers en direction de sa nuque.

Enfin, le cortège du roi croisa quelques passants ; et comme ces Marécageux les contemplaient ! Ils tombaient à genoux, tel le berger dans la salle du trône, et oubliaient tout à fait d'acclamer ou d'applaudir, mais restaient bouche bée, comme s'ils n'avaient jamais rien vu de pareil au roi et à la garde royale. Et c'était le cas, en effet, car bien que le roi Fred se fût rendu en visite dans toutes les grandes villes de Cornucopia après son couronnement, personne n'avait songé qu'une tournée des lointains Marécages fût un bon usage de son temps.

– Des gens modestes, certes, mais assez touchants, n'est-ce pas ? demanda gaiement le roi à ses hommes, tandis que quelques enfants en guenilles admiraient, médusés, les magnifiques chevaux.

De toute leur vie, jamais ils n'avaient croisé d'animaux si lustrés et si bien nourris.

– Et on est censés dormir où, ce soir ? marmonna Flapoon à Crachinay tout en lorgnant les masures de pierre à moitié en ruine. Pas d'auberges dans le coin !

– Eh bien, voilà au moins de quoi nous consoler, chuchota Crachinay en retour. Il sera obligé de dormir à la dure comme nous tous ; on verra bien s'il apprécie.

Ils chevauchèrent tout l'après-midi et, enfin, comme le soleil commençait à plonger derrière l'horizon, ils aperçurent le marais où l'Ickabog, prétendument, vivait : une vaste étendue d'ombre hérissée de formations rocheuses biscornues.

– Votre Majesté ! appela le commandant Beamish. Je suggère qu'on établisse ici notre campement et qu'on explore le marais demain matin. Comme Votre Majesté le sait, le marais peut se révéler traître ! Les brouillards sont soudains par ici. Nous ferions mieux de nous approcher à la lumière du jour.

– Absurde ! dit Fred, qui rebondissait sur sa selle comme un écolier surexcité. On ne va pas s'arrêter maintenant alors que nous touchons au but, Beamish !

Le roi en ayant donné l'ordre, la troupe continua à avancer, et enfin, alors que la lune s'était levée et jouait à cache-cache entre les nuages d'encre, ils atteignirent le bord du marais. C'était l'endroit le plus étrangement lugubre qu'aucun d'entre eux eût jamais visité ; sauvage et vide et désolé. Une brise glacée faisait susurrer les joncs, mais à part ça, tout était mort, muet.

– Comme vous voyez, Sire, dit Lord Crachinay après quelque temps, le sol est très bourbeux. Un mouton, comme un homme, s'y enliserait s'il s'aventurait trop loin. Et puis, il est possible que dans l'obscurité quelqu'un de simplet prenne ces énormes pierres et ces rochers pour des monstres. On pourrait même confondre le froufrou de ces mauvaises herbes avec le feulement de quelque créature.

– Oui, c'est vrai, c'est bien vrai, admit le roi Fred, mais ses yeux parcouraient quand même le sombre marécage, comme s'il s'attendait à voir l'Ickabog jaillir de derrière un rocher.

– On installe le camp ici, alors, Sire ? demanda Lord Flapoon, qui s'était mis de côté des tourtes froides à Baronstown et avait hâte de dîner.

– Nous ne pouvons pas espérer trouver un monstre, même imaginaire, dans le noir, dit Crachinay.

– C'est vrai, c'est vrai, répéta le roi Fred avec regret. Alors si on… saperlotte, quel brouillard, tout à coup !

Et en effet, pendant qu'ils observaient le marais, un épais brouillard blanc les avait enveloppés, si prestement, si silencieusement, qu'aucun d'entre eux ne l'avait remarqué.

Chapitre 12

Le roi perd son épée

En un rien de temps, les yeux des membres de l'escorte royale s'étaient comme voilés d'un épais bandeau blanc. Le brouillard était si dense qu'ils ne distinguaient même pas leurs propres mains devant leur visage. La brume sentait le marécage putride, l'eau saumâtre et la vase. Le sol mou semblait se dérober sous les pieds des nombreux hommes qui, imprudemment, tournaient sur eux-mêmes. Tentant de se repérer les uns les autres, ils se retrouvaient complètement désorientés. Chacun allait à la dérive dans une aveuglante mer blanche, et le commandant Beamish fut l'un des rares à garder la tête froide.

– Attention ! s'écria-t-il. Le sol est traître. Restez là où vous êtes, n'essayez pas de vous déplacer !

Mais le roi Fred, tout à coup très effrayé, ne l'écouta pas. Il s'élança immédiatement dans la direction, croyait-il, du commandant Beamish et, après quelques pas, il sentit qu'il s'enfonçait dans le marécage glacial.

– Au secours ! hurla-t-il, alors que l'eau glacée du marais se refermait sur ses bottes rutilantes. Au secours ! Beamish, où êtes-vous ? Je m'enfonce !

Il se fit un brusque vacarme de voix affolées et de tintements d'armures. Pour tenter de retrouver Fred, les gardes se précipitaient dans tous les sens, s'entrechoquaient et dérapaient, mais le roi qui pataugeait criait plus fort que tous ses soldats réunis.

– J'ai perdu mes bottes ! Pourquoi personne ne vient m'aider ? *Où êtes-vous, tous ?*

Lord Crachinay et Lord Flapoon étaient les seuls à avoir suivi le conseil de Beamish, et ils se tenaient figés à l'endroit exact où le brouillard les avait piégés. Crachinay s'accrochait à un pli de l'ample pantalon de Flapoon, et Flapoon s'agrippait à la redingote de Crachinay. Ni l'un ni l'autre n'esquissa le moindre geste pour venir en aide à Fred ; ils attendaient, frissonnants, que le calme revienne.

– Au moins, si cet abruti se fait avaler par le marais, on pourra rentrer chez nous, marmonna Crachinay à Flapoon.

Tout devenait de plus en plus confus. Plusieurs membres de la garde royale s'étaient désormais retrouvés coincés dans le marécage en essayant de trouver le roi. L'air résonnait de gargouillis, de cliquetis, de cris. Le commandant Beamish s'époumonait en vain pour remettre un peu d'ordre là-dedans, et la voix du roi semblait s'amenuiser dans la nuit aveugle, s'affaiblir, comme s'il s'éloignait pataudement.

Et soudain, du cœur des ténèbres, s'éleva un hurlement horrible, vrillé par la terreur :

– BEAMISH, AIDEZ-MOI, JE VOIS LE MONSTRE !

– J'arrive, Votre Majesté ! s'exclama le commandant. Continuez à crier, Sire, je viens vous chercher !

– AU SECOURS ! AIDEZ-MOI, BEAMISH !

– Qu'est-ce qui lui arrive, à cet idiot ? demanda Flapoon à Crachinay, mais avant que celui-ci puisse répondre, le brouillard autour des deux lords se dissipa aussi vite qu'il était venu, de sorte qu'ils se trouvèrent tous deux dans une petite trouée, visibles l'un pour l'autre, mais toujours entourés d'une haute muraille d'épaisse brume blanche. Les voix du roi, de Beamish et des autres soldats leur parvenaient de plus en plus étouffées.

– Ne bouge pas tout de suite, conseilla Crachinay à Flapoon. Quand le brouillard se sera dispersé un peu plus, on pourra aller chercher les chevaux et revenir en lieu sûr.

À ce moment précis, une silhouette sombre et visqueuse surgit du mur de brouillard et se jeta sur les deux lords. Flapoon laissa échapper un cri suraigu et Crachinay flanqua un coup à la créature, mais la manqua parce qu'elle avait glissé par terre, en sanglots. Alors seulement, Crachinay s'aperçut que le monstre gluant, bafouillant et soufflotant n'était autre que le roi Fred Sans Effroi.

– Dieu merci, nous vous avons trouvé, Votre Majesté. Nous vous cherchions partout ! s'écria Crachinay.

– Ick… Ick… Ick…, pleurnicha le roi.

– Il a le hoquet, dit Flapoon. Fais-lui peur.

– Ick... Ick... Ickabog ! gémit Fred. Je l'ai v... v... vu ! Un monstre gigantesque – il a presque réussi à m'attraper !

– Plaît-il, Votre Majesté ? dit Crachinay.

– Le m... monstre existe ! s'étrangla Fred. J'ai de la chance d'être encore en v... vie ! Vite, nos chevaux ! Il faut décamper, et tout de suite !

Le roi Fred voulut se relever en grimpant le long de la jambe de Crachinay, mais le lord se décala agilement pour éviter d'être couvert de boue, et il offrit à Fred de petits tapotis apaisants au sommet du crâne, qui était l'endroit le plus propre de son corps.

– Euh, allons, allons, Votre Majesté. Vous avez fait une expérience bien malheureuse, à dégringoler comme ça dans les marais. Comme nous le disions tout à l'heure, les rochers prennent en effet des airs monstrueux dans cet épais brouillard...

– Bon sang, Crachinay, je sais ce que j'ai vu ! hurla le roi, qui se releva maladroitement tout seul. Haut comme deux chevaux, je vous dis, et avec des yeux comme des lampes gigantesques ! J'ai tiré mon épée, mais mes mains étaient tellement glissantes qu'elle s'est échappée de mon poing ; tout ce que j'ai pu faire, c'est extirper mes pieds de mes bottes enlisées, et me sauver en rampant.

Ce fut alors qu'un quatrième homme pénétra dans la petite trouée au milieu du brouillard : le capitaine Blatt, père de Roderick, qui était le second du commandant

LE ROI PERD SON ÉPÉE

Beamish. C'était un grand bonhomme vigoureux, à la moustache d'un noir de jais. Quel genre de personne était vraiment le capitaine Blatt, nous le découvrirons très bientôt. Pour le moment, il vous suffit de savoir que le roi fut très content de le voir, parce que c'était le plus costaud de la garde royale.

– Vous avez repéré l'Ickabog, Blatt ? gémit Fred.

– Non, Votre Majesté, répondit-il en s'inclinant respectueusement, tout ce que j'ai vu, c'est du brouillard et de la boue. Quoi qu'il en soit, je me réjouis de constater que Votre Majesté est saine et sauve. Messieurs, restez ici, je m'en vais rassembler les troupes.

Blatt s'apprêtait à repartir, mais le roi Fred jappa :

– Non, vous, Blatt, vous restez avec moi, au cas où le monstre reviendrait par ici ! Vous avez toujours votre fusil, hein ? Parfait... moi, j'ai perdu mon épée et mes bottes, figurez-vous. Ma plus belle épée de cour, avec des pierreries sur la garde !

Bien qu'il se sentît beaucoup plus en sécurité avec le capitaine Blatt auprès de lui, le roi, tremblotant, avait tout de même froid et peur comme jamais. Il avait aussi la très désagréable impression que personne ne croyait qu'il avait réellement vu l'Ickabog, impression qui s'intensifia lorsqu'il surprit Crachinay levant les yeux au ciel, à l'intention de Flapoon.

Le roi s'en trouva blessé dans son orgueil.

– Crachinay, Flapoon, dit-il, je veux récupérer mon épée

et mes bottes ! Elles sont quelque part par là, ajouta-t-il en désignant d'un geste vague le brouillard qui les entourait.

– Ne serait-il pas… plus… plus judicieux d'attendre que le brouillard se dissipe, Votre Majesté ? demanda nerveusement Crachinay.

– Je veux mon épée ! aboya Fred. C'était celle de mon grand-père, et elle est très précieuse ! Allez me la chercher, vous deux. Moi, j'attends ici avec le capitaine Blatt. Et ne revenez pas les mains vides.

Chapitre 13

L'accident

Les deux lords n'eurent guère d'autre choix que de laisser le roi et le capitaine Blatt dans leur petite clairière en plein brouillard et de se hasarder dans le marais. Crachinay ouvrit la voie, tâtant le sol du bout des pieds pour repérer les endroits les plus fermes. Flapoon suivait de près, toujours agrippé à la redingote de Crachinay, et comme il était considérablement lourd, il s'enfonçait profondément à chaque pas. Le brouillard était moite, et les faisait aller quasiment à l'aveugle. En dépit des grands efforts de Crachinay, les bottes des deux lords se retrouvèrent bientôt remplies d'eau fétide jusqu'à ras bord.

– Ce sinistre godichon ! grommelait Crachinay, tandis que la boue gargouillait sous leurs pas. Ce gugusse patenté ! Tout est sa faute, à ce crétin à cervelle de musaraigne !

– Ça lui apprendra, s'il a perdu son épée pour de bon, renchérit Flapoon, qui avait désormais de l'eau marécageuse presque jusqu'à la taille.

– Espérons que non, sinon on va y passer la nuit, dit Crachinay. Oh, ce satané brouillard !

Ils avancèrent péniblement. Parfois la brume se dissipait sur quelques pas, puis se refermait à nouveau sur eux. Des rochers surgissaient soudain de nulle part, pareils à de fantomatiques éléphants, et les roseaux sifflaient comme des serpents. Les deux lords avaient beau savoir pertinemment que l'Ickabog n'existait pas, une vague incertitude s'était logée dans leurs boyaux.

– Lâche-moi ! rugit Crachinay à Flapoon, dont les tiraillements incessants lui évoquaient des griffes ou des mâchoires monstrueuses accrochées au dos de sa redingote.

Flapoon lâcha, mais une peur absurde l'avait contaminé lui aussi, alors il tira son tromblon de son étui et se tint prêt à faire feu.

– Qu'est-ce que c'est que ça ? chuchota-t-il en entendant un bruit bizarre s'échapper des ténèbres devant eux.

Les deux lords se figèrent pour mieux écouter.

Un grondement étouffé et des grattements sourds émergeaient du brouillard. Ces bruits firent apparaître, dans la tête des deux hommes, l'image immonde d'un monstre se repaissant du corps de l'un des gardes royaux.

– Qui est là ? lança Crachinay d'une voix aiguë.

Quelque part, au loin, le commandant Beamish cria en retour :

– C'est vous, Lord Crachinay ?

L'ACCIDENT

– Oui, hurla celui-ci. On entend quelque chose de louche, Beamish ! Pas vous ?

Il sembla aux deux lords que le grondement et les grattements étranges étaient de plus en plus forts.

Puis le brouillard se déplaça. Et révéla, juste en face d'eux, une monstrueuse silhouette noire, aux yeux d'un blanc luminescent, qui émit un long hurlement.

En un formidable et fracassant « boum », qui sembla faire tressauter tout le marécage, Flapoon fit tonner son tromblon. Les cris d'effroi de leurs compagnons résonnèrent à travers le paysage invisible et, aussitôt, comme si le tir de Flapoon lui avait fait peur, le brouillard s'écarta tel un rideau devant les deux lords, leur dégageant la vue.

La lune s'extirpa de derrière un nuage à ce moment-là, et ils distinguèrent un colossal rocher de granit, avec à sa base une masse de branches épineuses. Empêtré dans ces ronces, il y avait un chien, décharné et épouvanté, qui chouinait et grattouillait pour tenter de se libérer, les yeux scintillant du reflet de la lune.

Un peu au-delà de l'énorme rocher, le commandant Beamish était allongé, à plat ventre, dans le marais.

– Qu'est-ce qui se passe ? s'écrièrent plusieurs voix dans le brouillard. Qui a tiré ?

Ni Crachinay ni Flapoon ne répondirent. Crachinay, pataugeant dans la boue, s'approcha de Beamish aussi vite que possible. L'examen fut bref : le commandant était raide mort, touché au cœur, dans le noir, par la balle de Flapoon.

– Mon Dieu, mon Dieu, qu'est-ce qu'on va faire ? chevrota celui-ci quand il arriva à son tour.

– Tais-toi ! siffla Crachinay.

Il n'avait jamais, de toute son existence de ruses et de roublardises, réfléchi aussi fort et aussi vite. Son regard glissa lentement de Flapoon, avec son fusil, au chien de berger piégé, puis aux bottes et à l'épée royale, richement décorée, qu'il venait de repérer à moitié ensevelie dans le marécage, à quelques pas à peine du rocher géant.

Crachinay, d'un pas clapotant, alla chercher l'épée du roi et l'utilisa pour taillader les ronces qui emprisonnaient le chien. Puis il fila à la pauvre bête un gros coup de pied qui l'envoya balader dans le brouillard, avec force jappements.

– Écoute-moi bien, murmura Crachinay à Flapoon ; mais avant qu'il puisse expliquer son plan, une épaisse silhouette émergea du brouillard : le capitaine Blatt.

– C'est le roi qui m'envoie, haleta le capitaine. Il est terrorisé. Qu'est-ce qui s'est pass…

Alors Blatt vit le corps sans vie du commandant Beamish, face contre terre.

Crachinay comprit aussitôt qu'il fallait mettre Blatt dans la confidence, et qu'il leur serait, d'ailleurs, extrêmement utile.

– Ne dites pas un mot, Blatt, dit Crachinay, le temps que je vous explique ce qui s'est passé.

« L'Ickabog a tué notre brave commandant. Étant donné cette mort tragique, nous allons avoir besoin d'un nouveau

L'ACCIDENT

commandant et, bien entendu, ce sera vous, Blatt, puisque vous êtes son second. Je conseillerai qu'on vous accorde une généreuse augmentation, en vertu de la grande bravoure – écoutez-moi attentivement, Blatt –, de la *très* grande bravoure dont vous avez fait preuve en pourchassant l'épouvantable Ickabog qui s'enfuyait dans le brouillard. Voyez-vous, l'Ickabog était en train de dévorer le corps du pauvre commandant quand Lord Flapoon et moi sommes tombés sur lui. Apeuré par le tromblon dont Lord Flapoon avait, avec sagesse, tiré un coup en l'air, le monstre a lâché le corps de Beamish et s'est enfui. Vous lui avez courageusement couru après, pour tenter de reprendre l'épée du roi, qui était à moitié fichée dans le cuir épais du monstre – mais vous n'avez pas réussi à la récupérer, Blatt. Comme c'est triste pour notre pauvre roi. Il me semble que cette épée inestimable appartenait à son grand-père, mais j'imagine qu'elle est désormais perdue à tout jamais dans l'antre de l'Ickabog.

Comme il prononçait ces mots, Crachinay plaça l'épée dans les grosses mains de Blatt. Le commandant nouvellement promu contempla la garde sertie de pierres précieuses, et un sourire fielleux et fourbe, en tout point semblable à celui de Crachinay, s'étira sur son visage.

– Oui, quel dommage que je n'aie pas pu récupérer l'épée, monseigneur, dit-il en l'escamotant sous sa tunique. Allons, occupons-nous d'envelopper le corps de ce pauvre commandant, car ce serait un choc terrible pour nos hommes d'y voir les traces de crocs du monstre.

– Comme vous êtes prévenant, commandant Blatt, dit Lord Crachinay, et les deux hommes retirèrent rapidement leur cape pour y enrouler le corps, sous l'œil d'un Flapoon profondément soulagé que personne n'eût à savoir qu'il avait accidentellement tué Beamish.

– Pourriez-vous me rappeler à quoi ressemble l'Ickabog, Lord Crachinay ? demanda Blatt quand ils eurent bien dissimulé le corps du commandant Beamish. Car nous trois, qui l'avons vu ensemble, aurons gardé de lui, évidemment, une même image.

– Très juste, approuva Lord Crachinay. Eh bien, d'après le roi, la bête est haute comme deux chevaux, avec des yeux comme des lampes.

– De fait, dit Flapoon, elle ressemble pas mal à ce gros rocher, avec des yeux de chien qui brillent en bas.

– Haute comme deux chevaux, avec des yeux comme des lampes, répéta Blatt. Parfait, messires. Si vous voulez bien m'aider à hisser Beamish sur mon épaule, je le porterai au roi, à qui nous expliquerons comment le commandant a trouvé la mort.

Chapitre 14

Le plan de Lord Crachinay

Lorsque le brouillard se retira enfin, il laissa derrière lui une troupe d'hommes très différente de ce qu'elle avait été une heure auparavant en arrivant à l'orée du marais.

Au-delà du choc de la mort soudaine du commandant Beamish, l'explication fournie aux gardes royaux en rendait certains perplexes. Voilà que les deux lords, le roi, et le commandant Blatt, précipitamment monté en grade, juraient s'être retrouvés face à un monstre que tout le monde, à part quelques simplets, considérait depuis des lustres comme un personnage de conte de fées. Se pouvait-il vraiment que, sous son cocon de capes, le corps de Beamish portât les marques de dents et de griffes de l'Ickabog ?

– Vous me traitez de menteur ? rugit le commandant Blatt au nez d'un jeune soldat.

– Vous traitez *le roi* de menteur ? aboya Lord Flapoon.

N'osant pas remettre en question la parole du roi, le

soldat secoua la tête. Le capitaine Bonamy, qui avait été particulièrement proche du commandant Beamish, ne pipa mot. Cependant, l'expression de Bonamy était teintée de tant de colère et de méfiance que Blatt lui ordonna d'aller planter les tentes sur le bout de terrain le plus ferme possible, et que ça saute, parce que le funeste brouillard pourrait bien réapparaître.

Bien qu'il eût un matelas de paille et des couvertures soutirées à des soldats pour assurer son confort, le roi Fred passa la plus mauvaise nuit de sa vie. Il était fourbu, souillé, mouillé, et surtout, effrayé.

— Et si l'Ickabog revenait nous chercher, Crachinay ? chuchota le roi dans le noir. Si jamais il flairait notre trace ? Il a déjà goûté un bout du pauvre Beamish. Et s'il venait récupérer le reste du corps ?

Crachinay tenta d'apaiser le roi :

— N'ayez nulle crainte, Votre Majesté, Blatt a ordonné au capitaine Bonamy de monter la garde devant votre tente. Quels que soient les prochains à être mangés, vous serez le dernier sur la liste.

Il faisait trop sombre pour que le roi discerne le large sourire du lord. Loin de chercher à rassurer le roi, Crachinay espérait plutôt attiser ses peurs. Tout son plan dépendait d'un souverain non seulement convaincu de l'existence de l'Ickabog, mais également terrifié à l'idée que la bête sorte du marécage pour le prendre en chasse.

Le matin suivant, le cortège du roi repartit pour Jéroboam.

Crachinay avait dépêché un émissaire pour prévenir le maire de la ville qu'il y avait eu un sale accident dans le marais, et que le roi ne souhaitait être accueilli ni par des trompettes ni par des bouchons. Aussi la ville était-elle silencieuse quand l'escorte royale arriva. Les habitants qui pressaient leur nez contre les vitres, ou jetaient un coup d'œil par l'embrasure d'une porte, furent bouleversés de voir le roi si sale et si chagrin, mais bien plus bouleversés encore à la vue du corps, enroulé dans des capes, sanglé sur le dos du cheval gris acier du commandant Beamish.

Quand ils atteignirent l'auberge, Crachinay prit l'hôtelier à part.

– Il nous faut un lieu sûr et froid, peut-être une cave, pour y entreposer un corps pendant la nuit, et c'est moi qui me chargerai d'en garder la clé.

– Que s'est-il passé, monseigneur ? demanda l'aubergiste, tandis que Blatt, Beamish dans les bras, descendait l'escalier de pierre menant à la cave.

– Je vais vous dire la vérité, mon brave, puisque vous vous êtes si bien occupé de notre troupe ; mais que cela reste entre nous, dit Crachinay d'une voix basse et sérieuse. L'Ickabog existe, et il a sauvagement tué l'un de nos hommes. Vous comprenez, j'en suis certain, pourquoi la nouvelle ne doit pas être amplement propagée. La panique serait instantanée. Le roi s'en retourne à toute allure au palais, où lui et ses conseillers – dont moi, évidemment – se mettront sur-le-champ à élaborer des mesures pour assurer la sécurité de notre pays.

– L'Ickabog ? Il existe ? s'exclama l'hôtelier, saisi de stupeur et de peur.

– Il existe, et il est hargneux, et il est sadique, ajouta Crachinay. Mais, encore une fois, que cela reste entre nous. Personne ne sortirait gagnant d'un affolement général.

De fait, l'affolement général était précisément ce que désirait Crachinay, car il était essentiel à la phase suivante de son plan. Comme le lord l'avait prévu, l'aubergiste ne patienta que jusqu'au coucher de ses hôtes avant de se dépêcher de tout raconter à sa femme, qui se rua chez les voisins pour leur en parler, et quand le cortège royal se mit en route pour Kurdsburg le matin suivant, il laissa derrière lui une ville où la panique fermentait aussi vigoureusement que le vin.

Crachinay fit expédier un message à Kurdsburg pour ordonner à la ville du fromage d'accueillir le roi sans cérémonie ; les rues là aussi étaient donc sombres et silencieuses quand l'escadron royal y pénétra. On lisait déjà la peur sur les visages aux fenêtres. Il se trouvait qu'un marchand de Jéroboam, au cheval particulièrement véloce, avait apporté à Kurdsburg la rumeur sur l'Ickabog une heure plus tôt.

Une fois encore, Crachinay réquisitionna une cave pour le corps du commandant Beamish et, une fois encore, il confia à l'hôtelier que l'Ickabog avait tué l'un des hommes du roi. S'étant assuré qu'un bon verrou veillait sur le corps de Beamish, le lord monta se coucher.

Alors qu'il était en train d'étaler de la crème sur ses ampoules aux fesses, il reçut du roi une convocation urgente. Crachinay, ricanant, se reculotta, envoya un clin d'œil à Flapoon qui se régalait d'un sandwich fromage-cornichons, prit sa chandelle et longea le couloir en direction de la chambre du roi Fred.

Le roi était pelotonné dans son lit, son bonnet de nuit en soie sur le crâne, et à peine le lord eut-il refermé la porte que Fred dit :

– Crachinay, je n'arrête pas d'entendre jaser au sujet de l'Ickabog. Les palefreniers en parlaient, et même la servante qui vient de passer devant la porte de ma chambre. Comment ça se fait ? Comment peuvent-ils être au courant de ce qui s'est passé ?

– Hélas, Votre Majesté, soupira Crachinay, j'avais espéré pouvoir vous préserver de cette nouvelle jusqu'à ce que nous soyons de retour sains et saufs au palais, mais j'aurais dû savoir que Votre Majesté est trop perspicace pour une telle duperie. Depuis que nous avons quitté le marais, Sire, l'Ickabog, comme Votre Majesté le craignait, est devenu beaucoup plus agressif.

– Oh, non ! gémit le roi.

– J'ai bien peur que si. Mais après tout, Sire, l'attaquer ainsi allait forcément le rendre plus dangereux.

– Qui donc l'a attaqué ? demanda Fred.

– Mais vous, Votre Majesté, répondit Crachinay. Blatt m'a rapporté avoir vu votre épée enfoncée dans le cou du monstre quand il s'enfuyait – je vous demande pardon, Votre Majesté, vous disiez ?

Le roi, en effet, s'était laissé aller à une sorte de marmonnement mais, après quelques instants, il secoua la tête. Il avait envisagé de corriger l'erreur de Crachinay – il était certain d'avoir raconté l'histoire différemment –, mais son horrible expérience dans le brouillard sonnait bien mieux dans la version que le lord narrait à présent : Fred avait tenu bon et avait combattu l'Ickabog, plutôt que de lâcher tout bêtement son épée avant de détaler.

– Mais c'est abominable, Crachinay, chuchota le roi. Qu'est-ce qui va nous arriver si le monstre est devenu encore plus féroce ?

– Pas d'inquiétude, Votre Majesté, dit Crachinay qui s'approchait du lit du roi, son long nez et son sourire cruel illuminés d'en bas par la bougie. Je compte dévouer ma vie à votre protection, et à celle du royaume, contre l'Ickabog.

– M... merci, Crachinay. Vous êtes un ami, un vrai, dit le roi, profondément ému.

Et il extirpa l'une de ses mains de sous l'édredon, pour agripper celle du fourbe lord.

Chapitre 15

Le retour du roi

Le temps que le roi se mette en chemin pour Chouxville le lendemain matin, la rumeur selon laquelle l'Ickabog avait tué un homme avait voyagé non seulement par-delà le pont jusqu'à Baronstown, mais également, par bribes, jusqu'à la capitale, du fait d'une flopée de fromagers qui étaient partis avant l'aube.

Cependant, Chouxville n'était pas simplement la cité la plus éloignée des Marécages, c'était aussi celle qui s'estimait la mieux informée et la mieux instruite de toutes les villes de Cornucopia. Ainsi, quand la vague de panique gagna la capitale, elle fit face à un rempart d'incrédulité.

Les tavernes et les marchés de la ville bruissaient de discussions passionnées. Les sceptiques se moquaient de l'idée grotesque selon laquelle l'Ickabog existerait vraiment, tandis que d'autres disaient qu'on n'avait pas le droit de se proclamer expert en Marécages si on n'y était jamais allé.

Les commérages sur l'Ickabog avaient beaucoup gagné en relief durant leur périple vers le sud. Certaines personnes disaient que le monstre avait tué trois hommes, d'autres qu'il avait juste laissé quelqu'un avec un nez en moins.

Néanmoins, dans la Cité-dans-la-Cité, les conversations étaient saupoudrées d'une petite pincée d'angoisse. Les femmes, les enfants et les amis des gardes royaux s'inquiétaient pour les soldats, mais œuvraient à se tranquilliser les uns les autres : si l'un des hommes s'était fait tuer, sa famille en aurait été informée par un messager. Ce fut ainsi que Mrs Beamish rassura Bert quand il vint la chercher dans les cuisines du palais, effrayé par les potins qui circulaient parmi ses camarades de classe.

– Le roi nous l'aurait dit, s'il était arrivé quoi que ce soit à papa, assura-t-elle à Bert. Allons, tiens, une friandise pour toi.

Mrs Beamish avait préparé des Espoirs-du-Paradis pour le retour du roi, et elle en donna un, qui n'était pas tout à fait symétrique, à Bert. Le souffle coupé (car il n'avait droit à des Espoirs-du-Paradis que pour son anniversaire), il mordit dans le petit gâteau. Ses yeux s'emplirent tout de suite de larmes de bonheur, et une bouffée de paradis passa par son palais pour faire fondre tous ses soucis. Il fut tout joyeux de penser à son père qui rentrait à la maison dans son bel uniforme, et de s'imaginer lui, Bert, au centre de l'attention le lendemain à l'école, parce qu'il saurait exactement ce qui était arrivé aux hommes du roi dans les lointains Marécages.

Le crépuscule descendait peu à peu sur Chouxville quand,

enfin, on discerna l'escorte du roi. Cette fois, Crachinay n'avait pas dépêché d'émissaire pour dire aux gens de rester chez eux. Il voulait que le roi ressentît toute la puissance de l'affolement et de la peur à Chouxville quand les habitants verraient Sa Majesté rentrer au palais avec le corps sans vie de l'un des membres de la garde royale.

Les habitants de Chouxville aperçurent les visages tendus, abattus, des hommes qui revenaient, et ils regardèrent en silence l'escorte s'approcher. Puis ils remarquèrent le corps enveloppé sur le cheval gris acier, et des cris étouffés se répandirent parmi la foule comme des flammes. Le long des étroites rues pavées de la cité, le cortège du roi avançait, et les hommes retiraient leur chapeau, et les femmes faisaient la révérence, et nul ne savait tout à fait si l'on rendait hommage au roi ou au défunt.

Daisy Doisel fut l'une des premières à comprendre qui manquait à l'appel. Elle observait la scène entre les jambes des adultes, et reconnut le cheval du commandant Beamish. Oubliant immédiatement qu'elle et Bert ne s'étaient pas reparlé depuis leur bagarre la semaine précédente, Daisy lâcha la main de son père et se mit à courir, fendant la foule, ses couettes brunes tressautant au vent. Il fallait qu'elle trouve Bert avant qu'il ne voie le corps sur le cheval. Il fallait qu'elle le prévienne. Mais les gens formaient une masse si compacte que Daisy, si vite qu'elle se déplaçât, n'arrivait pas à rester au niveau des chevaux.

Bert et sa mère, postés à l'entrée de leur chaumière, dans

l'ombre des murs du palais, savaient, à cause des exclamations de la foule, que quelque chose clochait. Mrs Beamish se sentait, certes, un peu anxieuse, mais elle était tout de même convaincue qu'elle allait bientôt revoir son beau mari, car s'il avait été blessé, le roi le leur aurait fait savoir.

Alors, quand le cortège apparut au coin de la rue, les yeux de Mrs Beamish glissèrent de visage en visage, s'attendant à voir celui du commandant. Et lorsqu'elle s'aperçut qu'il n'en restait plus aucun, son visage à elle perdit lentement toute couleur. Puis son regard tomba sur le corps attaché au cheval gris acier du commandant Beamish et, la main de Bert encore dans la sienne, en l'espace d'un souffle, elle perdit connaissance.

Chapitre 16

Bert fait ses adieux

Crachinay remarqua qu'on s'agitait près de l'enceinte du palais, et il étira le cou pour voir ce qui se passait. Il repéra la femme étendue sur le sol, entendit les cris de stupeur et d'émoi, et comprit aussitôt qu'il avait négligé un obstacle qui pouvait le faire trébucher : la veuve ! Longeant la foule où une petite poignée de personnes éventaient le visage de Mrs Beamish, le lord se résigna à remettre à plus tard le bain qu'il attendait tant, et son cerveau sournois se remit à vrombir.

Dès que le cortège eut regagné la cour et que les serviteurs se furent précipités pour aider Fred à descendre de cheval, Crachinay prit le commandant Blatt à part.

– La veuve, la veuve de Beamish ! chuchota-t-il. Pourquoi ne l'avez-vous pas prévenue de la mort de son mari ?

– Ça ne m'est jamais venu à l'esprit, monseigneur, répondit candidement Blatt.

Il avait été trop occupé, tout le long du chemin, à réfléchir à l'épée ornée de pierres précieuses : quelle serait la meilleure manière de la vendre, et ne vaudrait-il pas mieux la couper en morceaux, pour que personne ne la reconnaisse ?

– Le diable vous emporte, Blatt ! Faut-il que ce soit moi qui pense à tout ? gronda Crachinay. Vite, sortez le corps de Beamish de ces capes dégoûtantes, recouvrez-le d'un drapeau cornucopien, et disposez-le dans le petit salon bleu. Postez des gardes devant la porte, et ensuite amenez-moi Mrs Beamish à la salle du trône.

« Ah oui, et donnez l'ordre aux soldats de ne pas rentrer chez eux et de ne pas parler à leur famille avant que je m'entretienne avec eux. Il est essentiel qu'on raconte tous la même histoire ! Allez, dépêchez-vous, imbécile, dépêchez-vous – la veuve Beamish pourrait tout faire rater !

Crachinay écarta de son chemin soldats et palefreniers pour aller voir Flapoon, qu'on soulevait laborieusement de sa selle.

– Empêche le roi de se rendre à la salle du trône ou au petit salon bleu, glissa Crachinay à l'oreille de Flapoon. Pousse-le à aller se coucher !

Celui-ci opina et Crachinay s'engouffra dans les couloirs faiblement éclairés du palais, se délestant au passage de sa redingote poussiéreuse, et vociférant à des serviteurs d'aller lui chercher des vêtements de rechange.

Une fois arrivé dans la salle du trône déserte, Crachinay enfila une veste propre et ordonna à une servante de n'allumer qu'une lampe et de lui apporter un verre de vin. Puis il attendit. Enfin, on frappa à la porte.

– Entrez ! s'exclama Crachinay, et le commandant Blatt apparut, en compagnie d'une Mrs Beamish au visage blême et du petit Bert.

– Ma chère Mrs Beamish… ma *très* chère Mrs Beamish, dit Crachinay qui vint à grandes enjambées lui attraper la main. Le roi m'a chargé de vous dire à quel point il est désolé. Je joins mes propres condoléances aux siennes. Quelle tragédie… quelle abominable tragédie.

– P… pourquoi personne ne nous a prévenus ? sanglota Mrs Beamish. P… pourquoi a-t-il fallu qu'on l'apprenne en voyant son pauvre… son pauvre corps ?

Elle vacillait un peu, et Blatt alla en vitesse lui chercher une petite chaise dorée. La servante, qui s'appelait Hetty, entra avec du vin pour Crachinay et, tandis qu'elle remplissait un verre, le lord dit :

– Ma chère madame, nous avons pourtant envoyé un mot. Nous avons dépêché un messager – n'est-ce pas, Blatt ?

– Mais oui, confirma celui-ci. Un petit bonhomme, du nom de…

Là, ça coinça. Blatt était un homme de très peu d'imagination.

– Nobby, enchaîna Crachinay, car c'était le premier prénom à lui passer par le crâne. Le petit Nobby… Bouton, ajouta-t-il, alors que la lumière tremblotante faisait briller l'un des boutons dorés sur l'uniforme de Blatt. Voilà, le petit Nobby Bouton s'est proposé, et hop, il est parti au galop. Qu'est-ce qui a bien pu lui arriver ? Blatt, il faut lancer une équipe de secours tout de suite, pour voir si l'on retrouve la moindre trace de Nobby Bouton.

– Tout de suite, monseigneur, dit le capitaine, qui s'inclina profondément et sortit.

– Comment… comment mon époux est-il mort ? murmura Mrs Beamish.

– Eh bien, madame…, commença Crachinay.

Et il choisit ses mots avec soin, car il savait que l'histoire qu'il s'apprêtait à raconter deviendrait la version officielle, et qu'il devrait s'y tenir pour toujours :

– Comme vous le savez peut-être, nous étions en expédition dans les Marécages, ayant été informés que l'Ickabog avait enlevé un chien. Par malheur, peu après notre arrivée, notre escadron entier se fit attaquer par le monstre.

« Il se précipita d'abord sur le roi, mais Sa Majesté combattit fort vaillamment, plantant son épée dans le cou de la créature. Hélas, pour l'Ickabog au cuir épais, ce n'était que piqûre de guêpe ! Fou de rage, il se chercha d'autres victimes, et le commandant Beamish eut beau lutter en authentique héros, il dut, vous m'en voyez consterné, sacrifier sa vie pour le roi.

« Puis vint à Lord Flapoon l'excellente idée de décharger son tromblon, et l'Ickabog, effrayé, prit la poudre d'escampette. Nous extirpâmes le pauvre Beamish du marais et sollicitâmes un volontaire pour porter à sa famille la nouvelle de sa mort. Ce cher petit Nobby Bouton répondit présent et sauta en selle ; et jusqu'à notre retour à Chouxville, je ne doutai pas qu'il était arrivé et vous avait avertis de ce drame épouvantable.

– Puis-je… puis-je voir mon mari ? demanda Mrs Beamish entre ses larmes.

– Naturellement, naturellement, répondit Crachinay. Il est dans le petit salon bleu.

Il escorta Mrs Beamish et Bert, qui tenait toujours la main de sa mère, jusqu'aux portes du petit salon, où il marqua un arrêt.

– Je regrette, dit-il, mais nous ne pouvons ôter de son corps le drapeau qui le recouvre. Vous seriez bien trop bouleversés de le voir si meurtri… toutes ces marques de crocs et de griffes, vous comprenez…

Mrs Beamish vacilla une fois encore et Bert l'empoigna pour l'aider à se tenir debout. Mais voilà que Lord Flapoon s'approchait du petit groupe, un plateau de tourtes à la main.

– Le roi est au lit, dit-il d'une voix pâteuse à Crachinay. Tiens, bonsoir, ajouta-t-il en apercevant Mrs Beamish, qui était l'une des rares servantes dont il connût le nom, parce que c'était elle qui faisait les pâtisseries. Désolé pour le commandant, lâcha-t-il en crachotant des miettes de tourte à la figure de Mrs Beamish et de Bert. Je l'ai toujours bien aimé.

Il s'éloigna, et Crachinay ouvrit la porte du petit salon bleu pour faire entrer Mrs Beamish et Bert. On avait disposé là le corps du commandant, dissimulé sous le drapeau cornucopien.

– Ne puis-je même pas l'embrasser une dernière fois ? sanglota Mrs Beamish.

– C'est tout à fait impossible, malheureusement, dit Crachinay. Il lui manque la moitié du visage.

– Sa main, maman, intervint Bert, qui parlait pour la première fois. Je suis sûr que sa main, ça ira.

Et avant que Crachinay puisse l'en empêcher, Bert alla chercher, sous le drapeau, la main de son père, qui était parfaitement intacte.

Mrs Beamish s'agenouilla et couvrit la main de baisers jusqu'à ce qu'elle luise de larmes, comme une main de porcelaine. Puis Bert l'aida à se relever, et ils sortirent tous deux du petit salon bleu sans un mot de plus.

Chapitre 17

Bonamy
prend position

Dès qu'il fut assuré du départ des Beamish, Crachinay se rua dans la salle des gardes, où Blatt surveillait le reste de la garde royale. Aux murs étaient suspendus des sabres, ainsi qu'un portrait du roi Fred qui semblait suivre des yeux tout ce qui s'y tramait.

– Ils commencent à s'agiter, monseigneur, maugréa Blatt. Ils veulent rentrer chez eux, retrouver leur famille et aller se coucher.

– Et c'est ce qu'ils feront, quand on aura un peu bavardé, dit Crachinay, qui se tourna vers les soldats éreintés et encrassés par le voyage. Quelqu'un a-t-il des questions sur ce qui s'est passé dans les Marécages ? demanda-t-il aux hommes.

Les soldats s'entre-regardèrent. Certains jetèrent des coups d'œil furtifs à Blatt, qui s'était adossé au mur et s'affairait à astiquer un fusil. Puis le capitaine Bonamy leva la main, et deux autres soldats firent de même.

– Pourquoi a-t-on recouvert le corps de Beamish avant que quiconque parmi nous puisse le voir ? demanda-t-il.

– Je veux savoir où il est allé, le coup de feu, celui qu'on a entendu partir, dit le deuxième soldat.

– Comment ça se fait qu'il n'y ait que quatre personnes qui aient vu le monstre, s'il est si énorme que ça ? demanda le troisième, déclenchant des hochements de tête et des murmures d'approbation.

– Ce sont là de très bonnes questions, répondit suavement Crachinay. Laissez-moi vous expliquer.

Et il répéta l'histoire de l'attaque qu'il avait racontée à Mrs Beamish.

Les soldats qui avaient posé des questions restaient sur leur faim.

– Je trouve toujours ça louche qu'il y ait eu un énorme monstre et qu'aucun d'entre nous ne l'ait vu, insista le troisième soldat.

– Si Beamish s'est fait à moitié dévorer, pourquoi il n'y avait pas plus de sang ? demanda le deuxième.

– Et par tous les dieux, dit le capitaine Bonamy, qui est donc Nobby Bouton ?

– Où est-ce que vous avez entendu parler de Nobby Bouton ? hoqueta Crachinay, sans réfléchir.

– Entre l'écurie et ici, je suis tombé sur l'une des servantes, Hetty, dit Bonamy. C'est elle qui vous a servi du vin, monseigneur. D'après elle, vous venez de parler à la pauvre épouse de Beamish d'un membre de la garde royale nommé

Nobby Bouton. Vous disiez qu'on avait expédié Nobby Bouton en émissaire pour annoncer à Mrs Beamish que son mari s'était fait tuer.

« Mais moi, ça ne me dit rien, Nobby Bouton. Je n'ai jamais rencontré personne du nom de Nobby Bouton. Alors, je vous pose la question, monseigneur : comment est-ce possible ? Comment est-ce qu'un homme pourrait voyager avec nous, et partager notre camp, et obéir aux ordres de Votre Seigneurie juste devant nous, sans qu'aucun d'entre nous n'ait jamais posé les yeux sur lui ? »

Crachinay songea d'abord qu'il s'agirait de régler son compte à cette servante aux oreilles baladeuses. Par chance, Bonamy lui avait fourni son prénom. Puis il dit d'une voix mauvaise :

– Qu'est-ce qui vous donne le droit de parler au nom de tout le monde, capitaine Bonamy ? Peut-être certains de nos hommes ont-ils des souvenirs plus nets. Peut-être se rappellent-ils clairement le pauvre Nobby Bouton. Ce cher petit Nobby, en mémoire de qui le roi ajoutera un sac d'or bien ventru à toutes les paies cette semaine. Ce brave Nobby, ce fier Nobby, dont le sacrifice – car je crains que le monstre l'ait mangé, comme Beamish – sera synonyme d'augmentation pour tous ses compagnons d'armes. Ce noble Nobby Bouton, dont les plus proches amis sont, sans doute, promis à prendre rapidement du galon.

Un autre silence suivit les paroles de Crachinay, et ce silence-là était froid et lourd. Désormais, tous les membres de la garde royale comprenaient le choix qui leur était présenté. Ils mettaient en balance l'immense influence que Crachinay, disait-on, exerçait sur le roi ; la façon menaçante dont le commandant Blatt caressait à présent le canon de son fusil, et ils se rappelaient la mort soudaine de leur ancien chef, le commandant Beamish. Ils pensaient également à la promesse d'or en plus, et d'un prompt avancement, s'ils acceptaient de croire à l'Ickabog et au soldat Nobby Bouton.

Bonamy se leva si brusquement que sa chaise bascula sur le sol avec fracas.

– Nobby Bouton n'a jamais existé, et que je sois maudit s'il existe un Ickabog. Je ne me ferai pas complice d'un mensonge !

Les deux hommes qui avaient également posé des questions se levèrent eux aussi, mais les autres soldats restèrent assis, silencieux, sur le qui-vive.

– Très bien, déclara Crachinay. Vous êtes tous les trois en état d'arrestation pour le répugnant crime de haute trahison. Comme vos camarades ici présents s'en souviennent certainement, vous avez déguerpi quand l'Ickabog est apparu. Vous avez oublié votre devoir de protection du roi, vous n'avez pensé qu'à sauver votre peau de lâches ! Vous serez punis de mort et fusillés par le peloton d'exécution.

Il choisit huit soldats pour emmener les trois hommes, et les honnêtes soldats eurent beau résister bec et ongles, ils étaient seuls contre tous et furent maîtrisés, et en un rien de temps on les traîna hors de la salle des gardes.

– Parfait, dit Crachinay aux quelques soldats qui restaient. Parfait en tout point. Les augmentations vont pleuvoir, et j'aurai vos noms en tête à la prochaine montée en grade. Surtout, n'oubliez pas de raconter précisément à vos familles ce qui s'est passé dans les Marécages. Ça n'augurerait rien de bon pour votre femme, vos parents ou vos enfants si on les surprenait à remettre en question l'existence de l'Ickabog, ou de Nobby Bouton.

« Vous pouvez à présent rentrer chez vous.

Chapitre 18

La chute d'un conseiller

À peine les gardes se furent-ils levés pour rentrer chez eux que Lord Flapoon déboula dans la salle, l'air inquiet.

– Qu'est-ce qui se passe encore ? grincha Crachinay, qui ne rêvait que de son bain et de son lit.

– Le… conseiller… suprême ! haleta Flapoon.

Et voilà qu'apparut en effet le conseiller suprême, Chevronnet, arborant une robe de chambre et une expression outrée.

– J'exige des explications, monseigneur ! s'exclama-t-il. Qu'est-ce que c'est que ces histoires qui me parviennent aux oreilles ? Un Ickabog en chair et en os ? Le commandant Beamish, mort ? Et je viens de croiser trois des soldats du roi sous escorte, condamnés à mort ! J'ai évidemment exigé qu'on les conduise au cachot à la place, en attendant qu'ils soient jugés !

– Je peux tout vous expliquer, monsieur le conseiller

suprême, dit Crachinay en s'inclinant et, pour la troisième fois de la soirée, il raconta l'attaque du roi par l'Ickabog, la mort de Beamish, et la mystérieuse disparition de Nobby Bouton, dont on pouvait craindre, selon le lord, qu'il eût été lui aussi la proie du monstre.

Avec une mine de vieux renard rusé guettant un terrier de lapin à l'heure du dîner, Chevronnet, qui avait toujours déploré l'influence de Crachinay et de Flapoon sur le roi, laissa le lord finir sa farandole de fariboles.

– Quelle fascinante histoire, commenta-t-il quand le lord eut terminé. Mais je vous déclare à présent déchargé de toute responsabilité en la matière, Lord Crachinay. Les conseillers prendront la relève. Il existe des lois et des protocoles en Cornucopia pour faire face à de telles urgences.

« Tout d'abord, les hommes envoyés au cachot auront droit à un procès en bonne et due forme, afin que nous puissions entendre leur version des faits. Deuxièmement, on consultera les listes des soldats pour retrouver les proches de ce Nobby Bouton, et on les informera de sa disparition. Troisièmement, on fera examiner de près le corps du commandant Beamish par les médecins du roi, dans le but d'en apprendre davantage sur le monstre qui l'a tué.

Crachinay ouvrit très grand la bouche, mais rien n'en sortit. Il voyait s'écrouler sur lui son génial stratagème, et s'imagina piégé sous les débris, prisonnier de sa propre ingéniosité.

Alors, le commandant Blatt, qui se tenait derrière le

conseiller suprême, posa délicatement son fusil et décrocha une épée du mur. Un regard, comme une vive lueur sur une eau noire, ricocha de Blatt à Crachinay, qui dit :

– Il me semble, Chevronnet, que vous êtes mûr pour la retraite.

Un éclair de métal, et la pointe de l'épée de Blatt sortit du ventre du conseiller suprême. Les soldats hoquetèrent de stupeur ; le conseiller suprême, quant à lui, ne prononça pas un mot. Il tomba simplement à genoux, puis s'effondra, mort.

Crachinay embrassa du regard les soldats qui avaient accepté de croire à l'Ickabog. Il lui plut de voir la peur sur chaque visage. Cela lui faisait ressentir sa propre puissance.

– Est-ce que tout le monde a entendu le conseiller suprême me désigner comme son successeur avant de partir à la retraite ? demanda-t-il doucement.

Tous les soldats hochèrent la tête. Ils venaient d'assister, les bras ballants, à un meurtre, et ils se sentaient trop profondément complices pour se révolter. Tout ce qui leur importait, désormais, c'était de sortir de là vivants et de protéger leurs familles.

– Eh bien, parfait, dit Crachinay. Le roi croit en l'existence de l'Ickabog, et je suis avec le roi. C'est moi le nouveau conseiller suprême, et je me charge d'élaborer un plan pour défendre le royaume. Pour ceux qui resteront loyaux envers le roi, la vie ne sera guère différente de ce qu'elle a été. Ceux qui s'opposeront à lui endureront les châtiments réservés aux lâches et aux traîtres : la prison… ou la mort.

LA CHUTE D'UN CONSEILLER

« Maintenant, que l'un d'entre vous, messieurs, prête main-forte au commandant Blatt pour enterrer le corps de ce cher conseiller suprême – et choisissez l'endroit avec soin, qu'on ne risque pas de le découvrir. Les autres, vous êtes libres de rentrer chez vous et d'informer vos familles du danger qui menace notre précieuse Cornucopia.

Chapitre 19

Lady Eslanda

Crachinay fonçait à présent vers les cachots. Chevronnet disparu, plus rien ne l'empêchait de tuer les trois honnêtes soldats. Il comptait les abattre lui-même. Il y aurait bien le temps d'inventer une histoire par la suite – il pourrait peut-être disposer leurs corps dans la chambre forte où l'on conservait les bijoux de la Couronne, et prétendre qu'ils essayaient de les voler.

Mais comme Crachinay posait la main sur la poignée de la porte qui menait aux cachots, de la pénombre derrière lui émana un murmure :

– Bonsoir, Lord Crachinay.

Il se retourna et vit Lady Eslanda, chevelure noir corbeau et regard sérieux, se détacher de l'ombre d'un escalier en colimaçon.

– Vous veillez bien tard, madame, dit-il en s'inclinant.

– Oui, acquiesça Lady Eslanda, dont le cœur battait à tout rompre. Je… je n'arrivais pas à dormir. J'ai décidé d'aller faire un petit tour.

C'était un bobard. En réalité, Eslanda avait été tirée d'un profond sommeil quand on avait tambouriné à la porte de sa chambre. Sur le seuil se trouvait Hetty, la servante qui avait servi du vin à Crachinay et qui avait écouté ses mensonges sur Nobby Bouton.

Hetty était si curieuse de voir ce que fabriquait Crachinay après son histoire de Nobby Bouton qu'elle s'était faufilée jusqu'à la salle des gardes et, l'oreille pressée contre la porte, avait tout entendu. Elle avait couru se cacher tandis qu'on emmenait les trois honnêtes soldats, puis s'était précipitée à l'étage pour réveiller Lady Eslanda. Elle voulait venir en aide aux hommes qu'on allait fusiller. La servante ignorait tout de l'amour que portait en secret Lady Eslanda au capitaine Bonamy. Simplement, Lady Eslanda était, de toutes les dames de la cour, sa préférée, et elle la savait bonne et intelligente.

En toute hâte, Lady Eslanda mit quelques pièces d'or dans la main de Hetty et lui conseilla de quitter le palais cette nuit même, car elle craignait que la servante fût désormais en grand danger. Puis la dame s'habilla, les mains tremblantes, attrapa une lanterne, et dévala l'escalier en colimaçon attenant à sa chambre. Mais avant d'avoir atteint les dernières marches, elle entendit des voix. Elle souffla sa lanterne et écouta Chevronnet donner l'ordre que l'on mène le capitaine Bonamy et ses amis au cachot plutôt que de les fusiller. Depuis lors, elle était restée à l'abri des regards dans les escaliers, parce qu'elle sentait bien que la menace qui pesait sur les hommes n'était peut-être pas tout à fait écartée – et en effet, voilà que Lord Crachinay arrivait, en chemin vers les cachots, un pistolet à la main.

– Le conseiller suprême est-il dans les parages ? demanda Lady Eslanda. Il me semble avoir entendu sa voix tout à l'heure.

– Chevronnet a pris sa retraite, répondit Crachinay. Vous avez en face de vous le nouveau conseiller suprême, madame.

– Oh, félicitations ! s'écria Eslanda, faisant mine de se réjouir, alors qu'elle était horrifiée. C'est donc vous, j'imagine, qui ferez juger les trois soldats qui sont dans les cachots ?

– Vous êtes fort bien informée, Lady Eslanda, fit remarquer Crachinay en l'observant avec attention. Comment savez-vous qu'il y a trois soldats dans les cachots ?

– Il se trouve que j'ai entendu Chevronnet les évoquer, dit Lady Eslanda. Des hommes très respectés, apparemment. Il insistait sur l'importance de leur accorder un procès équitable. Je sais que le roi Fred sera d'accord, parce que sa popularité lui est profondément chère ; et il a tout à fait raison, car pour régner efficacement, un roi doit être aimé.

Lady Eslanda faisait plutôt bien semblant d'avoir pour seul souci la popularité du roi, et neuf personnes sur dix, dirais-je, auraient été convaincues. Malheureusement, Crachinay discerna le frémissement dans sa voix, et soupçonna qu'elle devait être amoureuse de l'un de ces hommes pour se précipiter ainsi dans les profondeurs du palais, au cœur de la nuit, dans l'espoir de leur sauver la vie.

– Je me demande, dit-il, scrutateur, lequel des trois vous est si précieux.

Lady Eslanda aurait voulu s'empêcher de rougir, mais elle en était, hélas, incapable.

– Je ne pense pas que ce soit Ogden, spécula Crachinay, car il est fort banal, et déjà marié, de toute façon. Wagstaff, peut-être ? Un gai luron, mais sujet aux furoncles. Non, continua Crachinay à voix basse, je gage que c'est le beau capitaine Bonamy qui vous fait rougir, Lady Eslanda. Mais vraiment, tomberiez-vous si bas ? Ses parents vendaient du fromage, vous savez.

– Ça m'est égal qu'un homme soit fromager ou roi, du moment qu'il se comporte honorablement, déclara-t-elle. Le roi perdra tout honneur si ces soldats sont fusillés sans autre forme de procès, et c'est ce que je lui dirai dès son réveil.

Lady Eslanda se retourna alors, secouée de tremblements, et grimpa l'escalier en colimaçon. Elle ne savait absolument pas si elle en avait dit assez pour sauver la vie aux soldats, aussi ne put-elle fermer l'œil de la nuit.

Crachinay s'éternisa dans le vestibule glacial, jusqu'à ce que ses pieds soient si engourdis qu'il arrivait à peine à les sentir. Il tentait de décider quoi faire.

D'un côté, il désirait vraiment se débarrasser de ces

soldats qui en savaient beaucoup trop. De l'autre, il craignait que Lady Eslanda eût raison : les gens critiqueraient le roi si l'on faisait fusiller les trois hommes sans autre forme de procès. Fred serait ensuite furieux contre Crachinay et irait peut-être jusqu'à lui retirer le titre de conseiller suprême. Si c'était le cas, tous les rêves de puissance et de richesse dont le lord s'était délecté tandis qu'il rentrait des Marécages seraient réduits à néant.

Alors, Crachinay se détourna de la porte des cachots et alla se coucher. Il était profondément offensé que Lady Eslanda, qu'il avait autrefois espéré épouser, lui préférât un fils de fromagers. Un jour ou l'autre, décida-t-il en soufflant sa chandelle, il lui ferait payer cet affront.

Chapitre 20

Une médaille pour Beamish et Bouton

Lorsque le roi Fred se leva le lendemain matin, la nouvelle que le conseiller suprême avait pris sa retraite à ce moment critique de l'histoire du pays le mit extrêmement en colère. Ce fut pour lui un grand soulagement d'apprendre que Lord Crachinay prendrait la relève, car Fred savait que le lord comprenait le grave danger auquel le royaume faisait face.

Bien qu'il se sentît davantage en sécurité, de retour dans son palais, avec les hauts remparts, les tourelles hérissées de canons, la herse et les douves, Fred n'arrivait pas à se remettre du choc du voyage. Il restait cloîtré dans ses appartements privés, où tous ses repas lui étaient apportés sur des plateaux d'or. Au lieu d'aller à la chasse, il faisait les cent pas sur ses épais tapis, revivant son horrible mésaventure dans le Nord, et il ne recevait que ses deux meilleurs amis, qui prenaient soin d'entretenir ses peurs.

Trois jours après leur retour des Marécages, Crachinay entra, le visage sombre, dans les appartements du roi, et annonça que les gardes qu'on avait renvoyés dans le marais pour découvrir ce qui était arrivé au soldat Nobby Bouton n'avaient rien trouvé d'autre que ses chaussures éclaboussées de sang, un fer à cheval solitaire, et quelques os bien rongés.

Le roi blêmit et s'affaissa sur un canapé de satin.

– Oh, quelle horreur, quelle horreur… Le soldat Bouton… Rappelez-moi donc, lequel était-ce ?

– Un jeunot, avec des taches de rousseur, le fils unique d'une veuve, dit Crachinay. Une toute nouvelle recrue de la garde royale, un petit gars plein de promesses. Comme c'est tragique. Et le pire, c'est qu'avec Beamish et Bouton, l'Ickabog a pris goût à la chair humaine – *exactement* ainsi que Votre Majesté l'avait prédit. Il est véritablement époustouflant, si je peux me permettre, de voir avec quelle promptitude Votre Majesté a compris le danger.

– M… mais qu'est-ce qu'on va faire, Crachinay ? Si le monstre est affamé de nouvelles proies humaines…

– Laissez-moi faire, Votre Majesté, répondit le lord d'un ton apaisant. Je suis le conseiller suprême, vous savez, et je travaille jour et nuit pour assurer la sécurité du royaume.

– Comme je me réjouis que Chevronnet ait fait de vous son successeur, Crachinay, dit Fred. Qu'est-ce que je ferais sans vous ?

– Balivernes que tout cela, Votre Majesté, c'est un honneur d'être au service d'un souverain si bienveillant.

UNE MÉDAILLE POUR BEAMISH ET BOUTON

« Il s'agit maintenant de s'occuper des funérailles de demain. Nous comptons enterrer ce qui reste de Bouton aux côtés du commandant Beamish. C'est une cérémonie d'État, voyez-vous, en grande pompe, et je crois qu'il serait très bienvenu que vous présentiez aux proches des défunts la Médaille pour Bravoure Sans Pareille à l'Encontre du Sanguinaire Ickabog.

– Ah, il y a une médaille ? s'enquit Fred.

– Très certainement, Sire, et maintenant que j'y pense… vous n'avez pas encore reçu la vôtre.

D'une poche intérieure, Crachinay extirpa une médaille en or, tout à fait magnifique, presque aussi grande qu'une soucoupe. Elle était frappée d'un monstre aux yeux de rubis rutilant, en combat singulier avec un bel homme musclé portant une couronne. Le tout pendait à un ruban de velours écarlate.

– C'est pour moi ? demanda le roi, les yeux écarquillés.

– Mais bien entendu, Sire ! s'écria Crachinay. Votre Majesté n'a-t-elle pas planté son épée dans le cou exécrable de la créature ? Nous nous en souvenons tous, Sire !

Le roi Fred tripotait la lourde médaille d'or. Il ne disait rien, mais il était en proie à un conflit muet.

L'honnêteté de Fred pépiait, de sa petite voix claire : « Ce n'est pas ce qui est arrivé, et tu le sais. Tu as vu l'Ickabog dans le brouillard, tu as lâché ton épée et tu as pris tes jambes à ton cou. Tu ne lui as jamais donné de coup d'épée. Tu n'étais pas assez près ! »

Mais la lâcheté de Fred fanfaronnait plus fort que son honnêteté : « Tu as déjà confirmé à Crachinay que c'est comme ça que ça s'est passé ! Tu passeras pour une andouille si tu avoues que tu t'es carapaté ! »

Et la vanité de Fred claironnait plus fort encore : « Après tout, c'est moi qui ai mené l'expédition contre l'Ickabog ! C'est moi qui l'ai vu en premier ! Cette médaille, je la mérite, et elle ira à ravir avec le costume noir que je porterai aux funérailles. »

Alors le roi répondit :

– Si, Crachinay, tout s'est déroulé comme vous le dites. Mais ce n'est pas beau de se vanter, bien sûr.

– La modestie de Votre Majesté est légendaire, commenta le conseiller suprême, et il s'inclina bien bas pour cacher son sourire narquois.

Le lendemain fut déclaré jour de deuil national en l'honneur des victimes de l'Ickabog. La foule se massa dans les rues pour regarder passer les cercueils du commandant Beamish et du soldat Bouton, que transportaient des calèches tirées par des chevaux noirs à aigrette.

Le roi Fred suivait les cercueils sur un cheval d'un noir de jais. La Médaille pour Bravoure Sans Pareille à l'Encontre du Sanguinaire Ickabog rebondissait contre sa poitrine et réfléchissait si fort la lumière du soleil que la foule en avait mal aux yeux. Derrière le roi, Mrs Beamish et Bert, également vêtus de noir, allaient à pied, et derrière eux marchait une vieille femme à perruque rousse qui se

UNE MÉDAILLE POUR BEAMISH ET BOUTON

répandait en glapissements, et qu'on leur avait présentée comme étant Mrs Bouton, la mère de Nobby.

– Oh, mon Nobby, geignait-elle à chaque pas. Oh, mort à l'Ickabog qui a tué mon pauvre Nobby !

On descendit les cercueils dans leur fosse et les clairons du roi jouèrent l'hymne national. Le cercueil du soldat Bouton était particulièrement lourd, parce qu'il était plein de briques. La bizarre Mrs Bouton se remit à brailler et à maudire l'Ickabog tandis que dix hommes en sueur faisaient descendre le cercueil de son fils dans la terre. Mrs Beamish et Bert pleuraient en silence.

Puis le roi Fred invita les familles endeuillées à recevoir les médailles des défunts. Comme Crachinay avait rechigné à dépenser autant pour la décoration de Beamish et du fictif Bouton que pour celle du roi, les médailles étaient en argent plutôt qu'en or. On assista, néanmoins, à une touchante cérémonie, surtout lorsque Mrs Bouton, terrassée par l'émotion, roula par terre et embrassa les bottes du roi.

Mrs Beamish et Bert rentrèrent chez eux depuis le cimetière et, respectueusement, la foule se fendit pour les laisser passer. Une fois seulement Mrs Beamish s'arrêta, quand son vieil ami Mr Doisel se détacha de la masse pour lui dire à quel point il était désolé. Ils s'enlacèrent. Daisy voulait dire quelque chose à Bert, mais tout le monde les observait, et elle n'arrivait même pas à croiser son regard, parce qu'il avait les yeux rivés sur ses chaussures, les sourcils froncés. Un instant plus tard, son père avait lâché Mrs Beamish, et

Daisy regarda son meilleur ami et sa mère disparaître au loin.

De retour dans leur chaumière, Mrs Beamish se jeta sur son lit, où elle pleura et pleura encore. Bert tenta de la réconforter, mais en vain, alors il emporta la médaille de son père dans sa chambre à lui et la déposa sur la cheminée.

Ensuite seulement il remarqua, s'étant reculé pour la contempler, qu'il avait placé la médaille de son père juste à côté de l'Ickabog en bois que Mr Doisel lui avait autrefois sculpté. Jusque-là, Bert n'avait pas fait le lien entre son jouet et la manière dont son père était mort.

Il prit sur le linteau la figurine de bois, la posa par terre, attrapa un tisonnier et défonça le petit Ickabog. Puis il ramassa les éclats hérissés d'échardes du jouet fracassé et les jeta au feu. Devant les flammes qui bondissaient de plus en plus haut, il jura qu'un jour, quand il aurait l'âge, il se mettrait en chasse de l'Ickabog, et se vengerait du monstre qui avait tué son père.

Chapitre 21

Le professeur Bellarnack

Le lendemain des funérailles, Crachinay frappa de bon matin à la porte des appartements du roi et entra les bras chargés de rouleaux de parchemin, qu'il laissa tomber sur la table où Fred était installé.

– Crachinay, dit Fred (qui portait toujours sa Médaille pour Bravoure Sans Pareille à l'Encontre du Sanguinaire Ickabog, et avait enfilé un costume écarlate pour la mettre encore mieux en valeur), ces gâteaux ne sont pas aussi bons que d'habitude.

– Oh, vous m'en voyez désolé, Votre Majesté, répondit Crachinay. J'ai jugé bon d'accorder quelques jours de congé à la veuve Beamish. Ces gâteaux-là ont été réalisés par le sous-chef pâtissier.

– Eh bien, ils sont caoutchouteux, dit Fred en abandonnant un demi-Chichi-Chic sur son assiette. Qu'est-ce donc que ces documents ?

– Des suggestions, Sire, pour mieux défendre le royaume contre l'Ickabog, répondit Crachinay.

– Excellent, excellent, approuva le roi, et il repoussa les gâteaux et la théière de manière à dégager la table, tandis que le lord s'asseyait.

– La première chose à faire, Votre Majesté, était d'en apprendre le plus possible sur l'Ickabog, afin de découvrir la manière de le vaincre.

– Oui, d'accord, mais *comment*, Crachinay ? C'est un mystère, ce monstre ! Tout le monde croyait depuis des lustres que c'était un mythe !

– En cela, si je puis me permettre, Votre Majesté se trompe, dit le conseiller suprême. À force de recherches acharnées, j'ai réussi à dénicher le plus grand spécialiste de l'Ickabog de toute la Cornucopia. Lord Flapoon est en ce moment même avec lui dans l'entrée. Si Votre Majesté veut bien m'autoriser...

– Faites-le entrer, faites-le entrer, faites ! s'excita Fred.

Alors, Crachinay ressortit et revint un instant plus tard en compagnie de Lord Flapoon et d'un petit vieillard aux cheveux blancs comme neige, qui portait des lunettes si épaisses qu'elles lui éclipsaient presque entièrement les yeux.

– Je vous présente, Sire, le professeur Bellarnack, dit Flapoon, et le petit homme à face de taupe fit une profonde courbette. S'il est des choses qu'il ignore au sujet de l'Ickabog, c'est que ces choses-là ne valent pas la peine d'être connues !

LE PROFESSEUR BELLARNACK

– Comment se fait-il que je n'aie jamais entendu parler de vous, professeur Bellarnack ? demanda le roi, tout en songeant qu'il ne se serait jamais mis en chasse de l'Ickabog s'il avait su que la créature était assez réelle pour mériter son propre grand spécialiste.

– Je vis retiré du monde, Votre Majesté, répondit le professeur en s'inclinant une fois encore. Ceux qui croient à l'Ickabog sont si peu nombreux que j'ai pris l'habitude de garder ma science pour moi.

Le roi Fred fut satisfait de cette réponse, au grand soulagement de Crachinay, car le professeur Bellarnack n'existait pas plus que le soldat Nobby Bouton, ni, d'ailleurs, que la vieille veuve Bouton à la perruque rousse, qui avait passé son temps à pleurnicher pendant les funérailles de Nobby. En vérité, sous les perruques et derrière les binocles, le professeur Bellarnack et la veuve Bouton étaient une seule et même personne : le majordome de Lord Crachinay, qui s'appelait Otto Scrumble, et qui gérait le domaine du lord pendant que celui-ci vivait au palais. Comme son maître, Scrumble était prêt à tout pour gagner un peu d'or et, moyennant une centaine de ducats, il avait accepté de se faire passer pour la veuve et pour le professeur.

– Alors, que pouvez-vous nous dire de l'Ickabog, professeur Bellarnack ? demanda le roi.

– Eh bien, voyons voir, commença le prétendu professeur, à qui Crachinay avait soufflé ce qu'il devrait raconter, il est haut comme deux chevaux...

– Voire plus, l'interrompit Fred, dont les cauchemars, depuis son retour des Marécages, mettaient en scène un Ickabog colossal.

– Voire plus, comme Votre Majesté l'indique, opina Bellarnack. Il est permis d'estimer que l'Ickabog moyen est haut comme deux chevaux, tandis qu'un grand spécimen peut atteindre la taille de... voyons...

– Deux éléphants, suggéra le roi.

– Deux éléphants, confirma Bellarnack. Avec des yeux comme des lampes...

– Ou deux boules de feu étincelantes, suggéra le roi.

– C'est exactement l'image que je m'apprêtais à employer, Sire ! s'exclama Bellarnack.

– Et le monstre est-il vraiment capable d'adopter un langage humain ? demanda Fred – car, dans ses cauchemars l'Ickabog chuchotait : « Le roi... je veux le roi... où es-tu donc, petit roi ? », et rampait dans les rues sombres en direction du palais.

– Certes oui, répondit Bellarnack avec une autre courbette bien basse. Selon nous, l'Ickabog a appris à parler humain auprès de ceux qu'il tient captifs. Avant d'éviscérer et de dévorer ses victimes, il les force, pensons-nous, à lui donner des cours d'anglais.

– Ventre-saint-gris, quelle barbarie ! souffla Fred, soudain pâlichon.

– De surcroît, ajouta Bellarnack, l'Ickabog a la mémoire longue et vengeresse. Quand une proie trop astucieuse

LE PROFESSEUR BELLARNACK

déjoue ses plans – comme vous l'avez fait, Sire, en esquivant ses griffes meurtrières –, il sort parfois de son marais, à la faveur de la nuit, et s'empare de sa victime dans son sommeil.

Plus blanc que le glaçage immaculé de son Chichi-Chic à demi mâchonné, Fred croassa :

– Que faire ? Je suis fichu !

– Balivernes, Votre Majesté, asséna Crachinay. J'ai mis au point une foultitude de mesures pour vous protéger.

À ces mots, le lord prit l'un des parchemins qu'il avait apportés et le déroula. On voyait là, recouvrant presque toute la table, l'image en couleurs d'un monstre semblable à un dragon. Il était immense et hideux, avec d'épaisses écailles noires, des yeux blancs éclatants, une queue armée d'un dard venimeux, une gueule débordant de crocs, assez vaste pour avaler un homme, et de longues griffes acérées comme des lames.

– Il y a plusieurs problèmes à surmonter, quand on tente de se défendre contre un Ickabog, expliqua le professeur Bellarnack, qui avait sorti une petite baguette et désignait tour à tour les crocs, les griffes, et la queue venimeuse. Mais le défi le plus complexe, c'est que tuer un Ickabog a pour effet de faire émerger deux nouveaux Ickabogs du cadavre du premier.

– Mais non, pas ça, quand même ? chuinta Fred.

– Eh si, Votre Majesté, dit Bellarnack. J'ai voué ma vie à l'étude du monstre, et je peux vous assurer de la grande fiabilité de mes conclusions.

– Votre Majesté se souviendra peut-être que nombre de vieilles légendes au sujet de l'Ickabog font mention de ce curieux détail, interrompit Crachinay, qui avait vraiment besoin que le roi croie en ce trait particulier du monstre, car la majeure partie de son plan en dépendait.

– Mais cela semble tellement... tellement improbable ! dit faiblement Fred.

– Cela semble en effet improbable, à première vue, Sire, acquiesça Crachinay en s'inclinant. À vrai dire, il s'agit là de l'une de ces idées inouïes, inimaginables, que seules les personnes les plus intelligentes sont capables de saisir, tandis que l'individu lambda – l'individu *bêta*, Sire – glousse et ricane en les entendant.

Le regard de Fred passa de Crachinay à Flapoon puis au professeur Bellarnack ; les trois hommes semblaient attendre de lui une preuve de son intelligence, et naturellement il ne voulait pas qu'on le jugeât bêta, alors il conclut :

– Certes... bon, si le professeur l'affirme, ça me suffit... mais si le monstre se divise en deux monstres à chaque fois qu'il meurt, comment fait-on pour le tuer ?

– Eh bien, dans la première phase de notre plan, on ne le tue pas, dit Crachinay.

– Ah bon ? lança Fred, tout déconfit.

Crachinay déroulait à présent un autre parchemin, sur lequel s'étalait une carte de la Cornucopia. À l'extrémité nord était dessiné un gigantesque Ickabog. On voyait, tout le long des rives du vaste marais, une centaine de petits

LE PROFESSEUR BELLARNACK

bonshommes brandissant des épées. Fred s'approcha pour vérifier si l'un d'entre eux portait une couronne, et fut rassuré de constater que non.

– Comme vous pouvez le voir, Votre Majesté, notre première proposition est de constituer une Brigade de défense spéciale contre l'Ickabog. Ces hommes patrouilleront aux abords des Marécages, afin de s'assurer que l'Ickabog ne quitte pas le marais. Le coût d'une telle brigade, uniformes, armes, chevaux, paie, formation, gîte, couvert, arrêt maladie, prime de risque, cadeaux d'anniversaire et médailles inclus, est estimé, peu ou prou, à dix mille ducats d'or.

– Dix mille ducats ? répéta le roi Fred. Ça fait beaucoup d'or. Mais bon, s'il s'agit de me protéger – je veux dire, s'il s'agit de protéger la Cornucopia…

– Dix mille ducats par mois, ce n'est pas cher payé, termina Crachinay.

– Dix mille par *mois* ? glapit Fred.

– Oui, Sire, répondit le lord. Pour défendre le royaume comme il se doit, les frais seront considérables. Toutefois, si Votre Majesté pense que nous pourrions nous en sortir avec un peu moins d'armement…

– Non, non, je n'ai pas dit ça…

– Naturellement, nous ne nous attendons pas à ce que Votre Majesté supporte seule ces coûts, continua Crachinay.

– Ah non ? fit Fred, soudain rempli d'espoir.

– Oh, non, Sire, cela serait d'une injustice crasse. Après tout, le pays tout entier bénéficiera de la Brigade de défense contre l'Ickabog. Je suggère que nous levions un impôt spécial contre ce monstre. Nous exigerons de chaque foyer de Cornucopia qu'il s'acquitte d'un ducat d'or par mois. Bien entendu, cela impliquera de recruter et de former de nombreux percepteurs en plus, mais si l'on augmente la taxe à deux ducats, nous couvrirons également les coûts d'une telle opération.

– Admirable, Crachinay ! s'écria le roi Fred. Quelle cervelle que la vôtre ! Ma foi, deux ducats par mois, les gens remarqueront à peine la dépense.

Chapitre 22

La maison sans drapeau

Ainsi imposa-t-on une taxe mensuelle de deux ducats d'or à chaque foyer de Cornucopia dans le but de protéger le royaume contre l'Ickabog. Il devint habituel de voir des percepteurs arpenter les rues du pays. Le dos de leur uniforme noir était orné de deux grands yeux blancs au regard fixe, comme des lampes. Cette image était censée évoquer à tout le monde l'objectif de l'impôt mais, dans les tavernes, on murmurait que c'était les yeux de Lord Crachinay qui vérifiait que tout le monde payait son dû.

Quand ils eurent collecté assez d'or, le lord décida d'ériger une statue à la mémoire de l'une des victimes de l'Ickabog, pour rappeler au peuple combien la bête était sanguinaire. Tout d'abord, il songea à une statue du commandant Beamish, mais ses espions infiltrés dans les tavernes de Chouxville rapportèrent que c'était l'histoire du soldat Bouton qui avait véritablement frappé l'imagination des foules. Ce brave petit Bouton, qui s'était porté volontaire pour cavaler dans la nuit, chargé de la nouvelle de la mort de son commandant, jusqu'à tomber lui-même dans la gueule de l'Ickabog; c'était lui qu'on prenait pour une figure tragique et noble, digne d'une belle statue. Le commandant Beamish, quant à lui, paraissait simplement avoir trouvé la mort par accident, s'étant imprudemment hasardé dans le marais embrumé au beau milieu de la nuit. D'ailleurs, les ivrognes de Chouxville en voulaient beaucoup à Beamish, pour qui Nobby Bouton avait risqué sa vie.

Heureux de s'en remettre à l'opinion publique, Crachinay fit réaliser une statue de Nobby Bouton et l'installa au cœur de la plus grande place de Chouxville. Monté sur un magnifique destrier, sa cape de bronze flottant derrière lui, le visage poupin et le regard déterminé, Bouton était figé à tout jamais en plein galop vers la Cité-dans-la-Cité. Déposer des fleurs au pied de la statue chaque dimanche devint une mode. Une jeune femme assez quelconque, qui y mettait un bouquet chaque jour de la semaine, assurait qu'elle avait été la petite amie de Nobby Bouton.

Crachinay décida aussi d'investir un peu d'or dans un projet pour distraire le roi, car Fred était encore trop effrayé pour aller à la chasse, au cas où l'Ickabog eût réussi on ne sait comment à atteindre en douce le sud du pays et vînt à lui sauter dessus dans la forêt. Las d'avoir à divertir Fred, Crachinay et Flapoon avaient élaboré un plan.

– Il faut un portrait de vous combattant l'Ickabog, Sire ! La nation le réclame !

– Vraiment ? demanda le roi en tripotant ses boutons qui, ce jour-là, étaient d'émeraude.

Fred se rappela comme il avait caressé l'ambition, le matin où il avait essayé pour la première fois sa tenue de bataille, d'être représenté en train de tuer l'Ickabog. Cette idée de Crachinay lui plut beaucoup, aussi passa-t-il les deux semaines suivantes à choisir et à faire ajuster un nouvel uniforme, l'ancien étant tout taché par l'eau du marais, et à faire fabriquer une autre épée sertie de pierres précieuses. Puis Crachinay embaucha le meilleur portraitiste de Cornucopia, Malik Motley, et Fred posa, des semaines durant, pour un portrait si grand qu'il pouvait couvrir un mur entier de la salle du trône. Installés derrière Motley, cinquante artistes de moindre envergure copiaient son œuvre, en vue de livrer un modèle réduit du tableau à chaque ville, chaque bourg et chaque village de Cornucopia.

Tandis qu'on le peignait, le roi régalait Motley et les autres artistes du récit de son fameux combat contre le monstre, et plus il racontait l'histoire, plus il était convaincu de sa véracité. Tout cela maintenait Fred gaiement occupé, laissant les mains libres à Crachinay et à Flapoon pour diriger le pays, et pour se répartir chaque mois les coffres d'or non dépensé, qu'on expédiait en pleine nuit vers les domaines respectifs des deux lords, dans les provinces.

Mais qu'en était-il, vous demandez-vous peut-être, des onze autres conseillers qui avaient été aux ordres de Chevronnet ? Ne trouvaient-ils pas curieux que le conseiller suprême eût démissionné au beau milieu de la nuit pour ne plus jamais reparaître ? N'eurent-ils aucune interrogation lorsqu'ils découvrirent à leur réveil que Crachinay avait pris la place de Chevronnet ? Et plus crucialement encore : croyaient-ils à l'Ickabog ?

Ce sont là d'excellentes questions, et je vais y répondre sur-le-champ.

Certes, il se chuchotait parmi les conseillers que Crachinay n'aurait pas dû être autorisé à reprendre le poste sans élection en bonne et due forme. Un ou deux d'entre eux envisagèrent même de faire une réclamation auprès du roi. Pourtant, ils décidèrent de ne pas agir, pour la simple raison qu'ils avaient peur.

Voyez-vous, des décrets royaux étaient à présent placardés sur la place publique des villes et des villages de Cornucopia, tous rédigés par Crachinay et signés par le roi. Contester les décisions du roi, c'était de la haute trahison ; suggérer que l'Ickabog n'existait pas, c'était de la haute trahison ; mettre en doute la nécessité de l'impôt contre l'Ickabog, c'était de la haute trahison ; et c'était de la haute trahison que de ne pas payer ses deux ducats par mois. Il y avait aussi une récompense de dix ducats pour dénonciation de toute personne niant l'existence de l'Ickabog.

Les conseillers redoutaient d'être accusés de haute

trahison. Ils ne voulaient pas se retrouver dans un cachot. Il était tout de même beaucoup plus agréable de continuer à vivre sa vie dans le charmant manoir que tout conseiller obtenait comme résidence de fonction, et à porter l'habit spécifique à la profession, qui faisait office de coupe-file dans les pâtisseries.

Alors, ils validaient les dépenses de la Brigade de défense contre l'Ickabog, dont l'uniforme vert permettait, d'après Crachinay, un meilleur camouflage dans les herbes folles des marais. On eut bientôt l'habitude de voir la brigade défiler dans les rues de toutes les grandes villes de Cornucopia.

Certains se demandaient peut-être pourquoi la brigade se promenait à cheval en saluant les passants, plutôt que de rester dans le Nord, où le monstre était censé se trouver; mais ils gardaient leurs pensées pour eux. La plupart de leurs concitoyens, cependant, rivalisaient de preuves de leur croyance passionnée en l'existence de l'Ickabog. Ils affichaient à leurs fenêtres des reproductions à deux sous du portrait du roi Fred en plein combat contre le monstre, et ils clouaient sur leur porte des pancartes de bois portant des messages : FIERS DE PAYER L'IMPÔT CONTRE L'ICKABOG et MORT À L'ICKABOG, VIVE LE ROI! Certains parents apprenaient même à leurs enfants à faire des courbettes et des révérences aux percepteurs.

La maison des Beamish était tellement décorée de bannières anti-Ickabog qu'il était difficile de savoir à quoi ressemblait la chaumière en dessous. Bert était enfin retourné à l'école mais, à la déception de Daisy, il passait chaque récréation à bavarder avec Roderick Blatt du moment où ils s'engageraient dans la Brigade de défense contre l'Ickabog et tueraient le monstre. Daisy ne s'était jamais sentie aussi seule, et elle se demandait si elle manquait à Bert, même un tout petit peu.

La maison de Daisy était la seule de la Cité-dans-la-Cité à n'afficher ni drapeau ni pancarte en faveur de l'impôt contre l'Ickabog. De plus, son père la rappelait à la maison quand la Brigade de défense contre l'Ickabog venait à passer, plutôt que de l'encourager à se ruer dans le jardin en se répandant en acclamations, comme les enfants des voisins.

Lord Crachinay remarqua l'absence de drapeaux et de pancartes sur la minuscule chaumière près du cimetière, et il archiva cette observation dans un coin de son cerveau rusé, où il conservait toute information qui pût un jour se révéler utile.

Chapitre 23

Le procès

Je parie que vous n'avez pas oublié les trois courageux soldats enfermés dans les cachots, qui avaient refusé de croire à l'existence de l'Ickabog comme à celle de Nobby Bouton.

Eh bien, Crachinay ne les avait pas oubliés non plus. Depuis la nuit où il les avait fait emprisonner, il cherchait un moyen de se débarrasser d'eux sans qu'on le lui reproche. Sa dernière idée en date était d'empoisonner leur soupe et de prétendre qu'ils étaient morts de causes naturelles. Alors qu'il était encore en train de débattre du meilleur poison à employer, des proches des soldats débarquèrent aux portes du palais pour exiger une entrevue avec le roi. Pire encore, Lady Eslanda était à leurs côtés, et Crachinay la soupçonna obscurément d'avoir tout organisé.

Au lieu de les amener au roi, le lord fit entrer les visiteurs dans son splendide nouveau bureau de conseiller suprême, où il les invita poliment à s'asseoir.

– On veut savoir quand nos gars seront jugés, dit le

frère du soldat Ogden, qui élevait des cochons en lisière de Baronstown.

– Ça fait des mois maintenant que vous les avez emprisonnés, ajouta la mère du soldat Wagstaff, qui était serveuse dans une taverne de Jéroboam.

– Et nous souhaiterions tous comprendre de quoi ils sont accusés, renchérit Lady Eslanda.

– Ils sont accusés de haute trahison, dit Crachinay en agitant son mouchoir parfumé sous son nez, les yeux rivés sur l'éleveur de cochons.

L'homme était parfaitement propre, mais le conseiller suprême voulait qu'il se sente rabaissé, et je suis au regret de dire qu'il parvint à ses fins.

– De haute trahison ? répéta Mrs Wagstaff, éberluée. Mais enfin, on ne trouverait pas plus loyaux sujets du roi que ces trois-là sur tout le territoire !

Crachinay fit glisser son regard finaud sur les parents inquiets, qui aimaient très profondément, c'était évident, l'un son frère, l'autre son fils, puis sur le visage extrêmement anxieux de Lady Eslanda ; et une idée lumineuse lui vint à l'esprit, frappante comme un éclair. Comment n'y avait-il pas pensé auparavant ? Il n'avait absolument pas besoin d'empoisonner les soldats ! Ce qu'il fallait, c'était ruiner leur réputation.

– Vos hommes seront jugés demain, déclara-t-il en se relevant. Le procès aura lieu sur la plus grande place publique de Chouxville, car je veux que le plus de monde

LE PROCÈS

possible entende ce qu'ils ont à dire. Bonne journée, messieurs dames.

Et avec un rictus et une courbette, Crachinay prit congé des familles stupéfaites et se rendit aux cachots.

Les trois soldats étaient beaucoup plus maigres que la dernière fois qu'il les avait vus, et comme ils ne pouvaient ni se raser ni faire correctement leur toilette, ils formaient un bien piteux tableau.

– Bonjour, messieurs, lança Crachinay d'un ton allègre, alors que le gardien, soûl, somnolait dans un coin. Bonne nouvelle ! Vous passerez demain devant le tribunal.

– Et de quoi nous accuse-t-on exactement ? demanda, soupçonneux, le capitaine Bonamy.

– Nous en avons déjà discuté, Bonamy, répondit Crachinay. Vous avez vu le monstre dans le marais, et vous vous êtes enfuis au lieu de protéger le roi. Vous avez ensuite affirmé que le monstre n'existait pas, dans le but de cacher votre propre lâcheté. C'est de la haute trahison.

– C'est un mensonge odieux, dit Bonamy d'une voix sourde. Faites-moi ce que bon vous semble, Crachinay, mais je dirai la vérité.

Les deux autres soldats, Ogden et Wagstaff, signifièrent d'un hochement de tête qu'ils étaient d'accord avec le capitaine.

– Ça vous est peut-être égal, ce que je vais vous faire à *vous*, dit Crachinay en souriant, mais qu'en est-il de votre famille ? Ce serait atroce, Wagstaff, n'est-ce pas, si votre serveuse de mère dérapait sur une marche en descendant à la cave, et se fracassait le crâne ? Ou bien si votre porcher de frère, Ogden, s'empalait malencontreusement sur sa faux, avant de se faire manger par ses propres cochons ? Ou bien, chuchota le lord, qui s'approcha tout près des barreaux pour plonger son regard dans celui de Bonamy, si la mince nuque de Lady Eslanda venait à se briser dans un accident de cheval.

Crachinay, voyez-vous, pensait que Lady Eslanda et le capitaine Bonamy étaient amants. Il ne lui serait jamais venu à l'idée qu'une femme pût tenter de protéger un homme avec lequel elle n'avait même pas échangé un mot.

Le capitaine se demanda pour quelle raison incongrue Lord Crachinay le menaçait de la mort de Lady Eslanda. Il la considérait certes comme la femme la plus ravissante du royaume, mais il n'en avait jamais parlé, parce que les fils de fromagers n'épousaient pas les dames de la cour.

– Qu'est-ce que Lady Eslanda a à voir avec moi ? demanda-t-il.

– Ne faites pas l'innocent, Bonamy, dit sèchement le conseiller suprême. Je la vois bien rougir quand votre nom est évoqué. Vous me prenez pour un imbécile ? Elle fait tout ce qu'elle peut pour vous protéger, et je dois admettre que c'est grâce à elle si vous êtes encore vivant. Toutefois, c'est Lady Eslanda qui en paiera le prix si vous dites demain une vérité qui n'est pas la mienne. Elle vous a sauvé la vie, Bonamy ; comptez-vous sacrifier la sienne ?

Le capitaine, sous le choc, resta pantois. L'idée que Lady Eslanda fût amoureuse de lui était si merveilleuse qu'elle en éclipsait presque les menaces de Crachinay. Puis il s'aperçut que pour sauver la vie d'Eslanda, il devrait publiquement, le lendemain, plaider coupable de haute trahison, ce qui aurait sans doute pour effet de tuer net l'amour qu'elle lui portait.

Voyant comme les visages des trois hommes avaient perdu toute couleur, Crachinay fut certain que ses menaces avaient fait leur effet.

– Haut les cœurs, messieurs ! dit-il. Je suis sûr qu'il n'arrivera aucun accident fâcheux à ceux que vous aimez, du moment que vous dites la vérité demain…

Alors, on afficha des écriteaux partout dans la capitale pour annoncer le procès et, le jour suivant, une foule énorme se pressa sur la plus grande place de Chouxville. Chacun des trois courageux soldats prit place tour à tour sur une estrade de bois, devant ses amis et sa famille, et un par un ils avouèrent qu'ils avaient vu l'Ickabog dans le marais, et qu'ils s'étaient sauvés comme des poltrons au lieu de défendre le roi.

La foule hua si fort les soldats qu'on avait du mal à entendre les mots du juge (Lord Crachinay). Mais pendant tout le temps que le lord rendait sa sentence – emprisonnement à vie dans les cachots du palais –, le capitaine Bonamy regardait Lady Eslanda les yeux dans les yeux. Elle assistait à cela depuis le haut des tribunes, où elle avait pris place parmi les autres dames de la cour. Parfois, deux personnes peuvent se dire davantage de choses en un seul regard que d'autres en une vie entière de paroles. Je ne vous rapporterai pas tout ce que se racontèrent, avec les yeux, Lady Eslanda et le capitaine Bonamy, mais elle savait, désormais, que le capitaine ressentait pour elle ce qu'elle ressentait pour lui ; et il comprit que, même s'il allait en prison pour le restant de ses jours, Lady Eslanda croyait en son innocence.

On fit descendre les trois prisonniers de l'estrade, enchaînés, tandis que la foule les bombardait de choux, puis les gens se dispersèrent en jacassant bruyamment. Nombre de badauds estimaient que Lord Crachinay aurait dû faire exécuter les traîtres, et le lord ricanait sous cape en rentrant au palais, car il est toujours préférable, dans la mesure du possible, de passer pour quelqu'un de raisonnable.

Mr Doisel avait assisté au procès à l'arrière de la foule. Il n'avait pas hué les soldats, ni amené Daisy avec lui ; il l'avait laissée dans son atelier, à sculpter le bois. Alors qu'il rentrait chez lui, perdu dans ses pensées, il vit la mère de Wagstaff, en pleurs, se faire pourchasser dans la rue par une bande de jeunes qui la conspuaient et lui jetaient des légumes à la figure.

– Persécutez cette femme un instant de plus et vous aurez affaire à moi ! cria Mr Doisel.

Et la bande, avisant la carrure du menuisier, s'évapora.

Chapitre 24

L'émigrette

Daisy allait avoir huit ans, alors elle décida d'inviter Bert Beamish pour le thé.

Une épaisse paroi de glace semblait s'être dressée entre Daisy et Bert depuis la mort du commandant Beamish. Bert traînait tout le temps avec Roderick Blatt, qui était très fier d'avoir pour ami le fils d'une victime de l'Ickabog, mais l'anniversaire prochain de Daisy, trois jours avant celui de Bert, serait l'occasion de voir s'ils pouvaient redevenir amis. Elle demanda donc à son père d'envoyer un mot à Mrs Beamish pour l'inviter, ainsi que son fils, à venir prendre le thé. À la grande joie de Daisy, ils reçurent une réponse positive à leur invitation, et même si Bert ne lui adressait toujours pas la parole à l'école, elle gardait l'espoir que tout s'arrangerait le jour de son anniversaire.

En tant que menuisier du roi, Mr Doisel était payé correctement, mais l'impôt contre l'Ickabog pesait quand même sur ses finances ; ainsi Daisy et lui s'offraient-ils moins de pâtisseries que d'habitude, et Mr Doisel avait arrêté d'acheter du vin. Cependant, en l'honneur de l'anniversaire de sa fille, il déboucha sa dernière bouteille de vin de Jéroboam, et Daisy réunit toutes ses économies pour se payer deux onéreux Espoirs-du-Paradis, un pour elle et un pour Bert, dont elle savait que c'était le gâteau préféré.

Le thé d'anniversaire démarra assez mal. D'abord, Mr Doisel proposa un toast en l'honneur du commandant Beamish, ce qui fit fondre en larmes Mrs Beamish. Puis les quatre se mirent à table, mais apparemment personne ne trouvait de sujet de discussion, jusqu'à ce que Bert se souvienne qu'il avait apporté un cadeau à Daisy.

Il avait repéré une émigrette, qui était le nom qu'on donnait alors au yo-yo, dans la vitrine d'un magasin de jouets, et pour laquelle il avait dépensé tout l'argent de sa tirelire. Daisy n'avait jamais vu d'émigrette auparavant, aussi Bert lui apprit-il à s'en servir et elle se débrouilla bientôt mieux que lui ; Mrs Beamish et Mr Doisel sirotaient du vin pétillant de Jéroboam, et la conversation devint bien plus fluide.

La vérité, c'était que Daisy avait beaucoup manqué à Bert, mais qu'il ne savait pas comment se réconcilier avec elle parce que Roderick Blatt ne le quittait pas des yeux. Bientôt, pourtant, ce fut comme s'ils ne s'étaient jamais battus dans la cour, et Daisy et Bert se tordaient de rire à évoquer leur maître qui allait régulièrement à la pêche aux crottes de nez quand il croyait qu'aucun enfant ne le regardait. On oublia complètement les sujets douloureux des parents morts, ou des bagarres qui allaient trop loin, ou du roi Fred Sans Effroi.

Les enfants étaient plus raisonnables que les adultes. Mr Doisel n'avait pas bu de vin depuis longtemps et, contrairement à sa fille, il négligea de se demander si c'était vraiment une bonne idée de discuter du monstre qui avait prétendument tué le commandant Beamish. Daisy ne s'aperçut de ce que faisait son père que lorsque la voix de Mr Doisel s'éleva par-dessus les rires des enfants :

– Tout ce que je te dis, Bertha, lança le menuisier en hurlant presque, c'est : où sont les preuves ? Je veux des preuves, c'est tout !

– Alors ça ne prouve rien, selon toi, que mon mari ait été tué ? s'enquit Mrs Beamish, son doux visage soudain plein de menace. Ou le pauvre petit Nobby Bouton ?

– Le petit Nobby Bouton ? répéta Mr Doisel. *Le petit Nobby Bouton ?* Tant qu'on est sur le sujet, tiens, j'aimerais bien une preuve de l'existence du petit Nobby Bouton ! C'était qui ? Il vivait où ? Elle est partie où, sa vieille maman veuve, avec sa perruque rousse ? Tu as déjà rencontré une famille Bouton à la Cité-dans-la-Cité ? Et si tu me lances làdessus, continua-t-il en brandissant son verre de vin, si tu me *lances* là-dessus, Bertha, je te pose une autre question : pourquoi le cercueil de Nobby Bouton était-il si lourd, si tout ce qu'il restait de lui, c'était une paire de chaussures et un tibia ?

Daisy darda un regard furieux vers son père pour tenter de le faire taire, mais il ne le remarqua pas. Ayant repris une grosse gorgée de vin, il dit :

– Ça ne colle pas, Bertha ! Ça ne colle pas ! Qui sait – c'est juste une idée, hein –, mais qui sait si le pauvre Beamish ne s'est pas tout simplement brisé le cou en tombant de cheval, et si Lord Crachinay n'en a pas profité pour prétendre qu'il s'était fait tuer par l'Ickabog, histoire de nous faire tous débourser un gros tas d'or ?

Mrs Beamish se leva lentement. Elle n'était pas bien grande mais, dans sa colère, elle semblait surplomber de très haut Mr Doisel.

– Mon mari, souffla-t-elle d'une voix si glaciale que Daisy en eut la chair de poule, était le meilleur cavalier de toute la Cornucopia. Mon mari ne serait jamais tombé de cheval, pas plus que tu ne te couperais la jambe d'un coup de hache, Dan Doisel. Il fallait au moins un terrible monstre pour tuer mon mari, et tu ferais bien de surveiller ta langue, parce qu'il se trouve que nier l'existence de l'Ickabog, c'est de la haute trahison.

– Haute trahison ! ricana Mr Doisel. Sérieusement, Bertha, tu ne vas pas me dire que tu crois à cette absurdité de trahison ? Mais enfin, il y a quelques mois à peine, penser que l'Ickabog n'existait pas, c'était être quelqu'un de sensé, pas un traître !

– C'était avant qu'on sache que l'Ickabog existe vraiment ! s'écria Mrs Beamish. Bert, on rentre à la maison !

– Non... non... s'il vous plaît, ne partez pas ! intervint Daisy en larmes.

Elle attrapa une petite boîte qu'elle avait cachée sous sa chaise et courut après les Beamish dans le jardin.

– Bert, s'il te plaît ! Regarde... je nous ai pris des Espoirs-du-Paradis, j'ai dépensé tout mon argent de poche pour les acheter !

Daisy ne pouvait pas savoir que désormais, lorsqu'il voyait des Espoirs-du-Paradis, Bert se souvenait instantanément du jour où il avait découvert que son père était mort. Son tout dernier Espoir-du-Paradis remontait au moment où sa mère, dans les cuisines royales, lui avait juré qu'ils seraient au courant s'il était arrivé quoi que ce soit au commandant Beamish.

Tout de même, Bert ne fit pas exprès de flanquer le cadeau de Daisy par terre. Il avait simplement cherché à le repousser. Malheureusement, la boîte glissa des mains de Daisy, et les coûteux gâteaux dégringolèrent dans la plate-bande de fleurs et se couvrirent de terre.

Daisy éclata en sanglots.

– Eh bien, si tout ce qui compte pour toi, c'est des gâteaux ! hurla Bert, et il ouvrit le portail du jardin et entraîna sa mère avec lui.

Chapitre 25

Le problème de Lord Crachinay

Malheureusement pour Lord Crachinay, Mr Doisel n'était pas le seul à commencer d'émettre des doutes sur l'existence de l'Ickabog.

La Cornucopia s'appauvrissait peu à peu. Les riches marchands n'avaient aucune difficulté à payer l'impôt contre l'Ickabog. Ils donnaient aux percepteurs deux ducats par mois, et puis ils augmentaient les prix de leurs gâteaux, de leurs fromages, de leurs jambons et de leur vin pour rentrer dans leurs frais. Mais chez les pauvres gens, il devenait de plus en plus dur de dénicher deux ducats d'or par mois, d'autant que, sur les marchés, les prix de la nourriture grimpaient. Dans les Marécages, pendant ce temps, les joues des enfants se creusaient.

Crachinay, qui avait des espions dans chaque ville et dans chaque village, commença à entendre dire que les gens voulaient savoir comment on dépensait leur or, et réclamaient même des preuves que le monstre constituait encore un danger.

L'on disait des villes de Cornucopia que leurs habitants avaient des caractères distincts : les Jéroboamiens étaient censément bagarreurs et rêveurs, les Kurdsburgeois paisibles et courtois, tandis qu'à Chouxville les citoyens étaient généralement considérés comme orgueilleux, voire snobs. Mais les gens qui vivaient à Baronstown, estimait-on, disaient ce qu'ils pensaient et menaient honnêtement leurs affaires, et ce fut là-bas que s'éleva la première vraie vague d'incrédulité vis-à-vis de l'Ickabog.

Un boucher du nom de Tubby Tournedos organisa une assemblée à l'hôtel de ville. Tubby prit soin de ne jamais dire qu'il ne croyait pas à l'Ickabog, mais il invita tous les présents à signer une pétition à l'intention du roi, exigeant des preuves que l'impôt contre l'Ickabog était toujours nécessaire. Dès la fin de l'assemblée, l'espion de Crachinay, qui avait évidemment assisté à l'événement, sauta en selle et chevaucha vers le sud. Il arriva au palais avant minuit.

Réveillé par un valet, Crachinay se dépêcha de faire tirer de leur lit Lord Flapoon et le commandant Blatt, et les deux hommes le rejoignirent dans sa chambre pour écouter ce que l'espion avait à dire. Celui-ci raconta le rassemblement des traîtres, puis déroula une carte sur laquelle il avait charitablement entouré la maison de chacun des meneurs, dont celle de Tubby Tournedos.

– Excellent travail, grommela Blatt. On les fait tous arrêter pour haute trahison et on les colle en prison. Facile !

– Rien de facile là-dedans, s'impatienta Crachinay. Il y avait deux cents personnes à cette assemblée, et nous ne pouvons pas mettre deux cents personnes sous les verrous ! Déjà, nous n'avons pas la place et, en plus, tout le monde dira simplement que ça montre bien que nous ne pouvons pas prouver l'existence de l'Ickabog !

– Alors on n'a qu'à les descendre, proposa Flapoon, et les emballer comme on a fait avec Beamish, et les larguer aux alentours du marais, histoire que les gens les trouvent et pensent que l'Ickabog les a attrapés.

– Parce que l'Ickabog est censé avoir un fusil, maintenant ? aboya Crachinay. Et deux cents capes pour couvrir le corps de ses victimes ?

– Au lieu de vous moquer de nos stratégies, monseigneur, dit Blatt, pourquoi ne pas nous proposer vous-même quelque chose de plus malin ?

Mais cela, justement, Crachinay en était incapable. Il avait beau creuser à coups de pioche sa sournoise cervelle, il ne trouvait aucun moyen de faire assez peur aux Cornucopiens pour qu'ils recommencent à payer leur impôt sans se plaindre. Ce dont il avait besoin, c'était une preuve que l'Ickabog existait vraiment. Mais d'où pourrait-il bien la sortir ?

Une fois que les autres furent retournés se coucher, Crachinay, qui faisait les cent pas devant sa cheminée, entendit à nouveau frapper à la porte de sa chambre.

– Quoi encore ? rugit-il.

Dans la pièce se glissa le valet Cankerby.

– Qu'est-ce que vous voulez ? Allez, plus vite que ça, je suis occupé ! dit Crachinay.

– S'il plaît à Votre Seigneurie, dit Cankerby, c'est juste que je passais devant votre chambre tout à l'heure, et j'ai pas pu m'empêcher d'entendre ce que vous disiez avec Lord Flapoon et le commandant Blatt, comme quoi y aurait eu une assemblée de traîtres à Baronstown.

– Ah, vraiment, vous n'avez pas pu vous en *empêcher* ? siffla Crachinay d'un ton fielleux.

– Et j'ai pensé que je devais vous dire, monseigneur : j'ai des sources qu'il y a un type dans la Cité-dans-la-Cité qui pense comme ces traîtres de Baronstown. Il veut des preuves, tout pareil que les bouchers là-bas. Ça m'avait l'air de haute trahison, à moi, quand j'ai entendu parler de ça.

– Évidemment que c'est de la haute trahison ! s'exclama Crachinay. Qui ose dire de telles choses ici, dans l'ombre même du palais ? Qui, parmi les serviteurs royaux, ose douter des paroles du roi ?

– Ah, ben… pour ça…, marmotta Cankerby en grattant le sol de la pointe du pied. Y en a qui diraient que c'est le genre d'information que ça vaut cher, qu'ils diraient.

– Dites-moi qui c'est, gronda Crachinay en attrapant le valet par le col de sa veste, et je verrai bien si ça mérite salaire ! Son nom, *donnez-moi son nom !*

– C'est D... D... Dan Doisel ! hoqueta le valet.

– Doisel... Doisel... je connais ce nom-là, dit Crachinay, et il relâcha le valet, qui tituba sur le côté et se prit les pieds dans une table basse. Il n'y avait pas une couturière, qui... ?

– La femme à Doisel, monsieur. Elle est morte, répondit Cankerby en se redressant.

– Voilà, dit lentement Crachinay. Il vit dans la maison près du cimetière, à laquelle on ne voit jamais de drapeau, sans un seul portrait du roi aux fenêtres. Comment savez-vous qu'il a prononcé ces traîtresses paroles ?

– S'trouve que j'ai entendu quand Mrs Beamish racontait à la fille des cuisines ce qu'il avait dit, répondit le valet.

– *Il se trouve* que vous entendez beaucoup de choses, n'est-ce pas, Cankerby ? commenta Crachinay, qui fouilla dans son gilet pour dégoter quelques pièces d'or. Fort bien. Voilà dix ducats pour vous.

– Merci beaucoup, monseigneur, dit le valet en s'inclinant très bas.

– Attendez, lança Crachinay tandis que Cankerby s'apprêtait à repartir. Qu'est-ce qu'il fait dans la vie, ce Doisel ?

Ce que Crachinay cherchait réellement à savoir, c'était si Mr Doisel manquerait au roi s'il venait à disparaître.

– Doisel, monseigneur ? Menuisier, qu'il est, répondit Cankerby, et il quitta la chambre en se répandant en courbettes.

– Menuisier, répéta Crachinay à voix haute. *Menuisier…*

Et alors que la porte se refermait sur Cankerby, Crachinay fut à nouveau frappé d'une idée comme par un éclair, et il s'émerveilla tant de son propre génie qu'il dut se raccrocher au dossier de son canapé, de crainte d'en tomber à la renverse.

Chapitre 26

Une tâche pour Mr Doisel

Daisy était partie à l'école et Mr Doisel s'affairait dans son atelier quand le commandant Blatt frappa à sa porte le matin suivant. Mr Doisel savait que Blatt était l'homme qui habitait dans leur ancienne maison, et qui avait remplacé le commandant Beamish à la tête de la garde royale. Le menuisier invita Blatt à entrer, mais le commandant refusa.

– Il y a une tâche urgente pour vous au palais, Doisel, dit-il. Le carrosse royal a un essieu cassé, et le roi en a besoin demain.

– Déjà? s'étonna Mr Doisel. Je l'ai réparé il y a un mois à peine.

– L'un des chevaux de l'attelage lui a donné un coup de sabot, expliqua le commandant Blatt. Vous venez?

– Bien sûr, répondit Mr Doisel, qui n'était pas près de refuser de travailler pour le roi.

Alors, il ferma son atelier et suivit Blatt par les rues

ensoleillées de la Cité-dans-la-Cité, parlant de choses et d'autres, jusqu'à l'endroit des écuries royales où l'on garait les carrosses. Une demi-douzaine de soldats rôdaient aux alentours de la porte, et tous levèrent les yeux quand Mr Doisel et le commandant Blatt s'approchèrent. L'un des soldats avait dans les mains un grand sac à farine vide ; un autre, une corde.

– Bonjour, dit Mr Doisel.

Il esquissa un pas pour les contourner, mais avant qu'il ait le temps de comprendre ce qui se passait, un soldat avait jeté le sac à farine sur la tête du menuisier, et deux autres lui avaient bloqué les bras dans le dos et ligoté les poignets avec la corde. Mr Doisel était un homme solide, il se débattit et batailla, mais Blatt lui murmura à l'oreille :

– Un seul bruit, et ta fille en paiera le prix.

Mr Doisel ferma la bouche. Il laissa les soldats l'escorter à l'intérieur du palais, sans pouvoir distinguer où il allait. Il devina bien vite, cependant, car ils lui firent descendre deux escaliers escarpés, puis un troisième, aux marches de pierre glissantes. À la froideur de l'air sur sa peau, il se douta qu'il était dans les cachots, et en fut certain quand il entendit cliqueter une clé de fer dans une serrure, puis le fracas métallique d'une porte à barreaux.

Les soldats jetèrent Mr Doisel sur le sol de pierre froid. Quelqu'un lui arracha le sac qu'il avait sur la tête.

Autour de lui, il faisait presque complètement noir et, tout d'abord, Mr Doisel ne discerna rien. Puis l'un des soldats alluma une torche, et le menuisier se trouva nez à nez avec une paire de bottes excellemment cirées. Il leva la tête. Le dominant de tout son haut, Lord Crachinay lui souriait.

— Bonjour, Doisel, dit Crachinay. J'ai une petite tâche à vous confier. Si vous l'exécutez correctement, vous serez de retour chez vous avec votre fille en un clin d'œil. Si vous refusez, ou que vous faites un piètre travail, vous ne la reverrez plus jamais. Est-ce que tout est clair entre nous ?

Six soldats et le commandant Blatt étaient alignés contre le mur de la cellule, chacun l'épée à la main.

— Oui, monseigneur, murmura Mr Doisel, très clair.

— Excellent, dit Crachinay.

Il fit un pas de côté, révélant un énorme morceau de bois, un tronçon d'arbre déraciné, de la taille d'un poney. Près de cette bille de bois se dressait un petit établi avec des outils de menuiserie.

— Je voudrais que vous me sculptiez une patte gigantesque, Doisel, une patte monstrueuse, aux griffes acérées. Cette patte doit être équipée d'un long manche, de sorte qu'un homme à cheval puisse la presser contre un sol meuble afin d'y laisser une empreinte. Vous comprenez de quoi il retourne, menuisier ?

Mr Doisel et Lord Crachinay se regardèrent profondément dans les yeux. Le menuisier, bien sûr, comprenait exactement ce qui se tramait. On lui demandait de fabriquer une preuve factice de l'existence de l'Ickabog. Ce qui terrifiait Mr Doisel, c'était qu'il ne voyait pas pourquoi Crachinay le remettrait un jour en liberté, une fois achevée la fausse patte de monstre, au risque qu'il racontât ce qu'il avait fait.

– Jurez-vous, monseigneur, dit doucement Mr Doisel, *jurez-vous* que si j'obéis, on ne fera aucun mal à ma fille ? Et que j'aurai le droit de rentrer chez moi et de la revoir ?

– Bien entendu, Doisel, répondit Crachinay d'un ton léger, déjà en chemin vers la porte de la cellule. Plus vite vous aurez fini, plus vite vous retrouverez votre fille.

« Alors donc : chaque soir, nous viendrons récupérer ces outils, et chaque matin ils vous seront rapportés, parce qu'on ne laisse pas à un prisonnier les moyens de se creuser un tunnel, vous comprenez. Bonne chance, Doisel, et travaillez dur. J'ai hâte de découvrir ma patte !

Sur ce, Blatt trancha la corde qui retenait les poignets de Mr Doisel, et ficha la torche dans un anneau au mur. Puis Crachinay, Blatt et les autres soldats quittèrent le cachot. La porte de fer se referma avec fracas, une clé tourna dans la serrure, et le menuisier se retrouva seul avec l'énorme tronçon, ses rabots et ses ciseaux à bois.

Chapitre 27

Enlevée

Quand Daisy rentra chez elle après l'école cet après-midi-là, s'amusant en chemin avec son émigrette, elle alla comme toujours à l'atelier de son père pour lui raconter sa journée. Mais elle fut surprise de trouver l'atelier fermé. Elle présuma que Mr Doisel avait fini plus tôt et qu'il était de retour à la chaumière, et elle ouvrit la porte d'entrée, ses livres de classe sous le bras.

Daisy s'arrêta net sur le seuil, regardant autour d'elle. Tous les meubles avaient disparu, ainsi que tous les tableaux au mur, le tapis, les lampes, et même le poêle.

Elle s'apprêtait à appeler son père mais, dans le même instant, un sac s'abattit sur sa tête et une main sur sa bouche. Ses livres de classe et son émigrette percutèrent le plancher avec des chocs sourds. Puis Daisy fut soulevée du sol, et elle se débattit de toutes ses forces tandis qu'on l'emportait hors de la maison, avant de la jeter à l'arrière d'un chariot.

– Un seul bruit, lui dit à l'oreille une voix rugueuse, et on tue ton père.

ENLEVÉE

Daisy, qui avait emmagasiné de l'air dans ses poumons pour hurler, le laissa s'échapper silencieusement. Elle sentit le chariot s'ébranler, et entendit tinter un harnais et trotter des sabots quand il se mit à avancer. Au virage que prit le véhicule, Daisy sut qu'ils sortaient de la Cité-dans-la-Cité, et aux bruits des marchands et des autres chevaux, elle comprit qu'ils se dirigeaient vers les faubourgs de Chouxville. Daisy n'avait jamais eu aussi peur de sa vie, mais elle se força pourtant à se concentrer sur chaque virage, chaque bruit, chaque odeur, pour se faire une idée de sa destination.

Au bout d'un moment, les sabots des chevaux cessèrent de sonner sur des pavés et se mirent à frapper une route terreuse ; et les parfums sucrés de Chouxville disparurent, remplacés par l'odeur verte et argileuse de la campagne.

L'homme qui avait enlevé Daisy était un membre de la Brigade de défense contre l'Ickabog, un soldat robuste et fruste qui s'appelait Prodd. Crachinay lui avait dit de « se débarrasser de la petite Doisel », et Prodd en avait déduit que le lord lui demandait de la tuer. (Il avait parfaitement compris. Crachinay l'avait choisi pour assassiner Daisy parce que le soldat aimait bien se servir de ses poings, et apparemment, peu lui importait contre qui.)

Toutefois, alors qu'il faisait route à travers la campagne, dépassant bois et forêts où il eût été aisé pour lui d'étrangler Daisy et d'enterrer son corps, le soldat Prodd prit petit à petit conscience qu'il en serait incapable. Il se trouvait qu'il avait une jeune nièce, à peu près de l'âge de Daisy, à laquelle il était très attaché. De fait, à chaque fois qu'il s'imaginait en train d'étrangler Daisy, il voyait à la place sa nièce Rosie l'implorant de lui laisser la vie sauve. Alors, au lieu de virer dans l'un des chemins de terre vers les bois, Prodd continua à faire avancer son chariot, se raclant les méninges pour décider quoi faire de Daisy.

Dans son sac à farine, Daisy sentit l'odeur des saucisses de Baronstown se mélanger aux fumets des fromages de Kurdsburg, et elle se demanda dans laquelle des deux villes on la conduisait. Son père l'avait occasionnellement emmenée acheter du fromage et de la viande dans les célèbres cités. Elle pensait que si elle arrivait, d'une manière ou d'une autre, à échapper au conducteur quand il la sortirait du chariot, elle réussirait à regagner Chouxville en l'espace de deux jours. Dans son esprit affolé apparaissait sans cesse l'image de son père, et elle se demandait où il était, et pourquoi on avait enlevé tous les meubles de leur maison ; mais elle s'obligea plutôt à étudier le chemin que prenait le chariot, pour être certaine de savoir comment rentrer chez elle.

Cependant, elle eut beau tendre l'oreille, s'attendant à ce que les sabots des chevaux se mettent à résonner sur le pont de pierre au-dessus de la Fluma entre Baronstown et Kurdsburg, ce bruit-là ne vint jamais ; car au lieu de pénétrer dans l'une ou l'autre ville, le soldat Prodd les dépassa. Il avait eu une fulgurance quant au sort de Daisy. Alors, contournant la ville des fabricants de saucisses, il mit le cap au nord. Lentement, les odeurs de viande et de fromage s'évanouirent dans l'air, et la nuit commença à tomber.

Le soldat Prodd s'était rappelé l'existence d'une vieille femme qui vivait en périphérie de Jéroboam, qui se trouvait être la ville natale du soldat. Tout le monde appelait cette vieille femme la mère Grommell. Elle s'occupait d'orphelins, et elle était payée un ducat par mois pour chaque enfant qu'elle prenait en charge. Aucun petit garçon, aucune petite fille n'avait jamais réussi à s'enfuir de chez la mère Grommell, et c'était la raison pour laquelle Prodd avait décidé d'y conduire Daisy. La dernière chose qu'il voulait, c'était qu'elle parvînt à revenir à Chouxville, car Crachinay serait probablement furieux que Prodd n'eût pas obéi à ses ordres.

Malgré la peur, le froid et l'inconfort, Daisy s'était endormie à l'arrière du chariot, bercée par le mouvement, mais elle se réveilla en sursaut. Un parfum différent flottait dans l'air à présent, un parfum qui ne lui plaisait pas beaucoup, et qu'elle identifia au bout d'un moment, d'après les rares occasions où son père buvait, comme un arôme de vin. Ils devaient approcher de Jéroboam, une ville dans laquelle elle n'était jamais allée. À travers les petits trous du sac, la lumière de l'aube lui parvenait. Bientôt, le chariot cahota à nouveau sur des pavés et, enfin, il s'arrêta.

Daisy se mit aussitôt à se contorsionner pour tenter de descendre de l'arrière du chariot, mais elle n'atteignit pas le trottoir : le soldat Prodd l'avait attrapée. Il l'emporta, alors qu'elle s'agitait comme un beau diable, jusqu'à la maison de la mère Grommell, et il martela la porte de son poing massif.

– C'est bon, c'est bon, j'arrive, fit une voix effilée et fêlée depuis l'intérieur de la maison.

On entendit coulisser un grand nombre de verrous et de chaînes, et la mère Grommell apparut sur le seuil, lourdement appuyée sur une canne à pommeau d'argent – bien que Daisy, toujours la tête dans le sac, ne pût évidemment pas la voir.

– Une nouvelle gamine pour toi, la mère, dit Prodd en transportant le sac secoué de soubresauts dans l'entrée de la mère Grommell, où ça sentait le chou bouilli et la piquette.

Peut-être pensez-vous que la mère Grommell s'alarmerait de voir qu'on débarquait chez elle avec une petite fille dans un sac, mais en réalité ce n'était pas la première fois qu'on lui amenait l'enfant enlevé d'un prétendu traître. Elle se moquait de connaître l'histoire de chaque gamin ; ce qui lui importait, c'était le ducat que les autorités lui versaient tous les mois pour qu'elle s'en occupe. Plus elle entassait d'enfants dans sa masure décrépite, plus elle pouvait se payer de vin, et c'était la seule chose qui lui tenait vraiment à cœur. Alors, elle tendit la main et croassa :

– Cinq ducats de frais de placement.

C'était toujours ce qu'elle réclamait quand elle voyait qu'on cherchait à tout prix à se débarrasser d'un enfant.

Prodd fronça les sourcils, lui donna cinq ducats, et partit

sans ajouter un mot. La mère Grommell claqua la porte derrière lui.

Alors qu'il remontait dans son chariot, Prodd entendit cliqueter les chaînes et grincer les verrous chez la mère Grommell. Cela lui avait peut-être coûté la moitié de sa paie, mais il était content de s'être débarrassé du dilemme Daisy Doisel, et il repartit aussi vite qu'il le put en direction de la capitale.

Chapitre 28

La mère Grommell

S'étant assurée que la porte était bien verrouillée, la mère Grommell dégagea du sac sa nouvelle pensionnaire.

Les yeux papillotants dans la soudaine lumière, Daisy découvrit qu'elle était dans une entrée étroite et assez crasseuse, face à une vieille femme très laide, entièrement vêtue de noir, une grosse verrue poilue au bout du nez.

– John ! croassa-t-elle sans lâcher Daisy des yeux, et un jeune garçon beaucoup plus grand et plus âgé que la fillette, au faciès falot et aux sourcils froncés, arriva dans l'entrée d'un pas traînant en faisant craquer ses phalanges. Va dire aux Jane en haut de mettre un autre matelas dans leur chambre.

– Demandez à un des morveux, grognonna John. J'ai pas encore p'tit-déjeuné.

La mère Grommell balança sans crier gare sa lourde canne à pommeau d'argent à la tête du garçon. Daisy s'attendit au terrible choc mat de l'argent sur l'os, mais le

garçon esquiva adroitement la canne, comme s'il était très entraîné, fit craquer ses phalanges à nouveau, et grogna :
– Bon, d'accord.
Puis il disparut dans un escalier branlant.
– Comment tu t'appelles ? demanda la mère Grommell en se tournant vers Daisy.
– Daisy, dit Daisy.
– Non, répondit la mère Grommell. Tu t'appelles Jane.
Daisy s'apercevrait bientôt que la vieille femme faisait le même coup à chaque enfant qui passait le seuil de sa maison. Toutes les filles étaient rebaptisées Jane, et tous les garçons John. La réaction de l'enfant quand la mère Grommell lui donnait un nouveau nom était pour elle une indication exacte de la difficulté qu'elle aurait à le mater.

Bien entendu, les tout-petits qui arrivaient chez la mère Grommell acceptaient simplement qu'on les appelât John ou Jane, et oubliaient vite qu'ils avaient eu autrefois un prénom différent. Les enfants errants et les enfants perdus, qui comprenaient que s'appeler John ou Jane était le prix à payer pour avoir un toit au-dessus de la tête, consentaient eux aussi rapidement au changement.

Mais de temps à autre, la mère Grommell tombait sur quelqu'un qui n'acceptait pas son nouveau prénom pacifiquement, et elle sut, avant même que Daisy ouvre la bouche, que cette fille-là appartenait à cette catégorie. La nouvelle venue avait l'air féroce, fière, et elle avait beau être frêle, elle faisait forte, campée là en salopette, les poings serrés.

– Je m'appelle, dit Daisy, Daisy Doisel. C'est ma mère qui a choisi ce prénom, parce que ça ressemble à « désir ».

– Ta mère est morte, déclara la mère Grommell, car elle disait toujours aux enfants qu'elle avait à charge que leurs parents étaient morts ; il était préférable que les petits pouilleux ne se disent pas qu'il leur restait quelqu'un à rejoindre dehors.

– C'est vrai, répondit Daisy, le cœur battant la chamade. Ma mère est morte.

– Et ton père aussi, ajouta la mère Grommell.

L'atroce vieille femme apparaissait comme floutée aux yeux de Daisy, qui n'avait rien eu à manger depuis son déjeuner de la veille et avait passé une nuit de terreur dans le chariot de Prodd. Pourtant elle dit, d'une voix claire et froide :

– Mon père est vivant. Je m'appelle Daisy Doisel, et mon père habite à Chouxville.

Il fallait qu'elle croie que son père était encore en vie. Elle ne pouvait pas se permettre d'en douter, parce que s'il était mort, alors toute lumière disparaîtrait du monde, à tout jamais.

– Faux, dit la mère Grommell en brandissant sa canne. Ton père mange les pissenlits par la racine et toi tu t'appelles Jane.

– Je m'appelle…, commença Daisy, mais tout à coup, *fuitsch*, la vieille femme lui décocha un coup de canne vers la tête.

Daisy plongea, comme elle avait vu le jeune garçon le faire, mais la canne fit demi-tour et, cette fois, la heurta douloureusement à l'oreille, la faisant chavirer.

– On refait un essai, dit la mère Grommell. Répète après moi : « Mon père est mort et je m'appelle Jane. »

– Je ne répéterai rien, cria Daisy.

Et elle n'attendit pas le retour de la canne pour se faufiler sous le bras de la mère Grommell et traverser la maison en courant, dans l'espoir que la porte de derrière n'aurait pas de verrou. Dans la cuisine, elle tomba sur deux enfants blafards et effarouchés, une fille et un garçon, qui versaient à la louche une vilaine mixture verte dans des bols, et une porte tout aussi bardée de cadenas et de chaînes que celle de l'entrée. Daisy se retourna et se rua à nouveau dans l'entrée, évita la mère Grommell et sa canne, et se précipita à l'étage, où d'autres enfants maigrichons et pâlots faisaient le ménage et mettaient des draps élimés sur des lits. La vieille femme la suivait déjà dans l'escalier.

– Dis-le, croassa-t-elle. Dis : « Mon père est mort et je m'appelle Jane. »

– Mon père est vivant et je m'appelle Daisy ! cria-t-elle.

Elle repéra soudain une trappe dans le plafond qui menait, présuma-t-elle, à un grenier. Arrachant son plumeau à une fillette effrayée, elle donna des coups sur la trappe jusqu'à ce qu'elle s'ouvre. Une échelle de corde dégringola, et Daisy grimpa, rembobina l'échelle et referma la trappe avec un claquement sec, pour empêcher la mère Grommell et sa canne d'arriver jusqu'à elle. Elle entendit en dessous d'elle la vieille femme caqueter de rire, et ordonner à un garçon de surveiller la trappe pour s'assurer que Daisy ne sortait pas.

Plus tard, Daisy découvrirait que les enfants se donnaient d'autres noms entre eux, pour savoir de quel John ou de quelle Jane ils parlaient. Le grand garçon qui surveillait à présent la trappe du grenier était celui que Daisy avait vu au rez-de-chaussée. Les autres le surnommaient John la Taloche, en référence à la manière dont il persécutait les plus petits. John la Taloche, par nature, était un sbire de la mère Grommell, et voilà qu'il s'adressait à Daisy pour lui crier qu'il y avait des enfants qui étaient morts de faim dans ce grenier et qu'elle trouverait les squelettes si elle cherchait bien.

Le plafond du grenier était si bas que Daisy devait rester accroupie. C'était aussi très sale, mais il y avait un petit trou dans le toit par lequel passait un rai de lumière du jour. Elle se coula jusqu'au trou pour y coller un œil. Elle pouvait voir les bâtiments de Jéroboam se détacher sur l'horizon. Contrairement à Chouxville, où la plupart des maisons étaient d'un blanc de sucre, la ville ici était bâtie de pierre gris foncé. Deux hommes déambulaient d'un pas chancelant dans la rue juste en dessous, beuglant une chanson à boire bien connue :

LA MÈRE GROMMELL

Fin d'la première bouteille, pas d'Ickabog qui tienne,
Fin d'la deuxième bouteille, j'crois l'entendr' qui soupire,
Fin d'la troisième bouteille, et le vl'à qui s'ramène,
L'Ickabog est chez nous! Buvons avant d'mourir!

Daisy resta l'œil rivé au trou pendant une heure, jusqu'à ce que la mère Grommell vienne donner des coups de canne contre la trappe.

– Comment tu t'appelles?
– Daisy Doisel! hurla-t-elle.

Puis toutes les heures, la question revint, et la réponse resta la même.

Cependant, alors que les heures s'écoulaient, la faim commençait à faire tourner la tête à Daisy. Chaque fois qu'elle criait «Daisy Doisel!» à la mère Grommell, sa voix était plus faible. Enfin, elle vit par le trou dans le toit qu'il commençait à faire nuit. Elle était assoiffée à présent, et il fallait bien se confronter au fait que, si elle continuait à refuser de dire qu'elle s'appelait Jane, il y aurait bientôt vraiment un squelette dans le grenier, et John la Taloche aurait de quoi effrayer d'autres enfants pour de bon.

Alors, quand la mère Grommell frappa à nouveau sur la trappe avec sa canne et demanda à Daisy comment elle s'appelait, celle-ci répondit:

– Jane.
– Et ton père est vivant? demanda la mère Grommell.

Daisy croisa les doigts avant de répondre:

– Non.

– Très bien, dit la mère Grommell, qui ouvrit la trappe pour faire tomber l'échelle. Descends, Jane.

Quand Daisy fut à nouveau auprès d'elle, la vieille femme lui flanqua une gifle.

– Tiens, pour t'apprendre à être une vilaine saleté de petite pimbêche menteuse. Maintenant va manger ta soupe, lave le bol, et au lit.

Daisy avala d'un trait un petit bol de soupe aux choux, qui se révéla la chose la plus infecte qu'elle eût jamais consommée de sa vie, lava le bol dans le tonneau graisseux que la mère Grommell utilisait pour la vaisselle, puis remonta à l'étage. Il y avait un matelas de libre sur le sol de la chambre des filles, donc elle entra sans bruit sous le regard des autres, puis se glissa dans les couvertures usées jusqu'à la corde. Elle resta habillée de pied en cap, parce qu'il faisait très froid dans la chambre.

Alors Daisy rencontra les yeux bleus, bienveillants, d'une fille de son âge au visage émacié.

– T'as duré plus longtemps que la plupart des autres, chuchota la fillette.

Elle avait un accent que Daisy n'avait jamais entendu. Plus tard, elle apprendrait que c'était une Marécageuse.

– Comment tu t'appelles ? souffla Daisy. Comment tu t'appelles *vraiment* ?

La fillette l'observait de ses grands yeux myosotis.

– On n'a pas le droit de dire.

– Promis, je cafte pas, murmura Daisy.

La fille la fixait des yeux. Daisy commençait à croire qu'elle n'allait jamais lui répondre, quand finalement elle glissa :

– Martha.

– Enchantée, Martha, dit Daisy tout bas. Moi, c'est Daisy Doisel, et mon père est encore vivant.

Chapitre 29

Mrs Beamish s'inquiète

À Chouxville, Crachinay prit soin de faire courir le bruit que la famille Doisel avait fait ses malles en plein milieu de la nuit pour déménager en Pluritania, le pays voisin. L'ancien instituteur de Daisy en avertit ses élèves, et le valet Cankerby informa tous les serviteurs du palais.

À son retour de l'école ce jour-là, Bert alla s'allonger sur son lit, les yeux rivés au plafond. Il repensa au temps où il était un petit garçon grassouillet que les autres enfants appelaient Bouboule ; et à Daisy, qui l'avait toujours défendu. Il se rappela leur bagarre d'antan, dans la cour du palais, et l'expression de son amie quand il avait fait accidentellement tomber ses Espoirs-du-Paradis par terre le jour de son anniversaire.

Puis, Bert songea à la manière dont il occupait à présent son temps libre. Au début, ça lui avait bien plu, d'être ami avec Roderick Blatt, parce qu'avant ça, Roderick le harcelait, et il était content qu'il ait arrêté. Mais, au fond de lui, Bert voyait bien qu'il n'appréciait pas les mêmes choses que Roderick : par exemple, tirer sur des chiens errants au lance-pierre, ou pêcher des grenouilles pour les cacher dans les cartables des filles. En fait, plus il se souvenait combien il s'amusait avec Daisy, plus il pensait aux sourires forcés qui lui faisaient mal aux joues à la fin de chaque journée passée avec Roderick, et plus il regrettait de n'avoir jamais essayé de redevenir ami avec Daisy. Mais voilà que c'était trop tard. Elle était partie pour toujours ; partie pour la Pluritania.

Pendant que Bert était étendu sur son lit, Mrs Beamish restait seule à la cuisine. Elle se sentait presque aussi mal que son fils.

Mrs Beamish avait des remords depuis qu'elle avait raconté à la fille des cuisines que Mr Doisel avait nié l'existence de l'Ickabog. L'hypothèse que son mari fût tombé de cheval l'avait mise tellement en colère qu'elle ne s'était pas rendu compte que c'était une dénonciation pour haute trahison, jusqu'à ce que les mots eussent quitté sa bouche, et qu'il fût trop tard pour revenir en arrière. Elle n'avait vraiment pas eu l'intention de causer des problèmes à un si vieil ami, elle avait donc supplié la servante d'oublier ce qu'elle avait dit, et Mabel avait accepté.

Soulagée, Mrs Beamish s'était retournée pour sortir du feu une grande fournée de Songes-de-Donzelles, et avait alors repéré Cankerby, le valet, traînaillant dans un coin.

Tout le monde au palais savait que Cankerby était un fouineur et un mouchard. Il avait le chic pour entrer sans bruit dans une pièce et pour regarder par le trou de la serrure sans se faire remarquer. Mrs Beamish n'osa pas demander au valet depuis combien de temps il était là mais, à présent, toute seule à la table de sa cuisine, elle sentit une terrible crainte lui serrer le cœur. La trahison de Mr Doisel était-elle parvenue à Lord Crachinay par le truchement de Cankerby ? Était-il possible que Mr Doisel se trouvât non pas en Pluritania, mais en prison ?

Plus elle y réfléchissait, plus elle avait peur ; finalement, elle prévint Bert qu'elle allait faire une promenade vespérale, et sortit de la maison en toute hâte.

Il y avait encore des enfants qui jouaient dans les rues, et Mrs Beamish louvoya parmi eux jusqu'à atteindre la petite chaumière nichée entre les portes de la Cité-dans-la-Cité et le cimetière. Les fenêtres étaient sombres et l'atelier fermé à clé, mais quand Mrs Beamish poussa doucement la porte d'entrée, celle-ci s'ouvrit.

Il n'y avait plus un seul meuble, plus même un seul tableau au mur. Mrs Beamish poussa un long soupir de soulagement. S'ils avaient jeté Mr Doisel en prison, ils ne se seraient pas fatigués à lui livrer tous ses meubles. Il avait en effet, très vraisemblablement, emballé ses affaires et emmené Daisy en Pluritania. Mrs Beamish se sentit un peu plus sereine sur le chemin du retour à travers la Cité-dans-la-Cité.

MRS BEAMISH S'INQUIÈTE

Une grappe de petites filles faisaient de la corde à sauter dans la rue devant elle, en chantant une comptine dont résonnaient désormais toutes les cours de récréation du royaume :

Ickabog, Ickabog, dès que tu t'arrêtes il te croque
Ickabog, Ickabog, donc saute jusqu'à c'que t'aies des cloques
Encore plus haut, gare à tes miches,
Il a eu le commandant…

L'une des fillettes, qui faisaient tourner la corde pour son amie, repéra Mrs Beamish, laissa échapper un petit cri et lâcha la poignée. Les autres petites se retournèrent aussi et, apercevant la chef pâtissière, toutes se mirent à rougir. L'une d'entre elles poussa un gloussement affolé et une autre éclata en sanglots.

– Ne vous en faites pas, les filles, dit Mrs Beamish en s'efforçant de sourire. C'est pas grave.

Les enfants restèrent parfaitement immobiles sur son passage, jusqu'à ce que soudain Mrs Beamish se retournât à nouveau vers la fillette qui avait lâché la corde à sauter.

– D'où est-ce que tu sors cette robe ? demanda-t-elle.

La petite fille au visage écarlate baissa les yeux vers sa robe, puis les reposa sur Mrs Beamish.

– C'est mon papa qui me l'a donnée, m'dame, dit-elle. Quand il est revenu du travail hier. Et il a donné une émigrette à mon frère.

Mrs Beamish contempla la robe encore quelques instants, puis se détourna lentement et reprit le chemin de la maison. Elle se dit qu'elle devait faire erreur, pourtant elle était certaine d'avoir vu Daisy Doisel porter une jolie petite robe exactement comme celle-là – jaune soleil, avec des marguerites brodées tout le long du col et des poignets – quand Mrs Doisel était encore en vie, et qu'elle cousait elle-même tous les vêtements de Daisy.

Chapitre 30

La patte

Un mois s'écoula. Au fond de son cachot, Mr Doisel travaillait, pris d'une espèce de frénésie. Il fallait qu'il finisse la monstrueuse patte de bois pour pouvoir retrouver Daisy. Il s'était forcé à croire que Crachinay tiendrait parole et le laisserait sortir du cachot quand il aurait accompli sa tâche, bien qu'une voix dans sa tête ne cessât de lui dire : « Après ça, ils ne te laisseront jamais sortir. Jamais. »

Pour conjurer sa peur, Mr Doisel se mettait à chanter l'hymne national, encore et encore :

Coooor-nucopia, que ton roi soit loué,
Coooor-nucopia, qu'on t'entende chanter...

Les autres prisonniers s'agaçaient encore plus de ses chants incessants que du bruit de son rabot et de son marteau. Le désormais décharné et déguenillé capitaine Bonamy l'implorait de se taire, mais Mr Doisel l'ignorait. Il délirait un peu, à présent. Il songeait confusément que s'il se comportait comme un fidèle sujet du roi, Crachinay le considérerait comme moins dangereux et le libérerait. Alors, la cellule du menuisier retentissait à la fois du fracas des outils qui cognaient et raclaient et de l'hymne national et, lentement mais sûrement, une patte de monstre griffue prit forme, avec un long manche à son sommet pour qu'un homme à cheval puisse l'imprimer profondément dans un sol meuble.

Quand enfin la patte de bois fut terminée, Crachinay, Flapoon et le commandant Blatt descendirent au cachot l'inspecter.

– Oui, dit posément Crachinay en examinant la sculpture sous tous les angles. Très bien, vraiment. Qu'est-ce que vous en pensez, Blatt ?

– Je pense que ça fera joliment l'affaire, monseigneur, répondit le commandant.

– Vous vous en êtes bien sorti, Doisel, lança Crachinay au menuisier. Je demanderai au gardien de vous accorder une double ration ce soir.

– Mais vous aviez dit que je serais libéré quand j'aurais fini, souffla Mr Doisel qui tomba à genoux, pâle et épuisé. Je vous en prie, monseigneur. Je vous en prie. Il faut que je voie ma fille… *je vous en prie.*

Mr Doisel tenta d'attraper la main osseuse de Crachinay, mais le lord la retira sèchement.

– Ne me touchez pas, traître. Vous devriez me remercier de ne pas vous avoir fait exécuter. Et ce n'est pas encore exclu, si cette patte ne tient pas ses promesses. Alors si j'étais vous, je prierais pour que mon plan fonctionne.

Chapitre 31

Un boucher disparaît

Cette nuit-là, à la faveur des ténèbres, une troupe de cavaliers entièrement vêtus de noir quitta Chouxville, avec à sa tête le commandant Blatt. Dissimulée sous un long pan de jute, dans un chariot au cœur du cortège, se trouvait la gigantesque patte de bois aux écailles ciselées et aux longues griffes acérées.

Enfin, ils atteignirent les faubourgs de Baronstown. Les cavaliers – des membres de la Brigade de défense contre l'Ickabog, sélectionnés par Crachinay – mirent lestement pied à terre, et enveloppèrent de tissu les sabots des chevaux pour étouffer le bruit de leurs pas et estomper les contours de leurs empreintes. Puis ils sortirent du chariot la patte géante, se remirent en selle, et transportèrent l'objet à plusieurs jusqu'à la maison où Tubby Tournedos, le boucher, habitait avec sa femme, et qui était par chance à quelque distance des habitations voisines.

Plusieurs soldats attachèrent alors leur cheval, se faufilèrent à l'arrière de la maison de Tubby et forcèrent la porte, tandis que les autres enfonçaient la patte géante dans la boue tout autour du portail de derrière.

Cinq minutes après leur arrivée, les soldats enlevaient de leur maison Tubby et sa femme, qui n'avaient pas d'enfants, et ils les jetaient dans le chariot, bâillonnés et pieds et poings liés. Autant vous le dire tout de suite : Tubby et sa femme allaient se faire tuer, et on enterrerait les corps dans les bois, tout comme le soldat Prodd aurait dû se débarrasser de Daisy. Crachinay ne gardait vivants que les gens qui lui étaient utiles : Mr Doisel devrait peut-être réparer la patte d'Ickabog si elle venait à s'endommager, et on pourrait avoir besoin de ressortir le capitaine Bonamy et ses camarades un jour pour qu'ils répètent leurs mensonges à propos du monstre. Mais Crachinay était incapable d'imaginer qu'un fabricant de saucisses pût jamais lui être nécessaire, alors il avait ordonné son assassinat. Quant à la pauvre Mrs Tournedos, il lui accorda à peine une pensée, mais je tiens à ce que vous sachiez qu'elle était très gentille, s'occupait des enfants de ses amis et faisait partie de la chorale du village.

Une fois les Tournedos embarqués, les soldats qui restaient pénétrèrent dans la maison et démolirent les meubles comme si une créature colossale les avait défoncés, pendant que d'autres hommes détruisaient la clôture de derrière et marquaient de la patte géante le sol tout autour du poulailler de Tubby, pour donner l'impression que le monstre en chasse avait aussi attaqué les volailles. L'un des soldats retira même ses bottes et ses chaussettes, et laissa des empreintes de pieds nus dans la terre molle, comme si Tubby s'était précipité dehors pour protéger ses poulets. Enfin, le même homme décapita l'une des poules et prit soin de répandre le plus de sang et de plumes possible, avant de casser une paroi du poulailler pour laisser s'échapper les autres volatiles.

Les soldats imprimèrent encore de nombreuses fois la patte géante dans la boue à l'extérieur de la maison de Tubby, afin qu'on croie que le monstre était reparti par un terrain plus ferme ; puis ils déposèrent à nouveau l'œuvre de Mr Doisel dans le chariot, à côté du boucher et de sa femme dont le meurtre était imminent. Ensuite, ils se remirent en selle, et disparurent dans la nuit.

Chapitre 32

Une faille dans le plan

Lorsque les voisins de Mr et Mrs Tournedos se réveillèrent le lendemain et virent des poules gambader partout sur la route, ils se hâtèrent d'aller avertir Tubby que ses volailles s'étaient échappées. Imaginez leur épouvante quand ils découvrirent les immenses empreintes, le sang, les plumes et la porte de derrière démolie, et ne trouvèrent aucun signe du mari ni de la femme.

En l'espace d'une heure, une énorme foule s'était rassemblée autour de la maison vide de Tubby, et on examinait les traces de pattes monstrueuses, la porte défoncée et les meubles en miettes. Ce fut la panique et, en quelques heures, la nouvelle que l'Ickabog avait dévasté la maison d'un boucher de Baronstown se répandit au nord, au sud, à l'est et à l'ouest. Les crieurs de rue firent tinter leurs cloches sur les places publiques et, quelques jours plus tard, seuls les Marécageux ignoreraient encore que l'Ickabog avait fait une virée au sud et enlevé deux personnes.

UNE FAILLE DANS LE PLAN

L'espion de Crachinay à Baronstown, qui avait passé la journée à se mêler à la foule pour en observer les réactions, notifia à son maître que la stratégie avait fonctionné à merveille. Mais en début de soirée, alors que l'espion se disait qu'il irait bien fêter cela autour d'un feuilleté à la saucisse et d'une chope de bière dans une taverne, il remarqua quelques hommes qui chuchotaient entre eux tout en étudiant l'une des empreintes géantes de l'Ickabog. L'espion s'invita à leur côté.

– Terrifiant, non ? demanda-t-il. La taille de ses pattes ! La longueur de ses griffes !

L'un des voisins de Tubby se redressa, les sourcils froncés.

– Il va à cloche-patte, déclara-t-il.

– Pardon ? dit l'espion.

– Il va à *cloche-patte*, répéta le voisin. Regardez. C'est la même patte gauche partout. Soit l'Ickabog saute à cloche-patte, soit…

L'homme ne termina pas sa phrase, mais son regard inquiéta l'espion qui, au lieu de se rendre à la taverne, remonta sur son cheval, et cavala jusqu'au palais.

Chapitre 33

Le roi Fred s'inquiète

Loin de se douter de la nouvelle menace qui pesait sur leurs projets, Crachinay et Flapoon venaient de se mettre à table en compagnie du roi pour l'un de leurs somptueux soupers habituels. La nouvelle de l'attaque de l'Ickabog à Baronstown alarma grandement Fred, car elle signifiait que le monstre s'était aventuré plus près du palais que jamais.

– Infâme affaire, dit Flapoon en déposant un boudin entier sur son assiette.

– Le choc est total, confirma Crachinay, occupé à se couper un morceau de faisan.

– Ce que je ne comprends pas, se tourmenta Fred, c'est comment il a réussi à passer le barrage !

Car, bien sûr, on avait dit au roi qu'une division de la Brigade de défense contre l'Ickabog avait établi un camp permanent autour du marais, de façon à empêcher le monstre de gagner le reste du pays. Crachinay, qui s'était attendu à la remarque de Fred, avait une explication toute prête :

LE ROI FRED S'INQUIÈTE

– J'ai le regret de vous apprendre que deux soldats s'étaient endormis durant leur tour de garde, Votre Majesté. Surpris par l'Ickabog, ils ont été avalés tout rond.

– Bon sang de bois ! s'écria Fred, horrifié.

– Ayant traversé le barrage, enchaîna Crachinay, le monstre a continué sa route vers le sud. Nous pensons qu'il a été attiré à Baronstown par l'odeur de la viande. Là-bas, il a englouti quelques poulets, ainsi que le boucher et sa femme.

– Abominable, abominable, lâcha Fred avec un frisson, et il repoussa son assiette. Et puis il est retourné chez lui dans le marais, alors ?

– C'est ce que nous ont rapporté nos enquêteurs, Sire, dit Crachinay, mais maintenant qu'il a goûté à un boucher farci de saucisse de Baronstown, il faut nous préparer à ce qu'il tente régulièrement de forcer le barrage. C'est pour cela que j'estime, Sire, qu'il nous faudrait doubler le nombre d'hommes déployés là-bas. Malheureusement, cela veut dire multiplier par deux l'impôt contre l'Ickabog.

Par chance pour les deux lords, Fred était en train de regarder Crachinay, alors il ne vit pas le sourire sarcastique de Flapoon.

– Oui… cela semble raisonnable, approuva le roi.

Il se leva et se mit à arpenter la salle à manger d'un pas nerveux. La lueur des lampes faisait magnifiquement resplendir son costume, qui était ce jour-là de soie bleu ciel, aux boutons d'aigue-marine. S'interrompant pour s'admirer dans le miroir, Fred s'assombrit soudain.

– Crachinay, dit-il, le peuple m'aime-t-il toujours bien, quand même ?

– Comment Votre Majesté peut-elle poser une telle question ? hoqueta le conseiller suprême. Vous êtes le roi le plus aimé de toute l'histoire de la Cornucopia !

– C'est juste que... hier, en rentrant de la chasse, je n'ai pas pu m'empêcher de penser que les gens avaient l'air moins heureux de me voir que d'habitude, expliqua le roi Fred. À peine quelques acclamations, et un seul drapeau.

– Donnez-moi leur nom et leur adresse, bafouilla Flapoon, la bouche pleine de boudin, et il fouilla dans ses poches pour dénicher une mine.

– Je ne connais ni leur nom ni leur adresse, Flapoon, dit Fred qui tripotait à présent le pompon d'un rideau. C'était seulement des gens qui passaient par là, vous voyez. Mais ça m'a blessé, et pas qu'un peu, et ensuite, quand je suis rentré au palais, j'ai appris que le jour des Requêtes avait été annulé.

– Ah, fit Crachinay, oui, j'allais justement expliquer cela à Votre Majesté...

– Pas besoin, dit Fred. Lady Eslanda m'en a déjà parlé.

– *Quoi ?* glapit Crachinay en braquant un regard furieux sur Flapoon.

Il avait strictement ordonné à son ami de ne jamais laisser Lady Eslanda s'approcher du roi, par crainte de ce qu'elle pourrait lui révéler. Flapoon se renfrogna et haussa les épaules. Franchement, Crachinay ne pouvait pas s'attendre

LE ROI FRED S'INQUIÈTE

à ce qu'il passe chaque minute de la journée vissé au roi. Il faut bien aller parfois aux toilettes, après tout.

– Lady Eslanda m'a dit que les gens se plaignent que l'impôt contre l'Ickabog est trop élevé. D'après elle, il se murmure partout qu'il n'y a même pas de troupes stationnées dans le Nord !

– Sottises et sornettes, grinça Crachinay.

Mais c'était parfaitement exact, en réalité, qu'il n'y avait pas la moindre troupe dans le Nord, et tout aussi exact que les récriminations s'amplifiaient à l'encontre de l'impôt contre l'Ickabog, et c'était pour cela que le lord avait annulé le jour des Requêtes. Il n'avait pas la moindre envie que Fred eût vent de sa baisse de popularité. Son esprit nigaud pourrait bien lui souffler de faire baisser les impôts ou, pire encore, d'envoyer des gens au nord mener l'enquête sur le camp imaginaire.

– Il y a des moments, évidemment, où un régiment prend la relève d'un autre, dit Crachinay en songeant qu'il devrait faire stationner quelques soldats près du marais désormais, histoire que les curieux cessent de poser des questions. Un Marécageux un peu benêt aura vu un régiment s'éloigner, et se sera imaginé qu'il ne restait plus personne là-bas... Pourquoi ne multiplierait-on pas l'impôt contre l'Ickabog par *trois*, Sire ? demanda Crachinay en se disant que ce serait bien fait pour les grincheux. Après tout, le monstre a *réellement* forcé le barrage la nuit dernière ! Ainsi, il n'y aura plus aucun risque de manquer d'hommes à la frontière des Marécages, et tout le monde sera content.

– Oui, dit le roi Fred, mal à l'aise. Oui, ça tombe sous le sens. Je veux dire, si le monstre est capable de tuer quatre personnes et plusieurs poulets en une seule nuit…

À cet instant, le valet Cankerby entra dans la salle à manger et, s'inclinant profondément, murmura à Crachinay que l'espion de Baronstown venait d'arriver, apportant des nouvelles urgentes de la ville saucissière.

– Votre Majesté, dit le lord d'une voix onctueuse, il me faut prendre congé. Pas d'inquiétude ! Juste un petit souci avec, euh… mon cheval.

Chapitre 34

Trois pattes de plus

– Vous avez intérêt à ce que ça vaille le déplacement, aboya Crachinay cinq minutes plus tard, en pénétrant dans le petit salon bleu où l'espion patientait.

– Votre... Seigneurie, commença l'homme, le souffle court, ils disent... que le monstre... saute à cloche-patte.

– Ils disent *quoi*?

– Qu'il va à cloche-patte, monseigneur – à *cloche-patte*! hoqueta l'espion. Ils ont remarqué... que toutes les empreintes... sont celles d'une même... patte gauche!

Crachinay resta interdit. Il ne lui avait jamais traversé l'esprit que la populace pût être assez maligne pour remarquer un détail de ce genre. Lui qui n'avait jamais eu à s'occuper du moindre être vivant de toute son existence, pas même de son propre cheval, n'avait pas songé un seul instant que les pattes d'une créature pussent imprimer sur le sol des marques différentes.

– Me faut-il donc toujours penser à tout? barrit Crachinay et, en fureur, il quitta le salon pour se rendre à la salle des gardes, où il trouva le commandant Blatt occupé à boire du vin et à jouer aux cartes avec des amis.

Le commandant se leva d'un bond à la vue de Crachinay, qui lui fit signe de le rejoindre dehors.

– Je vous ordonne de rassembler sur-le-champ la Brigade de défense contre l'Ickabog, Blatt, lui dit tout bas le lord. Vous chevaucherez vers le nord et, en chemin, tâchez de faire tout le vacarme imaginable. Je veux que tout le monde, de Chouxville à Jéroboam, vous voie passer. Une fois là-bas, répartissez-vous et montez la garde le long du marais.

– Mais..., commença le commandant, qui s'était habitué à une vie de coq en pâte au palais, avec des rondes de temps à autre dans Chouxville, en grand uniforme.

– Pas de « mais » qui tienne, je veux des actes ! hurla Crachinay. Ça jase un peu partout qu'il n'y a personne en faction dans le Nord ! Maintenant, partez, et assurez-vous de réveiller le plus de gens possible ; mais laissez-moi deux hommes, Blatt. Juste deux. J'ai un autre petit travail pour eux.

Tandis qu'un Blatt bougon allait rassembler ses troupes en vitesse, le lord descendit seul dans les cachots.

La première chose qui lui parvint aux oreilles quand il arriva fut la voix de Mr Doisel, qui était encore en train de chanter l'hymne national.

– Silence ! cria Crachinay, qui tira son épée et signifia au gardien de le laisser entrer dans la cellule.

L'apparence du menuisier avait beaucoup changé depuis la dernière fois que Crachinay l'avait vu. À présent que Mr Doisel avait appris qu'on ne le laisserait pas ressortir du cachot pour retrouver Daisy, une lueur farouche brillait dans son regard. De surcroît, cela faisait bien sûr des semaines qu'il n'avait pas pu se raser, et ses cheveux avaient beaucoup poussé.

– J'ai dit silence! beugla Crachinay, car le menuisier, apparemment incapable de s'en empêcher, continuait à fredonner l'hymne national. Il me faut trois pattes de plus, compris? Une autre patte gauche, et deux pattes droites. C'est clair, menuisier?

Mr Doisel cessa de chantonner.

– Si je fais ces sculptures, me laisserez-vous sortir pour revoir ma fille, monseigneur? demanda-t-il d'une voix rauque.

Crachinay sourit. Il était clair que l'homme sombrait lentement dans la folie, car seul un fou aurait pu s'imaginer qu'on le libérerait après qu'il eut fabriqué trois pattes d'Ickabog supplémentaires.

– Bien entendu, dit le lord. Je vous ferai livrer le bois à la première heure demain. Travaillez dur, menuisier. Quand vous aurez terminé, je vous ferai sortir et vous reverrez votre fille.

Quand Crachinay émergea des cachots, deux soldats l'attendaient, comme il l'avait exigé. Il emmena ces hommes jusqu'à ses appartements privés, s'assura que le valet Cankerby ne traînait pas dans les environs, ferma la porte à clé, et se retourna vers les soldats pour leur donner ses consignes.

– Cinquante ducats chacun si vous faites bien le travail, dit-il, et les soldats eurent un frémissement de joie.

« Vous allez suivre Lady Eslanda matin, midi et soir. Entendu ? Elle ne doit pas s'apercevoir que vous la filez. Vous guetterez un moment où elle sera toute seule, pour pouvoir l'enlever sans que personne entende ou voie quoi que ce soit. Si elle s'échappe, ou si vous êtes repérés, je nierai vous avoir donné ces ordres, et je vous ferai exécuter.

– Qu'est-ce qu'on fait d'elle, une fois qu'on l'a ? demanda l'un des soldats, chez qui la joie avait fait place à la terreur.

– Hmm, fit Crachinay, le regard vagabondant par la fenêtre tandis qu'il réfléchissait à la meilleure chose à faire de Lady Eslanda. Une dame de la cour, ce n'est tout de même pas pareil qu'un boucher. L'Ickabog ne peut pas entrer dans le palais pour la manger… non, je crois qu'il serait préférable, continua-t-il, son fourbe visage se fendant lentement d'un sourire, que vous conduisiez Lady Eslanda à mon domaine provincial. Quand elle y sera, faites-le-moi savoir, et je vous y rejoindrai.

Chapitre 35

Lord Crachinay fait sa demande

Quelques jours plus tard, alors que Lady Eslanda se promenait seule dans la roseraie du palais, les deux soldats cachés dans un bosquet saisirent leur chance. Ils s'emparèrent d'elle, la bâillonnèrent, lui ligotèrent les poignets, et l'emmenèrent sur les terres de Crachinay en province. Puis ils envoyèrent un message au lord et attendirent qu'il les rejoigne.

Crachinay convoqua promptement la suivante de Lady Eslanda, Millicent. Menaçant cette dernière de faire exécuter sa petite sœur, il la força à porter des missives à tous les amis de sa maîtresse, les informant que Lady Eslanda avait décidé d'entrer au couvent.

Les amis d'Eslanda furent médusés par la nouvelle. Elle n'avait jamais mentionné à quiconque son désir de devenir bonne sœur. Plusieurs d'entre eux, en vérité, soupçonnèrent que Lord Crachinay avait quelque chose à voir avec cette disparition soudaine. Pourtant, je dois dire, non sans tristesse, que le lord suscitait désormais tant de crainte qu'à part se confier tout bas leurs soupçons, les amis d'Eslanda ne firent rien pour la retrouver, ni ne demandèrent à Crachinay ce qu'il savait. Pire encore, peut-être, aucun d'entre eux ne chercha à aider Millicent, que des soldats interceptèrent en train de tenter de fuir la Cité-dans-la-Cité, et jetèrent au cachot.

Alors, Crachinay se mit en route pour ses terres, où il arriva le lendemain, tard le soir. Ayant donné cinquante ducats à chacun des ravisseurs d'Eslanda, en leur rappelant qu'il les ferait exécuter s'ils parlaient, le lord se lissa les moustaches devant un miroir, puis il alla retrouver Lady Eslanda, qui lisait un livre à la lumière d'une bougie dans la bibliothèque plutôt poussiéreuse.

– Mes hommages, madame, dit Crachinay avec une ample courbette.

Lady Eslanda le contempla en silence.

– J'ai une bonne nouvelle, continua-t-il, tout sourire. Vous vous apprêtez à devenir l'épouse du conseiller suprême.

– Plutôt mourir, répondit aimablement Lady Eslanda, qui tourna une page de son livre et reprit sa lecture.

– Allons, allons, dit Crachinay. Comme vous le voyez, ma demeure a grand besoin des délicates attentions d'une femme. Vous serez bien plus heureuse ici, à vous rendre utile, qu'à rêvasser à ce fils de fromagers qui, quoi qu'il arrive, succombera probablement à la faim dans les jours qui viennent.

Lady Eslanda, qui s'attendait à ce que le lord mentionnât le capitaine Bonamy, s'était préparée à ce moment depuis son arrivée dans la bâtisse froide et sale. Alors elle déclara, sans un rougissement, sans une larme :

– Cela fait longtemps que je n'ai plus la moindre tendresse pour le capitaine Bonamy, Lord Crachinay. Son aveu de haute trahison m'a dégoûtée. Jamais je ne pourrais aimer un traître – et c'est pourquoi jamais je ne pourrai vous aimer, vous.

Elle affirma cela de manière si convaincante que Crachinay la crut. Il tenta une autre forme d'intimidation et l'informa qu'il tuerait ses parents si elle ne l'épousait pas, mais Lady Eslanda lui rappela qu'elle était, tout comme le capitaine Bonamy, orpheline. Puis Crachinay lui dit qu'il lui prendrait tous les bijoux que sa mère lui avait légués, mais elle haussa les épaules et déclara qu'elle préférait de toute façon les livres. Enfin, le lord menaça de la tuer, et elle lui suggéra de le faire sans plus tarder, car ce serait largement moins pénible que de devoir l'écouter parler.

Crachinay enrageait. Il avait pris l'habitude que tout se pliât toujours à sa volonté ; or, voilà qu'il y avait quelque chose qu'il ne pouvait obtenir, et il ne l'en désirait que davantage. Au bout du compte, il décréta que puisqu'elle aimait les livres à ce point, il l'enfermerait pour toujours dans la bibliothèque. Il ferait mettre des barreaux aux fenêtres, et Scrumble, le majordome, lui apporterait à manger trois fois par jour, mais elle ne pourrait quitter la pièce que pour utiliser les commodités – à moins qu'elle accepte de l'épouser.

– Eh bien soit, je mourrai dans cette pièce, dit calmement Lady Eslanda. Ou bien, qui sait ? Dans les toilettes.

Échouant à lui tirer un mot de plus, le conseiller suprême, furibond, s'en alla.

Chapitre 36

La Cornucopia a faim

Une année passa... puis deux... puis trois, quatre, et cinq.

Le tout petit royaume de Cornucopia, qui avait autrefois attisé la convoitise de ses voisins pour ses terres riches comme par enchantement, pour le savoir-faire de ses fromagers, de ses vignerons et de ses chefs pâtissiers, et pour son peuple heureux, était devenu presque méconnaissable.

Chouxville, certes, continuait à fonctionner plus ou moins comme avant. Crachinay ne souhaitait pas que le roi remarquât le moindre changement ; ainsi dépensait-il de l'or en quantité dans la capitale, afin que les choses fussent comme elles l'avaient toujours été, surtout à l'intérieur de la Cité-dans-la-Cité. Dans les villes du Nord, cependant, les gens étaient en grande difficulté. De plus en plus de commerces – échoppes, tavernes, forges, charronneries, fermes et vignobles – mettaient la clé sous la porte. L'impôt contre l'Ickabog jetait les gens dans la misère et, comme si cela ne suffisait pas, chacun redoutait d'être le prochain à recevoir une visite de l'Ickabog – ou de la chose qui, du moins, défonçait les portes et laissait des empreintes pareilles à celles d'un monstre aux alentours des maisons et des fermes.

Ceux qui exprimaient des doutes quant à l'idée que l'Ickabog fût réellement derrière toutes ces attaques se retrouvaient le plus souvent les prochains sur la liste des Marcheurs de Nuit. C'était le surnom qu'avaient donné Crachinay et Blatt aux escouades qui assassinaient les incrédules en pleine nuit, et imprimaient des traces de pattes tout autour du logis de leurs victimes.

Toutefois, il arrivait que des sceptiques habitent au cœur d'une grande ville, où il était difficile de mettre en scène une fausse attaque sans que les voisins s'en aperçoivent. Dans ces cas-là, Crachinay organisait un procès, et menaçait les accusés de faire du mal à leur famille, exactement comme pour Bonamy et ses compagnons, afin de les contraindre à admettre qu'ils étaient coupables de haute trahison.

L'augmentation du nombre de procès obligeait le lord à superviser la construction de prisons supplémentaires. Il fallait aussi davantage d'orphelinats. Pourquoi des orphelinats, vous demandez-vous ?

Eh bien, premièrement, parce qu'un bon nombre de parents étaient tués ou envoyés en prison. Comme il était désormais difficile pour tout le monde de nourrir sa propre famille, nul ne pouvait recueillir les enfants abandonnés.

Deuxièmement, les gens pauvres mouraient de faim. Comme les parents, en général, se privaient pour que leurs enfants eussent de quoi manger, les enfants étaient souvent les derniers à rester en vie.

Et troisièmement, certaines familles, accablées, à la rue, emmenaient leurs petits à l'orphelinat, car c'était le seul moyen pour elles de s'assurer qu'ils auraient un toit sur la tête et de la nourriture dans leur assiette.

Peut-être vous souvenez-vous de Hetty, la servante du palais qui avait si courageusement prévenu Lady Eslanda que le capitaine Bonamy et ses camarades allaient se faire exécuter ?

Hetty, donc, utilisa l'or de Lady Eslanda pour prendre une calèche jusqu'au vignoble de son père, en lisière de Jéroboam. Un an plus tard, elle épousa un homme du nom de Hopkins, et donna naissance à des jumeaux, un garçon et une fille.

Mais l'impôt contre l'Ickabog contraignit la famille Hopkins à un effort impossible à soutenir. Ils durent fermer leur petite épicerie, et les parents de Hetty ne purent leur venir en aide car, peu de temps après avoir perdu leur vignoble, ils étaient morts de faim. Désormais sans abri, leurs enfants criant famine, Hetty et son mari, désespérés, se rendirent à l'orphelinat de la mère Grommell. Les jumeaux furent arrachés, sanglotant, des bras de leur mère.

La porte claqua, les verrous se réenclenchèrent dans un fracas métallique, et la pauvre Hetty Hopkins et son mari s'éloignèrent, pleurant non moins que leurs enfants, et priant pour que la mère Grommell les maintienne en vie.

Chapitre 37

Daisy et la lune

L'orphelinat de la mère Grommell avait beaucoup changé depuis l'époque où on y avait emmené Daisy Doisel dans son sac de jute. La bicoque croulante était à présent un énorme bâtiment de pierre, avec des barreaux aux fenêtres, des verrous à toutes les portes, et assez de place pour une centaine d'enfants.

Daisy y était toujours, bien plus grande et plus maigre, mais portant la même salopette que le jour de son enlèvement. Elle avait cousu des rallonges aux bretelles et aux jambes pour qu'elle lui aille, et la raccommodait avec soin quand elle se déchirait. C'était tout ce qui lui restait de sa maison et de son père, alors elle continuait à la porter au lieu de se fabriquer des robes à partir des grands sacs dans lesquels on livrait les choux, comme le faisaient Martha et les autres jeunes filles.

De longues années durant, après son enlèvement, Daisy s'était accrochée à l'idée que son père était encore en vie. C'était une fille intelligente, et elle avait toujours su que

Mr Doisel ne croyait pas à l'Ickabog, alors elle se forçait à imaginer qu'il était dans une cellule, quelque part, à regarder entre les barreaux de sa fenêtre la lune qu'elle voyait elle aussi chaque nuit avant de s'endormir.

Puis un soir, dans sa sixième année chez la mère Grommell, après avoir bordé les jumeaux Hopkins pour la nuit et leur avoir promis qu'ils reverraient bientôt leur maman et leur papa, Daisy se coucha auprès de Martha et contempla dans le ciel, comme d'habitude, le disque d'or pâle, et alors elle se rendit compte qu'elle ne croyait plus que son père fût toujours vivant. Cet espoir-là avait quitté son cœur comme un oiseau s'enfuit d'un nid dévasté, et même si des larmes s'échappaient de ses yeux, elle se dit que son père était mieux là où il était, à présent, dans le glorieux firmament avec sa mère. Elle s'efforça de se consoler en pensant que, puisque la terre ne les retenait plus, ses parents pouvaient exister n'importe où, y compris dans son cœur à elle, et qu'elle devait garder vivant leur souvenir en elle, comme une flamme. Tout de même, c'était difficile d'avoir des parents à l'intérieur de soi, quand tout ce que l'on désire vraiment, c'est qu'ils reviennent et vous prennent dans leurs bras.

Contrairement à bien des enfants de l'orphelinat, Daisy se rappelait clairement ses parents. La mémoire de leur amour la nourrissait et, chaque jour, elle aidait à s'occuper des petits et s'assurait qu'ils reçoivent les câlins et la douceur dont elle manquait tant.

Mais ce n'était pas seulement le fait de penser à son père et à sa mère qui permettait à Daisy de tenir. Elle avait l'impression étrange qu'elle était destinée à accomplir quelque chose d'important – quelque chose qui changerait non seulement sa vie, mais également le sort de la Cornucopia. Elle ne parlait jamais à personne de cette curieuse intuition, même pas à sa meilleure amie Martha et, pourtant, elle y puisait des forces. Sa chance viendrait ; Daisy en était persuadée.

Chapitre 38

Une visite de Lord Crachinay

La mère Grommell comptait parmi les rares Cornucopiens à s'être enrichis ces dernières années. Elle avait entassé enfants et bébés dans son taudis jusqu'à ce qu'il en déborde presque, et puis, pour agrandir sa maison décrépite, elle avait réclamé de l'or aux deux lords qui dirigeaient désormais le royaume. Ces temps-ci, l'orphelinat était une affaire prospère ; ainsi la mère Grommell se régalait-elle de mets délicats que seuls les nantis pouvaient s'offrir. Elle dépensait la majeure partie de son or en bouteilles des plus grands crus de Jéroboam et, hélas, une fois ivre, elle était vraiment très cruelle. Les enfants de l'orphelinat étaient constellés de blessures et de bleus, car elle avait l'alcool mauvais.

Certains des petits dont elle avait la charge ne survivaient pas longtemps à ce régime de soupe aux choux et de méchanceté. Tandis qu'un flot interminable d'enfants affamés se pressait à la porte d'entrée, un petit cimetière

UNE VISITE DE LORD CRACHINAY

à l'arrière du bâtiment se remplissait encore et encore. La mère Grommell n'en avait rien à faire. Tous les John et les Jane de l'orphelinat étaient semblables à ses yeux, tous ces visages blafards et faméliques ; ils n'avaient pour seule valeur que l'or qu'elle gagnait à les garder.

Mais dans la septième année de l'emprise de Lord Crachinay sur la Cornucopia, lorsque l'orphelinat lui demanda une énième fois de l'or, le conseiller suprême décida d'aller inspecter les lieux avant d'accorder à la vieille femme des fonds supplémentaires. La mère Grommell s'adorna de sa plus belle robe de soie noire pour accueillir Sa Seigneurie, et prit soin que son haleine ne laissât détecter aucun effluve de vin.

– Les pauvres petits poussins, hein, Votre Seigneurie ? dit-elle alors que Crachinay promenait son regard sur tous les enfants maigres et blêmes, son mouchoir parfumé porté à ses narines.

La mère Grommell s'agenouilla pour prendre dans ses bras un minuscule Marécageux au ventre gonflé par la faim :

– Regardez s'ils ont bien besoin de l'aide de Votre Seigneurie !

– Oui, oui, assurément, dit le lord, son mouchoir plaqué contre son visage.

Il n'aimait pas les enfants, surtout quand ils étaient aussi sales que ceux-là, mais il savait que beaucoup de Cornucopiens vouaient aux moutards une bêtasse tendresse, alors laisser mourir un trop grand nombre de gamins était une mauvaise idée.

– Très bien, la mère, je vous accorde un nouveau financement.

Alors qu'il se retournait pour sortir, le lord remarqua près de la porte une jeune fille pâlotte qui avait un bébé dans chaque bras. Elle portait une salopette ravaudée à l'ourlet ouvert et rallongé. Quelque chose distinguait cette fille des autres enfants. Crachinay avait même l'impression étrange qu'il avait déjà rencontré quelqu'un qui lui ressemblait. Contrairement au reste de la marmaille, elle ne semblait pas du tout impressionnée par son habit ondoyant de conseiller suprême, ni par le tintamarre des médailles qu'il s'était décernées en tant que colonel du régiment de la Brigade de défense contre l'Ickabog.

– Comment t'appelles-tu, jeune fille ? demanda Crachinay, s'arrêtant auprès de Daisy et abaissant son mouchoir parfumé.

– Jane, monseigneur. On s'appelle toutes Jane ici, vous savez, dit Daisy, qui examinait Crachinay d'un regard détaché et sévère.

Elle se souvenait du lord pour l'avoir croisé dans la cour du palais où elle jouait autrefois ; quand lui et Flapoon, sourcils froncés, réduisaient les enfants à un silence effarouché sur leur passage.

– Pourquoi ne me fais-tu pas de révérence ? Je suis le conseiller suprême du roi.

– Le conseiller suprême n'est pas le roi, dit la fille.

– Qu'est-ce qu'elle raconte ? croassa la mère Grommell, qui boitilla jusqu'à eux pour vérifier que Daisy ne faisait pas d'histoires.

De tous les enfants de l'orphelinat, Daisy Doisel était celle que la mère Grommell supportait le moins. Elle n'avait jamais complètement réussi à mater la gamine, malgré ses efforts les plus acharnés.

– Qu'est-ce que tu racontes, Jane le Laideron ? s'enquit-elle.

Daisy n'était pas le moins du monde un laideron, mais ce surnom-là était l'une des tentatives de la mère Grommell pour briser son caractère.

– Elle m'explique pourquoi elle ne me fait pas la révérence, déclara Crachinay, le regard toujours plongé dans les yeux sombres de Daisy, se demandant où il les avait déjà vus.

En vérité, il les avait vus sur le visage du menuisier à qui il rendait régulièrement visite dans les cachots ; mais comme Mr Doisel était désormais à moitié fou, les cheveux et la barbe longs et blancs, et que cette fille-là avait l'air calme et intelligente, Crachinay ne fit pas le lien entre les deux.

– Jane le Laideron a toujours été insolente, dit la mère Grommell qui se promettait en silence de punir Daisy dès que Lord Crachinay serait reparti. Un de ces jours je la flanquerai à la rue, monseigneur, et elle verra si ça lui plaît de faire la manche plutôt que de s'abriter sous mon toit et de manger ma pitance.

– La soupe aux choux, ça me manquerait *tellement*, dit Daisy d'une voix froide et dure. Saviez-vous que c'est tout ce qu'on mange ici, monseigneur ? De la soupe aux choux, trois fois par jour ?

– Fort nourrissant, je n'en doute pas, commenta Lord Crachinay.

– Même si, de temps en temps, on a droit à une petite friandise, déclara Daisy. Les Gâteaux de l'Orphelinat. Vous savez ce que c'est, monseigneur ?

– Non, répondit Crachinay contre son gré.

Il y avait quelque chose chez cette fille, qui… mais *quoi* ?

– Ils sont faits d'ingrédients avariés, dit Daisy, son regard sombre planté dans celui du lord. Des œufs pourris, de la farine moisie, des morceaux de trucs qui traînent depuis trop longtemps dans le placard… Les gens n'ont pas d'autre nourriture à nous sacrifier, alors ils font un mélange de tout ce dont ils ne veulent pas, et laissent ça sur la marche de l'entrée. Parfois, les Gâteaux de l'Orphelinat rendent les enfants malades, mais ils les mangent quand même, parce qu'ils ont trop faim.

Le lord n'écoutait pas vraiment ce que disait Daisy, il écoutait son accent. Bien qu'elle fût depuis très longtemps à Jéroboam, elle avait toujours dans la voix des intonations de Chouxville.

– D'où viens-tu, jeune fille ? demanda-t-il.

Les autres enfants s'étaient tus, à présent, et tous observaient le lord qui parlait à Daisy. La mère Grommell avait beau la détester, Daisy était très en faveur parmi les plus petits, parce qu'elle les protégeait de la vieille femme et de John la Taloche, et ne leur volait jamais leurs croûtes de pain rassis, contrairement à d'autres grands. De temps à autre, elle allait même leur chiper du pain et du fromage dans les réserves personnelles de la mère Grommell, malgré les risques qu'une telle opération présentait, et parfois elle se faisait battre par John la Taloche.

– Je viens de Cornucopia, monseigneur, déclara Daisy. Vous en avez peut-être entendu parler. C'était un pays qui existait autrefois, où personne n'était jamais ni pauvre ni affamé.

– Ça suffit! gronda Lord Crachinay, qui se retourna pour s'adresser de nouveau à la mère Grommell. Je suis d'accord avec vous, madame. Cette enfant semble manquer de reconnaissance pour votre gentillesse. Peut-être conviendrait-il de la laisser se débrouiller seule dans le monde extérieur.

Sur ce, Lord Crachinay sortit de l'orphelinat avec un brusque mouvement de cape, et claqua la porte derrière lui. Dès qu'il fut parti, la mère Grommell balança sa canne à la tête de Daisy mais, très entraînée, celle-ci l'esquiva et se mit à l'abri. La vieille femme s'en alla en traînant des pieds, donnant devant elle de grands coups de canne qui firent s'éparpiller les petits dans tous les sens, et elle passa dans son confortable petit salon, dont elle ferma violemment la porte. Les enfants entendirent sauter un bouchon.

Plus tard, alors qu'elles s'étaient installées dans leurs lits jumeaux pour la nuit, Martha dit soudain à son amie :

– Tu sais, Daisy, c'est pas vrai, ce que tu as dit au conseiller suprême.

– Quelle partie, Martha ? murmura-t-elle.

– C'est pas vrai que tout le monde était heureux et bien nourri, dans le temps. Dans les Marécages, avec ma famille, on a toujours été dans le besoin.

– Je suis désolée, souffla Daisy. J'avais oublié.

– Évidemment, soupira une Martha ensommeillée, l'Ickabog nous volait nos moutons.

Daisy s'enfonça plus profondément sous sa mince couverture pour tenter de rester au chaud. De tout le temps qu'elles avaient passé ensemble, elle n'avait jamais réussi à convaincre Martha que l'Ickabog n'existait pas. Ce soir-là, pourtant, Daisy eût aimé pouvoir croire, elle aussi, à l'existence d'un monstre des marais, plutôt qu'à la cruauté bien humaine que dégageaient les yeux de Lord Crachinay.

Chapitre 39

Bert et la Brigade de défense contre l'Ickabog

Nous repartons maintenant pour Chouxville, où des choses importantes sont sur le point de se passer.

Vous vous souvenez, j'imagine, que le jour des funérailles du commandant Beamish, le petit Bert était rentré chez lui, avait démoli sa figurine d'Ickabog à coups de tisonnier, et s'était juré que, quand il serait grand, il se mettrait en chasse de l'Ickabog et se vengerait du monstre qui avait tué son père.

Voilà que Bert allait sur ses quinze ans. Cela ne vous semble peut-être pas bien vieux, mais en ces temps-là, c'était assez pour devenir soldat, et le jeune homme avait appris que la brigade recrutait. Alors, un lundi matin, sans faire part de ses intentions à sa mère, il quitta leur chaumière à l'heure habituelle, mais au lieu de se rendre à l'école, il cacha ses manuels dans la haie afin de les récupérer plus tard, et se dirigea vers le palais, où il comptait postuler pour la brigade. Sous sa chemise, comme porte-bonheur, se balançait la médaille en argent qu'on avait décernée à son père pour bravoure exceptionnelle contre l'Ickabog.

Il n'était pas allé bien loin lorsqu'il vit qu'on s'agitait devant lui sur la route. Un petit attroupement se pressait tout autour d'un fourgon postal. Comme il était fort occupé à préparer des réponses correctes aux questions que le commandant Blatt lui poserait sans doute, Bert dépassa le fourgon sans trop y faire attention.

Ce dont il ne se rendait pas compte, c'était que l'arrivée de ce fourgon postal allait avoir des conséquences très importantes, qui l'entraîneraient dans une dangereuse aventure. Laissons Bert continuer un peu son chemin sans nous, le temps que je vous parle de ce fourgon.

Depuis le jour où Lady Eslanda avait informé le roi Fred que la Cornucopia réprouvait l'impôt contre l'Ickabog, Crachinay et Flapoon s'étaient arrangés pour qu'il n'ait plus la moindre nouvelle de l'extérieur de la capitale. Comme Chouxville restait relativement fortunée et animée, le roi, qui ne quittait plus jamais la cité, présumait qu'il en allait de même pour le reste du pays. En réalité, à cause de la quantité d'or que les deux lords et Blatt avaient volé au peuple, les autres villes de Cornucopia étaient pleines de mendiants et de boutiques barrées de planches. Afin de s'assurer que Fred n'entendrait pas parler de tout cela, Lord Crachinay,

BERT ET LA BRIGADE DE DÉFENSE CONTRE L'ICKABOG

qui épluchait, de toute façon, tout le courrier du roi, avait récemment embauché des cliques de bandits de grand chemin pour empêcher toute lettre d'entrer à Chouxville. Les seules autres personnes à être au courant étaient le commandant Blatt, parce que c'était lui qui avait recruté les bandits, et le valet Cankerby, qui traînaillait près de la porte de la salle des gardes quand le plan avait été échafaudé.

Le stratagème de Crachinay avait bien fonctionné jusqu'à présent mais, ce jour-là, juste avant l'aube, certains des bandits avaient mal fait leur tâche. Ils avaient tendu une embuscade au fourgon postal, comme d'habitude, et arraché de son siège le pauvre conducteur, mais avant qu'ils aient pu voler les sacs de courrier, les chevaux, apeurés, étaient partis au grand galop. Les bandits leur avaient tiré dessus, avec pour seul effet de les faire accélérer ; ainsi le fourgon était-il bientôt entré dans Chouxville et, après une course folle à travers les rues, avait fini par ralentir à l'intérieur de la Cité-dans-la-Cité. Là, un forgeron avait réussi à s'emparer des rênes pour forcer les chevaux à s'arrêter. Dès lors, les serviteurs du roi se mirent à ouvrir des lettres longuement attendues, que leurs proches dans le Nord leur avaient adressées. Nous en saurons davantage sur le contenu de ces missives le moment venu ; il est temps à présent de retrouver Bert, qui venait d'atteindre les portes du palais.

– S'il vous plaît, dit le jeune homme au garde, je voudrais m'engager dans la Brigade de défense contre l'Ickabog.

Le garde prit son nom et lui demanda de patienter, puis il apporta le message au commandant Blatt. Cependant, quand il arriva à la porte de la salle des gardes, le soldat s'arrêta en entendant qu'on hurlait à l'intérieur. Il frappa, et le silence se fit en un instant.

– Entrez ! aboya Blatt.

Le garde obéit et se retrouva face à trois hommes : le commandant Blatt, qui avait l'air très en colère, Lord Flapoon, le visage écarlate au-dessus de son peignoir en soie à rayures, et le valet Cankerby qui, ayant l'art de se trouver au bon endroit au bon moment, était justement en chemin pour le travail quand le fourgon postal avait déboulé en ville ; il s'était ensuite dépêché de venir prévenir Flapoon que le courrier avait échappé aux bandits. Entendant la nouvelle, le lord, furibond, était descendu de sa chambre jusqu'à la salle des gardes pour aller reprocher à Blatt l'échec de ses recrues, et les deux s'étaient mis à vociférer à qui mieux mieux. Ni l'un ni l'autre ne voulaient endurer les reproches de Crachinay quand celui-ci apprendrait ce qu'il s'était passé, en rentrant de l'inspection de l'orphelinat de la mère Grommell.

– Commandant, dit le soldat en saluant les deux hommes, il y a un garçon à la porte, monsieur, du nom de Bert Beamish. Il veut savoir s'il peut s'engager dans la Brigade de défense contre l'Ickabog.

– Dites-lui de ficher le camp, jappa Flapoon. On est occupés !

– Non, *ne dites pas* au petit Beamish de ficher le camp ! répliqua Blatt. Amenez-le-moi immédiatement. Cankerby, filez !

– J'espérais, glissa celui-ci avec ses façons de fouine, que ces messieurs estimeraient qu'une récompense pour ma...

– N'importe quelle andouille est capable de repérer un fourgon postal lancé à pleine allure ! répondit Flapoon. Si vous vouliez une récompense, vous n'aviez qu'à sauter à bord et le faire ressortir de la ville.

Alors, le valet contrarié se coula hors de la pièce, et le garde alla chercher Bert.

– Qu'est-ce que vous allez vous embêter avec ce garçon ? demanda Flapoon à Blatt quand ils se retrouvèrent seuls. Il faut qu'on règle ce problème de courrier !

– Ce n'est pas n'importe quel garçon, dit Blatt. C'est le fils d'un héros national. Vous vous souvenez du commandant Beamish, monseigneur. Vous lui avez tiré dessus.

– D'accord, d'accord, pas la peine d'y revenir indéfiniment, s'irrita Flapoon. On s'en est tous sortis avec un peu plus d'or dans nos poches, non ? Qu'est-ce qu'il veut, à votre avis, son fils ? Une indemnisation ?

Mais avant que le commandant Blatt puisse répondre, Bert fit son apparition, l'air nerveux et plein d'espoir.

– Bonjour, Beamish, lança le commandant, qui connaissait Bert depuis longtemps, en raison de son amitié avec Roderick. Qu'est-ce que je peux faire pour vous ?

– Commandant, s'il vous plaît, commença Bert, s'il vous plaît, je veux m'engager dans la Brigade de défense contre l'Ickabog. J'ai entendu dire que vous aviez besoin de nouvelles recrues.

– Ah, fit Blatt. Je vois. Et pourquoi voulez-vous faire ça ?

– Je veux tuer le monstre qui a tué mon père, répondit Bert.

Il y eut un bref silence, durant lequel le commandant regretta de ne pas être aussi doué que Lord Crachinay pour improviser des mensonges et des excuses. Il jeta un regard de détresse à Lord Flapoon, mais celui-ci ne l'aida en rien, même si Blatt vit que le lord avait lui aussi flairé le danger. S'il y avait bien une chose dont la Brigade de défense contre l'Ickabog n'avait pas besoin, c'était un soldat véritablement décidé à dénicher un Ickabog.

– Il y a des épreuves à passer, dit Blatt, jouant la montre. On ne recrute pas n'importe qui. Vous savez monter à cheval ?

– Oh, oui, monsieur, répondit Bert avec sincérité. J'ai appris tout seul.

– Et manier une épée ?

– Je suis sûr que j'apprendrai vite, dit Bert.

– Et tirer au fusil ?

– Oui, monsieur, j'arrive à toucher une bouteille à l'autre bout d'un enclos !

– Hmm, fit Blatt. D'accord. Mais le problème, Beamish… vous voyez, le problème, c'est que vous êtes peut-être trop…

– Nigaud, lâcha méchamment Flapoon.

Il voulait vraiment que le garçon décampe, pour que Blatt et lui puissent réfléchir à une solution au problème du fourgon postal. Le visage de Bert se colora brusquement.

– Qu... quoi ?

– C'est ta professeure qui me l'a dit, mentit Flapoon, qui n'avait jamais de sa vie adressé la parole à la professeure. Elle te trouve un peu cruchon. Ça ne t'empêchera pas de faire le métier que tu veux, sauf dans l'armée ; c'est dangereux sur un champ de bataille d'avoir quelqu'un d'un peu cruchon.

– J'ai... j'ai des notes convenables, balbutia le pauvre Bert en tentant d'empêcher sa voix de trembloter. Miss Monk ne m'a jamais dit qu'elle pensait que...

– Évidemment qu'elle ne te l'a pas dit *à toi*, répliqua Flapoon. Il faut être bien *nigaud* pour penser qu'une gentille dame comme elle dirait à un nigaud que c'est un nigaud. Apprends à faire des gâteaux comme ta mère, gamin, et oublie l'Ickabog, c'est tout ce que je te conseille.

Bert craignait horriblement que ses yeux fussent remplis de larmes. Les sourcils froncés pour se retenir de pleurer, il bredouilla :

– Je... je serais reconnaissant qu'on me donne la chance de prouver que je ne suis pas... pas un nigaud, commandant.

Blatt n'aurait pas formulé les choses aussi grossièrement que Flapoon mais, après tout, l'important était d'empêcher le jeune homme de s'engager dans la brigade, aussi répondit-il :

– Je suis désolé, Beamish, mais je ne pense pas que ce soit fait pour vous, l'armée. Néanmoins, comme Lord Flapoon le suggère...

– Merci de m'avoir accordé votre temps, commandant, dit précipitamment Bert. Je suis désolé de vous avoir dérangé.

Et s'étant incliné très bas, il sortit de la salle des gardes.

Une fois dehors, Bert s'élança à toutes jambes. Il se sentait rabaissé, humilié. Il n'avait strictement aucune envie de retourner en classe, pas à présent qu'il savait ce que sa professeure pensait vraiment de lui. Alors, se disant que sa mère était déjà au travail dans les cuisines du palais, il courut jusque chez lui, et remarqua à peine les grappes de gens à chaque coin de rue, qui parlaient des lettres qu'ils tenaient entre les mains.

Quand Bert pénétra dans sa maison, il vit que sa mère était encore là, debout dans la cuisine, à contempler une lettre.

– Bert ! s'écria-t-elle, surprise par l'apparition soudaine de son fils. Qu'est-ce que tu fais ici ?

– J'ai mal aux dents, inventa-t-il aussitôt.

– Oh, mon pauvre chéri... Bert, mon cousin Harold nous a écrit, annonça Mrs Beamish en agitant la lettre. Il dit qu'il s'inquiète de perdre sa taverne – cette taverne fabuleuse, qu'il a créée de bout en bout ! Il me demande si je pourrais le faire embaucher au service du roi... Je ne comprends pas ce qui a pu se passer. Harold raconte que lui et le reste de la famille ont le ventre creux, vraiment !

– C'est à cause de l'Ickabog, non ? demanda Bert. Jéroboam, c'est la ville la plus proche des Marécages. Les gens ont dû arrêter d'aller à la taverne le soir, au cas où ils croiseraient le monstre sur le chemin !

– Oui, se troubla Mrs Beamish, oui, peut-être que c'est à cause de ça... Bigre, je suis en retard pour le travail !

Et, reposant la lettre de Harold sur la table, elle dit :

– Frotte un peu d'huile de clou de girofle sur ta dent, mon trésor.

Puis elle embrassa rapidement son fils et sortit en hâte.

Sa mère partie, Bert se jeta sur son lit, le nez enfoui dans les draps, et sanglota de colère et de déception.

Pendant ce temps, frayeur et fureur se répandaient dans les rues de la capitale. Les citoyens de Chouxville avaient enfin découvert que leurs proches, dans le Nord, étaient si pauvres qu'ils en mouraient de faim et vivaient à la rue. Lorsque Lord Crachinay revint en ville ce soir-là, de sérieux problèmes commençaient à couver.

Chapitre 40

Bert trouve un indice

Lorsqu'il apprit qu'un fourgon des postes avait atteint le cœur de Chouxville, Crachinay s'empara d'une lourde chaise de bois et la balança à la figure du commandant Blatt. Blatt, qui était bien plus fort que Crachinay, dévia facilement le projectile, mais sa main s'abattit sur le pommeau de son épée et, pendant quelques secondes, les deux hommes se figèrent, montrant les crocs, dans la pénombre de la salle des gardes, devant Flapoon et les espions bouche bée.

– Envoyez une troupe de Marcheurs de Nuit dans les faubourgs de Chouxville ce soir même, ordonna Crachinay à Blatt. Mettez en scène une attaque. Il faut que les gens soient *terrifiés*. Il faut qu'ils comprennent que l'impôt est nécessaire, et que si leurs proches traversent des épreuves, c'est la faute de l'Ickabog, pas la mienne et pas celle du roi. Filez, et réparez les dégâts que vous avez faits !

Le commandant, furieux, sortit de la pièce, imaginant tout le mal qu'il voudrait infliger à Crachinay s'il se retrouvait seul avec lui dix minutes.

BERT TROUVE UN INDICE

– Et vous, dit le lord à ses espions, vous viendrez demain me rapporter si le commandant Blatt a fait son travail correctement. Si la ville bruisse encore d'histoires de famine et de familles sans le sou, eh bien nous verrons si le commandant se plaît au cachot.

Alors, un groupe de Marcheurs de Nuit aux ordres de Blatt patienta jusqu'à ce que la capitale s'endorme, puis entreprit, pour la première fois, de faire croire à Chouxville que l'Ickabog était passé par là. Ils choisirent une chaumière en bordure de la ville, un peu à l'écart des habitations voisines. Les hommes les plus doués pour forcer les portes pénétrèrent dans la chaumière, où, il m'en coûte de le dire, ils tuèrent la petite vieille dame qui vivait là, et dont vous apprécierez peut-être de savoir qu'elle avait écrit plusieurs livres joliment illustrés sur les poissons de la Fluma. Une fois qu'on eut emporté son corps pour l'enterrer dans un endroit reculé, quelques hommes imprimèrent les quatre plus belles pattes sculptées par Mr Doisel dans le sol autour de la maison de l'experte en poissons, défoncèrent ses meubles et ses aquariums, et laissèrent mourir ses spécimens, suffoquant sur le plancher.

Le lendemain matin, les espions de Crachinay lui rapportèrent que le stratagème semblait avoir fonctionné. Chouxville, que le redoutable Ickabog avait jusqu'alors épargnée, avait fini par se faire attaquer. Comme les Marcheurs de Nuit maîtrisaient désormais l'art de rendre vraisemblables les traces de pattes, de démolir les portes comme si un monstre gigantesque les avait enfoncées, et de faire croire, à coups de pointes de métal, à des marques de crocs sur le bois, les citoyens de Chouxville qui affluèrent pour voir la chaumière de la pauvre vieille dame furent totalement bernés.

Le jeune Bert Beamish resta sur place même après que sa mère fut partie préparer à dîner. Il dévorait du regard les moindres détails des empreintes de la bête et des marques de dents, pour mieux imaginer ce qui l'attendrait le jour où il ferait enfin face à l'ignoble créature qui avait tué son père ; car il n'avait aucunement abandonné son ambition de le venger.

Quand Bert fut certain d'avoir parfaitement mémorisé les traces du monstre, il rentra à la maison, bouillonnant de rage, et s'enferma dans sa chambre. Là, il se saisit de la médaille de son père pour Bravoure Sans Pareille à l'Encontre du Sanguinaire Ickabog et de la minuscule médaille que le roi lui avait donnée après sa bagarre avec Daisy Doisel. La petite décoration le rendait triste, ces temps-ci. Il n'avait jamais retrouvé d'amie aussi proche que Daisy depuis qu'elle était partie pour la Pluritania ; mais au moins, songea-t-il, elle et son père étaient hors de portée du malfaisant Ickabog.

Des larmes de colère montèrent aux yeux de Bert. Il avait tellement voulu s'engager dans la Brigade de défense contre l'Ickabog ! Il *savait* qu'il ferait un bon soldat. Il lui était même égal de mourir au combat ! Bien sûr, sa mère

BERT TROUVE UN INDICE

serait dévastée que le monstre la privât d'un fils en plus d'un mari, mais d'un autre côté, le jeune homme deviendrait un héros, comme son père !

Perdu dans ses pensées de vengeance et de gloire, Bert s'apprêtait à reposer les deux médailles sur la cheminée quand la plus petite lui échappa des mains et s'en alla rouler sous le lit. Le jeune homme se mit à plat ventre pour l'attraper, mais elle était trop loin. Il se glissa sous son lit en se contorsionnant, et finit par la retrouver dans le recoin le plus éloigné, le plus poussiéreux, à côté d'un objet pointu qui paraissait avoir passé beaucoup de temps là-dessous, car il était couvert de toiles d'araignée.

Bert récupéra le médaillon et la chose pointue, et se redressa, à présent fort empoussiéré lui aussi, pour observer l'objet non identifié.

À la lumière de sa bougie, il vit une toute petite patte d'Ickabog, parfaitement sculptée, le tout dernier fragment du jouet que Mr Doisel lui avait autrefois fabriqué. Bert croyait avoir brûlé chacun des éclats de la figurine, mais cette patte-là avait dû être éjectée sous le lit alors qu'il détruisait le reste de l'Ickabog à coups de tisonnier.

Bert allait la jeter dans le feu de la cheminée quand il changea brusquement d'avis, et se mit à l'examiner plus attentivement.

Chapitre 41

Le plan de Mrs Beamish

– Maman, dit Bert.

Mrs Beamish était à la table de la cuisine, occupée à repriser un trou dans l'un des pulls de son fils, en faisant une pause de temps en temps pour s'essuyer les yeux. L'attaque de leur voisine de Chouxville par l'Ickabog avait fait remonter d'horribles souvenirs de la mort du commandant Beamish, et elle venait de repenser au soir où elle avait embrassé sa pauvre main froide dans le petit salon bleu du palais, le reste de sa dépouille caché par le drapeau cornucopien.

– Maman, regarde, dit Bert d'une voix bizarre, et il posa devant elle la minuscule patte de bois griffue qu'il avait trouvée sous son lit.

Mrs Beamish la prit et l'inspecta à travers les lunettes qu'elle portait pour coudre à la lumière de la bougie.

– Mais c'est un morceau de ce petit jouet que tu avais dans le temps, fit-elle remarquer. Ta figurine d'Icka…

Elle s'interrompit. Le regard toujours rivé à la patte

LE PLAN DE MRS BEAMISH

sculptée, elle se rappela les empreintes monstrueuses qu'elle et Bert avaient vues plus tôt dans la journée, dans la terre molle autour de la maison de la vieille dame disparue. Bien que beaucoup, beaucoup plus grande, la forme de ces pattes-là était identique à celle de cette patte-ci ; tout comme les angles des orteils, les écailles et les longues griffes.

Pendant plusieurs minutes, on n'entendit rien d'autre que la chandelle qui crachotait, tandis que Mrs Beamish faisait pivoter la petite patte de bois entre ses doigts tremblants.

C'était comme si une porte s'était ouverte à la volée dans son esprit, une porte qu'elle avait bloquée, barricadée, durant de longues années. Depuis le jour où son mari était mort, Mrs Beamish avait refusé de laisser place au moindre doute, au moindre soupçon, quant à l'Ickabog. Loyale envers le roi, confiante envers Crachinay, elle avait cru que les gens qui disaient que l'Ickabog n'existait pas étaient des traîtres.

Mais, à présent, les souvenirs perturbants qu'elle avait tenté de refouler lui revenaient par vagues. Elle se rappela avoir raconté à la fille des cuisines les paroles traîtresses de Mr Doisel sur l'Ickabog, avant de repérer derrière elle le valet Cankerby qui écoutait dans l'ombre. Elle se souvint avec quelle rapidité les Doisel s'étaient ensuite volatilisés. Elle repensa à la petite fille qui faisait de la corde à sauter, vêtue de l'une des vieilles robes de Daisy, qui avait affirmé que son frère avait reçu, le même jour, une émigrette. Elle songea à son cousin Harold qui mourait de faim, et à l'étrange absence de courrier en provenance du Nord, qu'elle et tous ses voisins avaient remarquée ces derniers mois. Elle réfléchit également à la disparition soudaine de Lady Eslanda, qui avait laissé beaucoup de gens perplexes. Tout cela, et mille autres faits étranges, s'additionna dans la tête de Mrs Beamish tandis qu'elle observait la petite patte de bois ; et toutes ces choses ensemble composèrent une monstrueuse image, qui la terrifia bien davantage que l'Ickabog. Qu'est-ce qui était vraiment arrivé à son mari, là-bas dans le marais ? se demanda-t-elle. Pourquoi n'avait-elle pas eu le droit de regarder sous le drapeau cornucopien qui recouvrait son corps ? De terribles pensées s'accumulaient désormais, et lorsque Mrs Beamish leva son regard vers Bert, elle vit ses propres soupçons reflétés sur le visage de son fils.

– Impossible que le roi soit au courant, chuchota-t-elle. Impossible. C'est quelqu'un de bien.

Tout ce qu'elle avait cru savoir pourrait se révéler faux, mais Mrs Beamish ne supportait pas de renoncer à sa foi en la bonté du roi Fred Sans Effroi. Il avait toujours été si gentil envers elle et Bert.

Mrs Beamish se leva, la petite patte de bois serrée au creux de son poing, et reposa le pull à moitié ravaudé de son fils.

– Je vais voir le roi, annonça-t-elle, et Bert ne lui avait jamais connu une expression aussi déterminée.

– Tout de suite ? demanda-t-il, scrutant la pénombre dehors.

– Ce soir même, répondit Mrs Beamish, tant qu'il y a une chance qu'aucun de ces deux lords ne soit avec lui. Il acceptera de me recevoir. Il m'a toujours bien aimée.

– Je veux venir aussi, dit Bert, pris d'un étrange pressentiment.

– Non, répliqua sa mère.

Elle s'approcha de lui, posa une main sur son épaule, et le regarda dans les yeux.

– Écoute-moi, Bert. Si je ne suis pas rentrée du palais dans une heure, il faut que tu quittes Chouxville. Pars pour le Nord, va à Jéroboam, trouve mon cousin Harold et raconte-lui toute l'histoire.

– Mais…, commença Bert, soudain gagné par la peur.

– Jure-moi que tu partiras si je ne suis pas de retour dans une heure, dit Mrs Beamish d'un ton féroce.

– Je… d'accord, céda Bert.

Mais le jeune homme qui s'était imaginé, plus tôt, périssant en héros sans se soucier de la douleur qu'il causerait à sa mère, était soudain épouvanté.

– Maman…

Elle le prit fugacement dans ses bras.

– Tu es malin comme tout. N'oublie jamais que tu es fils de soldat et fils de chef pâtissière.

Mrs Beamish s'approcha vite de la porte et enfila ses chaussures. Après un dernier sourire à Bert, elle disparut dans la nuit.

Chapitre 42

Derrière le rideau

Les cuisines étaient sombres et vides lorsque Mrs Beamish s'y introduisit depuis la cour. Elle les traversa sur la pointe des pieds, vérifiant les recoins sur son passage, car elle savait combien le valet Cankerby aimait à se tapir dans l'ombre. Lentement et prudemment, elle se faufila jusqu'aux appartements privés du roi, son poing serrant si fort la petite patte de bois que les griffes aiguisées s'enfonçaient dans sa paume.

Enfin, elle atteignit le couloir au tapis rouge qui menait aux appartements du roi. Elle entendait à présent des rires derrière la porte. Elle devina, avec raison, qu'on n'avait pas informé Fred de l'attaque de l'Ickabog aux abords de Chouxville, car elle était certaine qu'il ne rirait pas s'il savait. Quoi qu'il en soit, il y avait manifestement quelqu'un d'autre avec le roi, et elle désirait le voir seule à seul. Tandis qu'elle restait plantée là à se demander quoi faire, la porte en face d'elle s'ouvrit.

Mrs Beamish sursauta et plongea derrière un long rideau de velours, qu'elle tenta d'empêcher d'onduler. Crachinay et Flapoon riaient et badinaient avec le roi en lui souhaitant bonne nuit.

– Elle est bien bonne, celle-là, Votre Majesté, j'en ai craqué mon pantalon ! s'esclaffait Flapoon.

– Il faudrait vous rebaptiser le roi Fred le Facétieux, Sire ! pouffait Crachinay.

Mrs Beamish retint sa respiration et s'efforça de rentrer le ventre. Elle entendit la porte des appartements du roi se refermer. Les deux lords cessèrent immédiatement de glousser.

– Crétin des alpages, marmotta Flapoon.

– J'ai connu des faisselles de Kurdsburg plus finaudes, marmonna Crachinay.

– Tu ne pourrais pas prendre le relais pour le divertir demain ? grommela Flapoon.

– J'aurai à faire avec les percepteurs jusqu'à quinze heures, dit Crachinay. Mais si…

Les deux lords s'interrompirent. Le son de leurs pas aussi. Mrs Beamish continuait à retenir son souffle, les yeux fermés, priant pour qu'ils n'aient pas remarqué la bosse sous le rideau.

– Eh bien, bonne nuit, Crachinay, dit la voix de Flapoon.

– Oui, dors bien, Flapoon, répondit Crachinay.

Très délicatement, le cœur battant à tout rompre, Mrs Beamish laissa s'échapper l'air de sa poitrine. Tout allait bien. Les deux lords allaient se coucher… et pourtant, aucun bruit de pas ne parvenait à ses oreilles…

Et, tout à coup, si brusquement qu'elle n'eut pas le temps de remplir ses poumons à nouveau, le rideau fut tiré d'un coup sec. Trop tard pour hurler ; la grosse main de Flapoon s'était abattue sur sa bouche, et Crachinay s'était emparé de ses poignets. Les deux lords traînèrent Mrs Beamish hors de sa cachette et jusqu'à l'escalier le plus proche ; elle eut beau se débattre et tenter de crier, aucun son ne réussit à traverser les doigts épais de Flapoon, et elle se contorsionna en vain pour se libérer. Enfin, ils la tractèrent dans le petit salon bleu, celui-là même où elle avait autrefois embrassé la main de son mari défunt.

– Pas un cri, la menaça Crachinay en tirant une petite dague qu'il avait pris l'habitude d'avoir toujours sur lui, même à l'intérieur du palais. Sinon, le roi aura besoin d'une nouvelle chef pâtissière.

Il signifia à Flapoon de retirer sa main de la bouche de Mrs Beamish. La première chose qu'elle fit fut de respirer profondément, car elle se sentait à deux doigts de s'évanouir.

– Vous faisiez sacrément gonfler ce rideau, marmitonne, ricana Crachinay. Qu'est-ce que vous fabriquiez, exactement, à rôder là si près du roi, après la fermeture des cuisines ?

Mrs Beamish aurait pu, bien entendu, inventer un mensonge idiot. Elle aurait pu prétendre qu'elle souhaitait demander à Fred quel type de gâteau il voudrait qu'elle réalisât le lendemain, mais elle savait que les deux lords ne la croiraient pas. Alors, à la place, elle leva le poing où se nichait la patte de l'Ickabog, et écarta les doigts.

– Je sais, dit-elle d'une voix sourde, ce que vous manigancez.

Les deux lords s'approchèrent et contemplèrent, dans sa paume, la petite réplique parfaite des énormes pattes que les Marcheurs de Nuit utilisaient. Crachinay et Flapoon se regardèrent l'un l'autre, puis regardèrent Mrs Beamish, et tout ce que la chef pâtissière put se dire en observant leur expression, ce fut : « Fuis, Bert – fuis ! »

Chapitre 43

Bert et la garde

La bougie sur la table tout près de Bert se consumait doucement tandis qu'il suivait le lent cheminement de l'aiguille des minutes autour du cadran de l'horloge. Il se disait que sa mère rentrerait bientôt, c'était certain. D'un instant à l'autre, elle repasserait le seuil, récupérerait son pull à moitié reprisé comme si elle ne l'avait jamais lâché, et elle lui raconterait son entrevue avec le roi.

Puis l'aiguille des minutes sembla prendre de la vitesse, alors que Bert aurait tout fait pour qu'elle ralentisse. Plus que quatre minutes. Trois minutes. Deux minutes.

Il se leva et alla à la fenêtre. Il scruta la rue sombre, d'un côté puis de l'autre. Aucun signe du retour de sa mère.

À moins que! Son cœur fit un bond : au coin de la rue, quelque chose bougeait! Pendant quelques instants étincelants, Bert fut convaincu qu'il allait voir sa mère surgir dans un rayon de lune, tout sourire quand elle repérerait, derrière la vitre, son visage anxieux.

Et puis, son cœur s'abattit comme une brique sur son

estomac. Ce n'était pas Mrs Beamish qui s'approchait, mais le commandant Blatt, accompagné de quatre robustes membres de la Brigade de défense contre l'Ickabog, chacun une torche à la main.

D'un saut, Bert s'écarta de la fenêtre, saisit le pull sur la table et se rua dans sa chambre. Il attrapa ses chaussures et la médaille de son père, fit coulisser la fenêtre à guillotine, passa de l'autre côté, puis la referma doucement de l'extérieur. Alors qu'il se laissait tomber dans le potager, il entendit le commandant Blatt tambouriner à la porte d'entrée, puis une voix rocailleuse s'élever :

– Je vais vérifier à l'arrière.

Bert s'aplatit dans la terre, derrière une rangée de betteraves, couvrit ses cheveux blonds de terre et resta tout à fait immobile dans le noir.

À travers ses paupières closes, il discerna une lumière vacillante. Un soldat tenait haut sa torche dans l'espoir de surprendre Bert en train de s'enfuir par les jardins voisins. Le soldat ne remarqua pas la silhouette terreuse du jeune homme dissimulée par les feuilles de betterave, qui projetaient de longues ombres ondoyantes.

– Bon, il est pas passé par là, cria le soldat.

Un fracas, et Bert comprit que Blatt avait enfoncé la porte d'entrée. Il écouta les soldats ouvrir des placards et des armoires. Il se tenait parfaitement figé dans la terre, car les lumières des torches continuaient à filtrer à travers ses paupières fermées.

– Il a peut-être fichu le camp avant que sa mère parte pour le palais ?

– Eh bien, il va falloir le retrouver, grogna la voix familière du commandant Blatt. C'est le fils de la première victime de l'Ickabog. Si Bert Beamish commence à raconter à tout le monde que le monstre est un mensonge, les gens l'écouteront. Dispersez-vous et cherchez, il n'a pas pu aller très loin. Et si vous l'attrapez, ajouta Blatt alors que les lourds pas des soldats résonnaient sur le plancher de la maison des Beamish, tuez-le. On trouvera de quoi baratiner plus tard.

Bert resta complètement plaqué au sol, sans un geste, à écouter les hommes arpenter la rue au pas de course ; alors une partie de son cerveau qui était restée calme lui dit : « Maintenant. »

Il passa autour de son cou la médaille de son père, enfila son pull à demi reprisé et attrapa ses chaussures, puis rampa jusqu'à une clôture voisine et creusa la terre à sa base, juste assez pour réussir à se glisser dessous. Rampant toujours, il déboucha dans une rue pavée, mais l'écho des voix des soldats lui parvenait encore dans la nuit ; ils martelaient les portes, exigeaient d'inspecter les maisons, demandaient aux gens s'ils avaient vu Bert Beamish, le fils de la chef pâtissière. Il entendit qu'on le décrivait comme un dangereux traître.

Il saisit une nouvelle poignée de terre et se l'étala sur le visage. Puis il se remit debout et, penché en avant, s'élança vers un porche plongé dans la pénombre, de l'autre côté de la rue. Un soldat passa par là au pas de course, mais Bert s'était tellement bien barbouillé qu'il se fondait parfaitement dans l'obscurité de la porte et l'homme ne remarqua rien. Quand le soldat eut disparu, Bert fila de porche en porche, pieds nus, ses chaussures à la main, se dissimulant dans des renfoncements sombres ; et ainsi il se rapprocha de plus en plus des portes de la Cité-dans-la-Cité. Mais quand il les atteignit, il repéra un garde à son poste de surveillance et, avant de pouvoir réfléchir à un plan, il dut se cacher derrière une statue du roi Richard le Droit, car Blatt et un autre soldat arrivaient.

– Vous avez vu Bert Beamish ? crièrent-ils au garde.

– Qui ça, le fils de la chef pâtissière ? demanda celui-ci.

Blatt le saisit par le devant de l'uniforme et le secoua comme un chien de chasse un lapin.

– Évidemment, le fils de la chef pâtissière ! Vous l'avez laissé passer les portes ? Allez, parlez !

– Non, pas du tout, répondit le garde. Il a fait quoi, ce môme, pour que vous le coursiez tous comme ça ?

– C'est un traître ! gronda Blatt. Et je m'occuperai personnellement de fusiller quiconque lui vient en aide, c'est compris ?

– Compris, dit le garde.

Blatt le lâcha, et son comparse et lui repartirent à toutes jambes, leurs torches projetant des flaques de lumière dansantes sur tous les murs, jusqu'à ce que l'obscurité les avale à nouveau.

Bert regarda le garde rajuster son uniforme et secouer la tête. Le jeune garçon hésita, et puis, conscient qu'il risquait sa vie, se glissa hors de sa cachette. Si convaincant était son camouflage de terre que le garde ne se rendit pas compte que quelqu'un était à ses côtés ; et soudain il aperçut le blanc des yeux de Bert dans la lumière de la lune, et laissa échapper un glapissement de terreur.

– Je vous en supplie, chuchota Bert. S'il vous plaît… ne dites pas que je suis là. Il faut que je sorte.

De dessous son pull, il tira la lourde médaille d'argent de son père et balaya la terre qui s'était accumulée à sa surface pour la montrer au garde.

– Je vous donne ça – c'est de l'argent, du vrai ! – si vous me laissez passer ces portes, et que vous ne dites à personne que vous m'avez vu. Je ne suis pas un traître, dit Bert. Je n'ai trahi personne, je vous le jure.

Le garde était un homme d'un certain âge, avec une barbe grise et dure. Il contempla Bert maculé de terre quelques instants avant de dire :

– Garde ta médaille, fiston.

Il entrouvrit les portes, juste assez pour que le garçon puisse se glisser dehors.

– Merci ! hoqueta Bert.

– Reste sur les petites routes, lui conseilla le garde. Et ne fais confiance à personne. Bonne chance.

Chapitre 44

Mrs Beamish contre-attaque

Tandis que Bert se faufilait par les portes de la cité, Lord Crachinay traînait Mrs Beamish jusqu'à une cellule dans les cachots. Non loin, un filet de voix éraillée chantait l'hymne national au rythme de grands coups de marteau.

– Silence ! hurla Crachinay en direction du mur.

Le chant s'évanouit.

– Quand j'aurai fini cette patte-là, monseigneur, dit la voix fêlée, est-ce que vous me laisserez sortir pour retrouver ma fille ?

– Oui, oui, vous verrez votre fille, répondit Crachinay en levant les yeux au ciel. Maintenant, taisez-vous, je veux parler à votre voisine !

– Eh bien, avant que vous commenciez, monseigneur, dit Mrs Beamish, j'ai deux ou trois choses à *vous* dire de mon côté.

Crachinay et Flapoon dévisagèrent la petite femme

dodue. Ils n'avaient jamais mis personne au cachot qui eût l'air si digne, si peu préoccupé d'être jeté ainsi dans ce lieu froid et humide. Crachinay se dit qu'elle lui faisait penser à Lady Eslanda, qui était toujours enfermée dans sa bibliothèque, et qui refusait toujours de l'épouser. Il n'avait jamais imaginé qu'une cuisinière pût paraître aussi altière qu'une dame de la cour.

– Tout d'abord, déclara Mrs Beamish, si vous me tuez, le roi le saura. Il s'apercevra que ce n'est pas moi qui lui fais ses gâteaux. Il remarque la différence.

– Certes, admit Crachinay avec un sourire mauvais. Toutefois, comme le roi croira que vous avez été tuée par l'Ickabog, il faudra simplement qu'il s'habitue à ce que ses gâteaux n'aient plus le même goût, voyez-vous ?

– Ma maison est dans l'ombre des murs du palais, rétorqua Mrs Beamish. Impossible de mettre en scène une attaque de l'Ickabog sans réveiller une centaine de témoins.

– La solution est aisée, dit Crachinay. Nous dirons que vous avez eu la bêtise d'aller vous promener la nuit le long des rives de la Fluma, où l'Ickabog était en train d'étancher sa soif.

– Ce qui aurait pu fonctionner, improvisa complètement Mrs Beamish, si je n'avais pas laissé certaines consignes à suivre au cas où on commence à raconter que j'ai été tuée par l'Ickabog.

– Vous avez donné quoi comme consignes ? Et à qui ? demanda Flapoon.

– À son fils, nul doute, dit Crachinay, mais nous aurons tôt fait de le maîtriser. Prends note, Flapoon : on ne tuera la cuisinière qu'une fois son fils tué.

– En attendant, répliqua Mrs Beamish qui faisait mine de ne pas être transpercée d'une terreur glaciale à l'idée que Bert tombât aux mains de Crachinay, vous feriez bien d'équiper correctement cette cellule, avec un four et tous mes ustensiles habituels, histoire que je puisse continuer à préparer des gâteaux pour le roi.

– En effet… pourquoi pas, dit lentement le conseiller suprême. Nous sommes tous friands de vos créations, Mrs Beamish. Vous avez la permission de pâtisser pour le roi jusqu'à ce que votre fils soit capturé.

– Bien, fit-elle, mais il va me falloir de l'aide. Je propose de former quelques codétenus, qui pourront au moins monter mes blancs en neige et chemiser mes moules.

« Cela impliquera de nourrir un peu mieux ces pauvres gens. J'ai remarqué pendant que vous m'escortiez ici que certains d'entre eux sont de vrais squelettes. Je ne peux pas risquer qu'ils me mangent tous mes ingrédients parce qu'ils meurent de faim.

« Et enfin, termina Mrs Beamish en balayant la cellule du regard, il me faudra un lit confortable et une literie propre pour m'accorder le repos nécessaire à la confection de gâteaux dont la qualité réponde aux exigences du roi. Et puis, c'est bientôt son anniversaire. Il s'attend à quelque chose de tout à fait exceptionnel.

Crachinay scruta quelques instants cette fort curieuse captive, puis il déclara :

– N'êtes-vous point alarmée, madame, de penser que vous et votre enfant serez bientôt morts ?

– Oh, s'il y a bien une chose qu'on apprend à l'école de cuisine, dit Mrs Beamish en haussant les épaules, c'est que même les meilleurs chefs ont des jours où leur croûte est brûlée et leur fond de tarte mollasson. On se retrousse les manches et on recommence, un point c'est tout. Pas la peine de se lamenter quand on ne peut rien y faire !

Comme Crachinay ne trouva rien d'intelligent à répondre à cela, il fit un signe à Flapoon et les deux lords quittèrent la cellule ; la porte claqua derrière eux dans un fracas de métal.

Dès qu'ils furent partis, Mrs Beamish cessa de faire semblant d'être courageuse et se laissa tomber sur le lit dur, qui était le seul meuble de la pièce. Elle tremblait des pieds à la tête et redouta un instant de faire une crise de nerfs.

Mais une femme ne se retrouve pas à la tête des cuisines du roi, dans la ville des meilleurs pâtissiers au monde, si elle n'a pas un tempérament d'acier. Mrs Beamish prit une inspiration profonde et continue puis, en entendant le filet de voix de la cellule voisine entonner de nouveau l'hymne national, elle pressa son oreille contre la paroi et chercha l'endroit par où le chant filtrait dans sa cellule. Enfin, elle découvrit une fissure près du plafond. Debout sur son lit, elle appela doucement :

– Dan ? Daniel Doisel ? Je sais que c'est toi. C'est moi, Bertha, Bertha Beamish !

Mais la voix éraillée ne fit que continuer à chanter. Mrs Beamish s'effondra à nouveau sur son lit, enroula les bras autour de ses genoux, ferma les yeux, et pria de tout son cœur tourmenté que Bert, où qu'il se trouvât, fût en sécurité.

Chapitre 45

Bert à Jéroboam

Dans un premier temps, Bert ne se rendit pas compte que Crachinay avait ordonné à la Cornucopia tout entière de guetter sa présence. Il suivit le conseil du garde des portes de Chouxville et resta sur les chemins de campagne et sur les petites routes. Il n'était jamais allé aussi loin au nord que Jéroboam, mais en longeant plus ou moins le cours de la Fluma, il savait qu'il allait dans la bonne direction.

Tignasse en bataille et chaussures alourdies par la boue, il traversa des champs labourés et dormit dans des fossés. Ce ne fut que le troisième soir, quand il se risqua dans Kurdsburg pour tenter de se trouver quelque chose à manger, qu'il tomba pour la première fois nez à nez avec sa propre image sur un avis de recherche affiché sur la vitrine d'une fromagerie. Par chance, le dessin de ce jeune homme propret et souriant n'avait rien en commun avec le reflet du vagabond crasseux qu'il voyait devant lui dans la vitrine noire. Tout de même, ce fut un choc de découvrir qu'il était recherché, pour une récompense de cent ducats, mort ou vif.

BERT À JÉROBOAM

Bert déambulait rapidement à travers les rues sombres, dépassant des chiens étiques et des fenêtres barrées de planches. Une fois ou deux, il croisa des gens sales et déguenillés, comme lui, qui faisaient eux aussi les poubelles. Enfin, il réussit à mettre la main sur un morceau de fromage dur et un peu moisi avant que quelqu'un d'autre le fasse. Ayant bu un peu d'eau de pluie dans un tonneau derrière une crémerie à l'abandon, il ressortit prestement de Kurdsburg et repartit sur les routes de campagne.

En chemin, les pensées de Bert galopaient sans cesse vers sa mère. « Ils ne vont pas la tuer, se répétait-il encore et encore. Jamais ils ne la tueront. C'est la servante préférée du roi. Ils n'oseraient pas. » Il fallait qu'il écarte de son esprit toute possibilité que sa mère meure, car il savait que, s'il la croyait disparue, il n'aurait peut-être plus la force de se relever du prochain fossé où il passerait la nuit.

Les pieds de Bert se recouvrirent bientôt d'ampoules, parce qu'il faisait des détours de plusieurs lieues pour éviter de tomber sur quiconque. La nuit suivante, il vola les dernières pommes pourries d'un verger ; celle d'après, il récupéra une carcasse de poulet dans la poubelle d'une maison et en rongea les derniers lambeaux de viande. Le temps qu'il distingue à l'horizon la silhouette gris foncé de Jéroboam, il avait dû voler une cordelette dans la cour d'un forgeron pour l'utiliser comme ceinture, car il avait perdu tellement de poids que son pantalon glissait.

Tout le long de son périple, Bert songeait que s'il réussissait seulement à trouver le cousin Harold, tout irait bien : il confierait ses ennuis à un adulte, et Harold arrangerait tout. Bert rôda à distance des remparts de la ville jusqu'à ce que la nuit tombât, puis il s'introduisit d'un pas boiteux dans la cité du vin, ses ampoules désormais terriblement douloureuses, et se dirigea vers la taverne de Harold.

Il n'y avait pas de lumière derrière la vitre et, quand Bert s'approcha, il comprit pourquoi. On avait cloué des planches sur toutes les portes et toutes les fenêtres. La taverne avait fait faillite et Harold et sa famille, semblait-il, étaient partis.

– S'il vous plaît, dit Bert, désespéré, à une femme qui passait par là, vous pourriez me dire où est parti Harold ? Harold, celui qui tenait cette taverne ?

– Harold ? répéta la femme. Oh, il s'est mis en route vers le sud il y a une semaine. Il a de la famille à Chouxville. Il espère obtenir un travail auprès du roi.

Abasourdi, Bert regarda la femme s'éloigner dans la nuit. Un vent glacial s'insinuait autour de lui et, du coin de l'œil, il repéra l'un des avis de recherche à son nom, qui frétillait sur un lampadaire tout proche. Éreinté, et sans plus savoir quoi faire à présent, il envisagea de s'asseoir sur le perron froid et d'attendre tout simplement que les soldats viennent le cueillir.

À ce moment-là, il sentit se loger dans son dos la pointe d'une épée, et dans son oreille une voix lui dit :

– *Je t'ai eu.*

Chapitre 46

L'histoire
de Roderick Blatt

Vous pourriez penser que Bert fut terrifié d'entendre ces mots mais, croyez-le ou non, cette voix le soulagea profondément. Il l'avait reconnue, voyez-vous. Alors, au lieu de lever les mains en l'air ou de crier grâce, il se retourna et fit face à Roderick Blatt.

– Qu'est-ce que t'as à sourire ? gronda celui-ci en détaillant le visage crasseux de Bert.

– Je sais bien que tu ne vas pas me trouer la peau, Roddy, dit doucement Bert.

Même si Roderick était armé d'une épée, Bert voyait bien que son ami avait beaucoup plus peur que lui. Roderick frissonnait, revêtu d'un manteau par-dessus son pyjama, les pieds enrubannés de bouts de tissu tachés de sang.

– T'es venu à pied depuis Chouxville comme ça ? demanda Bert.

– Ça te regarde pas ! cracha Roderick, qui s'efforçait d'avoir l'air féroce, entre ses claquements de dents. Je t'embarque, Beamish, espèce de traître !

– Mais non, tu m'embarques pas, dit Bert, et il retira l'épée des mains de Roderick.

Sur ce, le fils du commandant fondit en larmes.

– Allez, viens, dit Bert gentiment, et il passa un bras autour des épaules de Roderick et le conduisit le long d'une ruelle, loin de l'affiche de l'avis de recherche.

– Laisse-moi, sanglota Roderick en se dégageant du bras de Bert. Lâche-moi ! Tout est ta faute !

– Qu'est-ce qui est ma faute ? demanda Bert, et les deux garçons s'arrêtèrent près de poubelles remplies de bouteilles de vin vides.

– T'as échappé à mon père ! répliqua Roderick en s'essuyant les yeux sur sa manche.

– Ben oui, bien sûr, réagit posément Bert. Il voulait me tuer.

– Mais m… maintenant c'est *lui* qui s'est… qui s'est fait tuer ! bredouilla Roderick, en pleurs.

– Le commandant Blatt est mort ? s'exclama Bert, sidéré. Comment ?

– Cr… Crachinay, hoqueta Roderick. Il est v… venu chez n… nous avec des soldats, comme p… personne ne t'avait retrouvé. Il était tellement furieux que père ne t'ait pas attrapé qu'il a… il a pris le fusil d'un soldat… et il…

Roderick s'assit sur une poubelle et sanglota. Un vent

froid balayait la ruelle. Ça montrait exactement, songea Bert, à quel point Crachinay était dangereux. S'il pouvait abattre son loyal chef de la garde royale, personne n'était à l'abri.

– Comment t'as su que j'irais à Jéroboam ? demanda Bert.

– C… Cankerby, au palais, me l'a dit. Je lui ai donné cinq ducats. Il s'est souvenu que ta mère avait parlé d'un cousin qui tenait une taverne ici.

– À ton avis, il a raconté ça à combien de personnes, Cankerby ? demanda Bert, inquiet à présent.

– Plein, j'imagine, dit Roderick en s'épongeant le visage sur son pyjama. Il vendrait des informations à n'importe qui pour quelques pièces d'or.

– T'es bien placé pour dire ça, s'irrita Bert, tu allais me vendre pour cent ducats !

– C'était p… pas pour l'… l'or, balbutia Roderick. C'était pour ma m… mère et mes frères. J'ai pensé que je pourrais peut-être les r… récupérer si je te coinçais. Crachinay les a em… menés. Je me suis échappé par la fenêtre de ma chambre. C'est pour ça que je suis en pyjama.

– Moi aussi, je me suis échappé par la fenêtre de ma chambre, dit Bert. Mais au moins, j'ai été assez malin pour prendre des chaussures. Allez, on ferait mieux de partir d'ici, ajouta-t-il en aidant Roderick à se relever. On essaiera de te voler des chaussettes sur une corde à linge en chemin.

Mais à peine avaient-ils fait quelques pas qu'une voix d'homme retentit derrière eux :

– Haut les mains ! Vous deux, vous venez avec moi !

Les deux garçons mirent les mains en l'air et se retournèrent. Un homme au visage sale et méchant venait de surgir de l'ombre, son fusil pointé vers eux. Il ne portait pas d'uniforme, et ni Bert ni Roderick ne le reconnurent, mais Daisy Doisel aurait pu leur dire exactement de qui il s'agissait : c'était John la Taloche, le sbire de la mère Grommell, désormais adulte.

John la Taloche s'approcha et plissa les yeux pour dévisager les deux garçons tour à tour.

– Ouais, déclara-t-il. Vous ferez l'affaire. File-moi ton épée.

Étant donné le fusil braqué sur sa poitrine, Bert n'eut d'autre choix que d'obtempérer. Pourtant, il n'était pas aussi effrayé qu'il aurait pu l'être, car – quoi que Flapoon eût pu lui dire – il était en réalité un jeune homme très futé. Le sale bonhomme ne semblait pas se rendre compte qu'il venait de mettre la main sur un fugitif qui valait cent ducats d'or. Apparemment, il cherchait à attraper deux jeunes garçons, n'importe lesquels, même si Bert ne comprenait pas du tout pourquoi. Roderick, cependant, était devenu pâle comme la mort. Il savait que Crachinay avait des espions dans chaque ville, alors il était convaincu qu'on allait les livrer tous les deux au conseiller suprême, et que lui, Roderick Blatt, serait exécuté pour complicité avec un traître.

L'HISTOIRE DE RODERICK BLATT

– En route, dit l'homme au visage falot tout en leur faisant signe du bout du fusil de quitter la ruelle.

Le canon dans le dos, Bert et Roderick se virent forcés de traverser les rues sombres de Jéroboam, jusqu'à atteindre, enfin, la porte de l'orphelinat de la mère Grommell.

Chapitre 47

Au fond des cachots

Les commis de cuisine du palais furent fort étonnés quand Lord Crachinay les informa que Mrs Beamish avait requis sa propre cuisine à part, parce qu'elle se considérait bien plus importante qu'eux. De fait, certains eurent des soupçons, car Mrs Beamish, depuis toutes les années qu'ils la connaissaient, ne s'était jamais montrée hautaine. Cependant, comme ses gâteaux et ses pâtisseries apparaissaient toujours régulièrement sur la table du roi, ils savaient qu'elle était en vie, où qu'elle fût ; et à l'instar de nombre de leurs concitoyens, les serviteurs décidèrent que le plus sûr était de ne poser aucune question.

Pendant ce temps, la vie dans les cachots du palais s'était métamorphosée du tout au tout. On avait installé un fourneau dans la cellule de Mrs Beamish, descendu des cuisines ses casseroles et ses poêles, et les prisonniers des autres cellules avaient été formés pour l'aider à toutes les étapes de la confection des douceurs légères comme des plumes qui faisaient d'elle la meilleure pâtissière du royaume. Elle exigea qu'on doublât les rations des prisonniers (afin qu'ils soient assez robustes pour monter les blancs en neige, touiller, mesurer, peser, tamiser et verser), et requit les services d'un dératiseur pour débarrasser l'endroit de sa vermine, et d'un serviteur qui courait de cellule en cellule, passant à travers les barreaux les différents ustensiles.

La chaleur du fourneau asséha les murs humides. Des parfums exquis remplacèrent la pestilence du moisi et de l'eau croupie. Mrs Beamish était catégorique : chacun des prisonniers devait goûter aux gâteaux une fois terminés, afin de prendre conscience du résultat de ses efforts. Lentement, les cachots devenaient un endroit plein d'animation, voire de gaieté, et les prisonniers, qui avaient été faibles et affamés avant la venue de Mrs Beamish, se remplumaient un peu plus chaque jour. De cette manière, elle se maintenait occupée et s'efforçait de garder à distance ses inquiétudes au sujet de Bert.

Tandis que les autres prisonniers faisaient des gâteaux, Mr Doisel chantait l'hymne national sans interruption et continuait à sculpter des pattes géantes d'Ickabog dans la cellule voisine. Ses chants et le bruit de ses outils faisaient fulminer les autres prisonniers avant que Mrs Beamish arrive mais, à présent, la chef pâtissière encourageait tout le monde à se joindre à lui. Le chœur des prisonniers chantant l'hymne national couvrait le vacarme permanent de son marteau et de son rabot. Le plus beau, ce fut le moment où, Crachinay ayant déboulé dans les cachots pour leur ordonner d'arrêter de faire un raffut pareil, Mrs Beamish répondit innocemment que c'était de la haute trahison, non, d'empêcher les gens de chanter l'hymne national ? Crachinay passa pour un idiot, et tous les prisonniers en rirent à se taper les cuisses. Mrs Beamish bondit de joie en croyant entendre un gloussement chétif, poussif, dans la cellule d'à côté.

La chef pâtissière ne savait pas grand-chose de la folie, mais elle savait comment sauver ce qui semblait gâché : des sauces qui avaient tourné, des soufflés en train de retomber. Elle était certaine qu'il était encore possible de réparer l'esprit brisé de Mr Doisel, si l'on arrivait seulement à lui faire comprendre qu'il n'était pas seul et à lui rappeler qui il était. Alors, de temps à autre, Mrs Beamish suggérait d'autres chansons que l'hymne national, dans l'espoir de dévier le pauvre esprit de Mr Doisel vers un nouveau chemin qui le ramenât à lui-même.

Et enfin, stupéfaite et ravie, elle l'entendit joindre sa voix à la chanson à boire de l'Ickabog, qui était populaire déjà bien avant que l'on commençât à croire que la créature existait :

Fin d'la première bouteille, pas d'Ickabog qui tienne,
Fin d'la deuxième bouteille, j'crois l'entendre qui soupire,
Fin d'la troisième bouteille, et le v'là qui s'ramène,
L'Ickabog est chez nous ! Buvons avant d'mourir !

Déposant le plateau de gâteaux qu'elle venait de sortir du four, Mrs Beamish se percha d'un bond sur son lit et parla doucement à travers la fissure, en haut du mur :

– Daniel Doisel, je t'ai entendu chanter cette chanson bêtasse. C'est moi, Bertha Beamish, ta vieille amie. Tu te souviens de moi ? On chantait ça, il y a longtemps, quand les enfants étaient tout petits. Mon Bert, et ta Daisy. Tu te souviens, Dan ?

Elle attendit une réponse et, quelques instants plus tard, il lui sembla discerner un sanglot.

Cela peut vous paraître curieux, mais Mrs Beamish fut heureuse d'entendre pleurer Mr Doisel, car les larmes, tout comme le rire, ont le pouvoir de soigner l'esprit. Et cette nuit-là, et de nombreuses nuits par la suite, la chef pâtissière parla tendrement à Mr Doisel à travers la fissure dans le mur et, après quelque temps, il se mit à lui répondre. Mrs Beamish lui confessa qu'elle regrettait terriblement d'avoir raconté à la fille des cuisines ce qu'il avait dit sur l'Ickabog, et Mr Doisel lui confia combien il avait eu honte d'avoir suggéré que le commandant Beamish était tombé de cheval. Et ils se promirent mutuellement que leurs enfants étaient encore en vie, car il fallait y croire, ou bien mourir.

Un air glacial s'infiltrait à présent dans les cellules par l'unique et minuscule soupirail à barreaux. Les prisonniers sentaient qu'un rude hiver s'annonçait et, pourtant, les cachots étaient devenus un lieu d'espoir et de guérison. Mrs Beamish exigea davantage de couvertures pour tous ses aides, et gardait son four allumé chaque nuit, déterminée à ce qu'ils survivent.

Chapitre 48

Bert et Daisy se retrouvent

À l'orphelinat de la mère Grommell, la rigueur de l'hiver se faisait aussi sentir. Les enfants en haillons qui mangent seulement de la soupe aux choux ne résistent pas à la toux et aux rhumes aussi aisément que les enfants bien nourris. Un flux constant de John et de Jane, morts parce qu'ils avaient manqué de nourriture, de chaleur et d'amour, emplissait le petit cimetière à l'arrière de l'orphelinat ; et ils étaient enterrés sans que quiconque sût comment ils s'appelaient vraiment, même si les autres enfants les pleuraient.

La soudaine flambée de décès était la raison pour laquelle la mère Grommell avait envoyé John la Taloche arpenter les rues de Jéroboam afin de récupérer tous les enfants sans abri qu'il trouverait, dans le but de maintenir ses effectifs. Des inspecteurs venaient trois fois par an vérifier qu'elle n'affabulait pas quant au nombre d'enfants qu'elle avait à sa charge. Elle préférait prendre des enfants

BERT ET DAISY SE RETROUVENT

déjà grands, dans la mesure du possible, parce qu'ils étaient plus solides que les petits.

Grâce à l'or que rapportait chaque pensionnaire, l'appartement privé de la mère Grommell au sein de l'orphelinat était désormais l'un des plus luxueux de Cornucopia, avec un feu ardent dans la cheminée et de profonds fauteuils de velours, d'épais tapis de soie et un lit aux couvertures de laine moelleuse. Elle s'attablait devant les meilleurs plats et les plus grands vins. Des bouffées de paradis parvenaient aux narines des enfants affamés quand on livrait des tourtes de Baronstown et des fromages de Kurdsburg à l'appartement de la mère Grommell. Elle le quittait rarement, à présent, sauf pour accueillir les inspecteurs, et laissait John la Taloche gérer les enfants.

Daisy Doisel n'accorda pas une grande attention aux deux nouveaux venus quand ils arrivèrent. Ils étaient sales et loqueteux, comme tous ceux qui débarquaient, et Daisy et Martha s'affairaient à garder en vie le plus grand nombre possible de petits. Elles jeûnaient pour s'assurer qu'ils eussent assez à manger, et Daisy était constellée de bleus infligés par la canne de John la Taloche parce qu'elle s'interposait souvent entre lui et un enfant plus jeune qu'il tentait de frapper. Si les deux nouveaux suscitaient chez elle la moindre pensée, c'était plutôt du dédain, parce qu'ils avaient accepté de se faire appeler John sans protester. Elle ne pouvait pas le savoir, mais cela arrangeait beaucoup les deux garçons que nul ne connût leur véritable prénom.

Une semaine après l'arrivée de Bert et de Roderick à l'orphelinat, Daisy et sa meilleure amie Martha organisèrent un anniversaire secret pour les jumeaux de Hetty Hopkins. Parmi les plus petits, beaucoup ignoraient la date de leur anniversaire, alors Daisy leur en choisissait une, et s'assurait qu'on le célébrât, ne fût-ce qu'avec une double ration de soupe aux choux. De plus, Martha et elle encourageaient toujours les enfants à se souvenir de leur vrai prénom, même si elles les entraînaient à s'appeler John et Jane devant John la Taloche.

Daisy avait préparé quelque chose de spécial pour les jumeaux. Elle avait réussi à voler deux véritables pâtisseries de Chouxville lors d'une livraison pour la mère Grommell, plusieurs jours auparavant, et les avait gardées pour l'anniversaire des jumeaux, même si le parfum des gâteaux était une torture et qu'il lui avait été difficile de résister au désir de les manger elle-même.

– Oh, c'est merveilleux, soupira la petite fille qui versait des larmes de joie.

– Merveilleux, répéta son frère.

– Ce sont des gâteaux de Chouxville ; c'est la capitale, leur expliqua Daisy.

Elle essayait d'enseigner aux plus petits les choses qui lui restaient de sa propre scolarité interrompue, et elle leur décrivait souvent les villes qu'ils n'avaient pas visitées. Martha, elle aussi, aimait entendre parler de Kurdsburg, de Baronstown et de Chouxville, parce qu'elle n'avait jamais vécu autre part que dans les Marécages et à l'orphelinat de la mère Grommell.

Les jumeaux venaient d'avaler les dernières miettes de leurs gâteaux quand John la Taloche fit brutalement irruption dans la pièce. Daisy tenta de cacher l'assiette, sur laquelle il restait une traînée de crème, mais John la Taloche l'avait repérée.

– Toi, beugla-t-il en s'approchant de Daisy, sa canne brandie au-dessus de sa tête, t'as encore volé un truc, Jane le Laideron !

Il allait lui asséner un coup quand sa canne fut bloquée en plein vol. Bert avait entendu des cris et était venu voir ce qui se passait. Découvrant que John la Taloche avait coincé une fille maigrichonne à la salopette maintes fois ravaudée, Bert avait attrapé et maintenu la canne en l'air avant qu'elle s'abatte.

– T'as pas intérêt, gronda Bert, d'une voix rugueuse, s'adressant à John la Taloche.

Pour la première fois, Daisy remarqua l'accent de Chouxville du nouveau venu, mais il était si différent du Bert qu'elle avait connu autrefois, tellement plus âgé, avec une expression tellement plus dure, qu'elle ne le reconnut pas. Bert, qui se souvenait de Daisy comme d'une fillette à la peau hâlée et aux couettes brunes, n'eut quant à lui nulle impression d'avoir déjà croisé la jeune fille aux yeux flamboyants.

John la Taloche tenta de dégager sa canne du poing de

Bert, mais Roderick arriva en renfort. Il y eut une brève bagarre et, pour la première fois, de mémoire de tous les enfants, John la Taloche perdit. Il finit par jurer qu'il se vengerait et sortit de la pièce, la lèvre fendue, et il se chuchota dans tout l'orphelinat que les deux nouveaux étaient venus à la rescousse de Daisy et des jumeaux, et que John la Taloche, l'air idiot, avait filé la queue entre les jambes.

Plus tard ce soir-là, alors que tous les enfants se préparaient à aller se coucher, Bert et Daisy se croisèrent sur un palier à l'étage et s'arrêtèrent, un peu mal à l'aise, pour se parler.

– Merci beaucoup pour tout à l'heure, souffla Daisy.

– De rien, dit-il. Il fait ça souvent ?

– Assez, répondit-elle en haussant légèrement les épaules. Mais les jumeaux ont eu leurs gâteaux. Je suis bien contente.

Voilà que Bert songeait que la forme du visage de Daisy lui disait quelque chose, et il percevait des inflexions de Chouxville dans sa voix. Puis son regard descendit jusqu'à la salopette antédiluvienne, mille fois lavée, dont Daisy avait dû rallonger les jambes.

– Comment tu t'appelles ? demanda-t-il.

La jeune fille jeta un coup d'œil à la ronde pour s'assurer qu'on n'épiait pas leur conversation.

– Daisy, répondit-elle. Mais il faut que tu te souviennes de m'appeler Jane quand John la Taloche est dans le coin.

– Daisy, s'étrangla Bert. Daisy ! *C'est moi ! Bert Beamish !*

BERT ET DAISY SE RETROUVENT

Elle hoqueta de stupeur et, un instant plus tard, ils s'étreignaient et pleuraient, comme transformés à nouveau en ces petits enfants qu'ils avaient été, jadis, pendant ces journées ensoleillées dans la cour du palais ; avant la mort de la mère de Daisy, avant que le père de Bert ait été tué, à l'époque où la Cornucopia semblait être l'endroit le plus heureux au monde.

Chapitre 49

Une évasion chez la mère Grommell

Généralement, les enfants restaient à l'orphelinat de la mère Grommell jusqu'à ce qu'elle les jette à la rue. Elle ne recevait pas d'or pour s'occuper d'adultes, hommes ou femmes, et si elle avait autorisé John la Taloche à rester, c'était seulement parce qu'il lui était utile. Tant qu'ils lui rapportaient encore de l'or, la mère Grommell s'assurait que les enfants ne pussent pas s'échapper, gardant toutes les portes solidement verrouillées et fermées à clé. Seul John la Taloche possédait un trousseau, et le dernier pensionnaire à avoir essayé de le lui voler avait mis des mois à se remettre de ses blessures.

Daisy et Martha étaient conscientes que le moment de les expulser toutes les deux se rapprochait, mais elles s'inquiétaient moins pour elles-mêmes que pour le sort des plus petits après leur départ. Bert et Roderick savaient qu'ils devraient s'en aller à peu près en même temps, voire

UNE ÉVASION CHEZ LA MÈRE GROMMELL

plus tôt encore. Ils n'avaient aucun moyen de vérifier si les avis de recherche affichant le visage de Bert étaient toujours placardés sur les murs de Jéroboam, mais il semblait improbable qu'on les eût retirés. Les quatre jeunes gens vivaient quotidiennement dans la crainte que la mère Grommell ou John la Taloche s'aperçût qu'ils avaient sous leur toit un fugitif dont la tête était mise à prix pour cent ducats d'or.

En attendant, Bert, Daisy, Martha et Roderick se retrouvaient chaque soir, pendant que les autres enfants dormaient, pour partager leurs histoires et rassembler leurs connaissances sur ce qui se passait en Cornucopia. Ces rendez-vous se tenaient dans le seul endroit où John la Taloche n'allait jamais : le cagibi de la cuisine où l'on entreposait les choux.

Roderick, qui avait été entraîné pendant toute son enfance à faire des blagues sur les Marécageux, se moqua de l'accent de Martha à la première de ces réunions, mais Daisy le réprimanda si vertement qu'il ne récidiva plus jamais.

Blottis autour d'une unique chandelle comme autour d'une flambée, parmi les monticules de choux puants et durs, Daisy raconta aux garçons son enlèvement, Bert leur fit part de son intuition que la mort de son père était due à quelque accident, et Roderick expliqua comment les Marcheurs de Nuit mettaient en scène des attaques sur les villes pour que les gens persistent à croire à l'Ickabog. Il rapporta aussi aux autres qu'on interceptait le courrier, que les deux lords volaient au royaume des fourgons entiers d'or, et que des centaines de personnes avaient été tuées ou, si elles étaient un tant soit peu utiles à Crachinay, emprisonnées.

Cependant, chacun des deux garçons cachait quelque chose, et je vais vous révéler quoi.

Roderick soupçonnait que le commandant Beamish avait pris une balle perdue dans le marais, toutes ces années auparavant, mais il n'en avait pas parlé à Bert, car il avait peur que son ami lui reprochât de ne pas le lui avoir confié plus tôt.

Bert, quant à lui, était certain que Mr Doisel avait sculpté les pattes géantes que les Marcheurs de Nuit utilisaient, mais il n'en dit rien à Daisy. Voyez-vous, il était sûr que Mr Doisel avait été tué après les avoir fabriquées, et il ne voulait pas que Daisy s'accroche à l'espoir qu'il fût encore en vie. Comme Roderick ne savait pas qui avait sculpté les nombreuses pattes, Daisy n'avait aucune idée du rôle que jouait son père dans les attaques.

– Mais les soldats ? demanda Daisy à Roderick, la sixième nuit de leurs rendez-vous dans le placard à choux. La Brigade de défense contre l'Ickabog, et la garde royale ? Ils sont dans la confidence ?

– Oui, un peu, je pense, répondit Roderick, mais c'est seulement au sommet qu'on sait tout – les deux lords, et mon... et la personne qui a remplacé mon père, quelle qu'elle soit, répondit-il, et il resta silencieux un moment.

– Les soldats doivent bien être au courant que l'Ickabog

UNE ÉVASION CHEZ LA MÈRE GROMMELL

n'existe pas, dit Bert, après tout le temps qu'ils ont passé dans les Marécages.

– Mais l'Ickabog existe *vraiment*, intervint Martha.

Roddy ne se mit pas à rire, bien qu'il l'eût peut-être fait s'il venait de la rencontrer. Daisy ignora Martha, comme toujours, mais Bert répondit gentiment :

– Moi aussi, j'y croyais, avant de m'apercevoir de ce qui était véritablement en train de se tramer.

Le quatuor alla se coucher un peu plus tard cette nuit-là, s'étant mis d'accord pour se retrouver le soir d'après. Chacun brûlait de l'ambition de sauver le pays, mais ils ne cessaient de se confronter au fait que, sans armes, ils pouvaient difficilement combattre Crachinay et ses nombreux soldats.

Quand les filles entrèrent dans le placard à choux le septième soir, Bert vit sur leurs visages qu'il s'était passé quelque chose.

– Problème, chuchota Daisy dès que Martha eut refermé la porte du placard. On a entendu la mère Grommell et John la Taloche discuter, juste avant d'aller se coucher. Il y a un inspecteur de l'orphelinat qui arrive. Il sera là demain après-midi.

Les garçons s'entre-regardèrent, extrêmement préoccupés. Ils n'avaient strictement aucune envie qu'un étranger les identifie comme deux fugitifs.

– Il faut qu'on parte, dit Bert à Roderick. Tout de suite. Ce soir. Ensemble, on peut réussir à voler ses clés à John la Taloche.

– J'en suis, lâcha Roderick en serrant les poings.
– Eh bien, Martha et moi, on vient avec vous, annonça Daisy. On a réfléchi à un plan.
– Lequel ? demanda Bert.
– Je propose qu'on prenne tous les quatre la direction du Nord, vers le camp des soldats dans les Marécages, dit Daisy. Martha connaît le chemin, elle saura nous guider. Quand on arrivera, on racontera aux soldats tout ce que Roderick nous a révélé – que l'Ickabog n'existe pas…
– Sauf qu'il existe, objecta Martha, mais les trois autres l'ignorèrent.
– … et qu'il y a tous ces meurtres, et que Crachinay et Flapoon volent des tas d'or au royaume. On ne peut pas se battre seuls contre Crachinay. Il doit quand même y avoir *quelques* bons soldats, qui arrêteraient de lui obéir, et qui nous aideraient à reconquérir le pays !
– C'est bien, comme plan, dit lentement Bert, mais je ne crois pas que vous devriez venir, les filles. Ça risque d'être dangereux. Roderick et moi, on ira.
– Non, Bert, dit Daisy, le regard quasiment enfiévré. À quatre, on double le nombre de soldats à qui on peut parler. S'il te plaît, pas de discussion. À moins que quelque chose ne change très bientôt, la plupart des enfants de cet orphelinat se retrouveront au cimetière avant la fin de l'hiver.

Il fallut prolonger un peu la négociation pour que Bert accepte que les deux filles viennent avec eux, car il était secrètement inquiet qu'elles soient trop fragiles pour le périple, mais enfin il acquiesça.

– D'accord. Vous feriez bien d'aller prendre vos couvertures, parce que la route sera longue et froide. Roddy et moi, on s'occupe de John la Taloche.

Alors, Bert et Roderick se coulèrent dans la chambre de John la Taloche. La bagarre fut brève et brutale. Ils eurent de la chance que la mère Grommell ait descendu deux bouteilles de vin avec son dîner, sinon le boucan et les hurlements l'auraient certainement réveillée. Laissant John la Taloche plein de bleus et de sang, Roderick lui vola ses bottes. Puis, ils l'enfermèrent dans sa propre chambre et les deux garçons se dépêchèrent de rejoindre les filles près de la porte d'entrée. Il fallut cinq bonnes minutes pour déverrouiller tous les cadenas et ôter toutes les chaînes.

Une bourrasque d'air glacial les percuta quand ils ouvrirent la porte. Après un dernier regard à l'orphelinat, leurs couvertures effilochées autour des épaules, Daisy, Bert, Martha et Roderick se glissèrent dans la rue et se mirent en chemin pour les Marécages sous les tout premiers flocons de neige.

Chapitre 50

Un périple hivernal

De toute l'histoire de la Cornucopia, jamais on n'avait connu de voyage plus ardu que la longue marche de ces quatre jeunes gens jusqu'aux Marécages.

C'était l'hiver le plus rude que le royaume eût enduré en un siècle ; le temps que la sombre silhouette de Jéroboam disparaisse derrière les amis, la neige tombait si dense qu'elle les éblouissait de sa blancheur. Leurs minces vêtements rapiécés et leurs couvertures déchirées n'étaient nullement suffisants face au vent glacial, qui les mordait de la tête aux pieds comme une meute de petits loups aux dents pointues.

Sans Martha, ils auraient été incapables de trouver leur chemin, mais elle connaissait bien le pays au nord de Jéroboam et, malgré l'épaisse couche de neige qui recouvrait désormais chaque repère, elle identifia de vieux arbres auxquels elle grimpait naguère, des rochers biscornus qui avaient toujours été là, et des bergeries en ruine qui avaient appartenu à d'anciens voisins. Tout de même, sans jamais

UN PÉRIPLE HIVERNAL

exprimer cette pensée à voix haute, plus ils marchaient vers le nord, plus ils se demandaient au fond d'eux si le périple les tuerait. Chacun avait l'impression que son corps l'implorait de s'arrêter, de s'allonger dans la paille gelée de quelque grange abandonnée, et de capituler.

La troisième nuit, Martha comprit qu'ils touchaient au but, car elle respira l'odeur familière, fangeuse et saumâtre du marais. Ils eurent tous un petit sursaut d'espoir, cherchèrent péniblement du regard le moindre signe d'une torche, d'un feu de camp militaire, et crurent entendre, dans le sifflement du vent, des hommes parler et des harnais de chevaux cliqueter. De temps à autre, ils apercevaient une lueur dans le lointain, ou bien un bruit leur parvenait mais, à chaque fois, ce n'était que la lumière de la lune miroitant sur une flaque gelée, ou un arbre qui craquait dans le blizzard.

Enfin, ils atteignirent le bord de la vaste étendue de roches, de marais et d'herbes folles qui froufroutaient, et ils se rendirent compte qu'il n'y avait là aucun soldat.

Les tempêtes hivernales avaient fait battre les troupes en retraite. Le lieutenant, qui était secrètement convaincu que l'Ickabog n'existait pas, avait décidé qu'il ne laisserait pas ses hommes mourir de froid juste pour faire plaisir à Lord Crachinay. Alors, il avait donné l'ordre de mettre le cap sur le sud. Sans l'abondante neige, qui dégringolait toujours si dru qu'elle recouvrait toute trace, les amis auraient pu voir les empreintes que les pas des soldats y avaient imprimées cinq jours auparavant, pointant dans la direction opposée.

– Regardez, dit Roderick, parcouru de frissons, la main tendue. Ils étaient là…

Un chariot qui s'était coincé dans la neige avait été laissé sur place par les soldats voulant fuir la tempête au plus vite. Le quatuor s'approcha du véhicule et vit de la nourriture : le genre de nourriture qui n'existait plus que dans les rêves de Bert, Daisy et Roderick, et que Martha n'avait jamais vue de sa vie. Des montagnes de fromages crémeux de Kurdsburg, des piles de pâtisseries de Chouxville, des saucisses et des tourtes au chevreuil de Baronstown, livrées pour que le lieutenant et ses troupes gardent le moral, parce qu'il n'y avait rien à manger dans les Marécages.

Bert tendit ses doigts gourds pour attraper une tourte, mais les vivres étaient à présent couverts d'une solide croûte de glace, et les doigts du jeune homme ne firent que glisser dessus.

L'air désespéré, il se retourna vers Daisy, Martha et Roderick, qui avaient tous les lèvres violettes. Personne ne dit rien. Ils savaient qu'ils allaient mourir de froid au bord du marais de l'Ickabog, et désormais ça leur était égal. Daisy était tellement gelée que s'endormir pour toujours lui paraissait une idée merveilleuse. Elle eut à peine conscience de se refroidir encore plus alors qu'elle sombrait lentement dans la neige. Bert s'y enfonça également et enlaça Daisy, mais lui aussi avait sommeil et se sentait bizarre. Martha s'appuya sur Roderick, qui tenta de l'abriter sous sa couverture. Blottis les uns contre les autres près du chariot, ils perdirent bientôt connaissance tous les quatre, et la neige s'entassa sur leurs corps tandis que la lune commençait à se lever.

Mais, alors, une ombre immense se déploya au-dessus d'eux. Deux énormes bras couverts de longs poils verts, pareils aux herbes des marais, s'abaissèrent vers les quatre amis. Avec la plus grande facilité, comme si c'était des bébés, l'Ickabog les souleva et les emporta à travers le marais.

…
Chapitre 51

Dans la grotte

Quelques heures plus tard, Daisy se réveilla, mais elle n'ouvrit pas immédiatement les yeux. Ses derniers souvenirs d'une ambiance aussi douillette remontaient à l'enfance, lorsqu'elle dormait sous une couverture en patchwork cousue par sa mère et que, chaque matin d'hiver, elle était tirée de son sommeil par les crépitements du feu dans la cheminée. Et, à présent, voilà qu'elle entendait le feu crépiter, et qu'une odeur de tourtes au chevreuil cuisant au four lui parvenait aux narines ; elle savait donc qu'elle devait être en train de rêver qu'elle était de retour chez elle avec ses deux parents.

Cependant, le bruit des flammes et le parfum des tourtes paraissaient si réels que Daisy songea qu'elle n'était peut-être pas dans un rêve, mais au paradis. Se pouvait-il qu'elle fût morte de froid au bord du marais ? Restant immobile, elle ouvrit les yeux et perçut l'éclat vacillant d'un feu et les parois grumeleuses d'une sorte de très vaste grotte. Elle réalisa alors qu'elle et ses trois amis étaient allongés

DANS LA GROTTE

dans un énorme nid formé, semblait-il, de laine brute de mouton.

Près du feu, il y avait un rocher gigantesque, tapissé de longues herbes marécageuses d'un vert brunâtre. Daisy contempla ce rocher jusqu'à ce que ses yeux s'habituent à la pénombre. Ce fut à ce moment-là qu'elle s'aperçut que le rocher, qui faisait la taille de deux chevaux, lui renvoyait son regard.

Les vieilles légendes racontaient que l'Ickabog ressemblait à un dragon, ou à une créature serpentine, ou à une goule vagabonde ; pourtant Daisy sut instantanément que c'était là la véritable créature. Paniquée, elle referma les yeux, tendit une main à travers la douce masse de laine de mouton, trouva le dos de l'un de ses amis et lui décocha un petit coup.

– Qu'est-ce qu'il y a ? murmura Bert.

– T'as vu ça ? chuchota Daisy, les paupières toujours fermement closes.

– Oui, souffla Bert. Ne regarde pas.

– Je ne regarde pas.

– Je vous avais dit que l'Ickabog existait, glissa Martha, terrifiée.

– Je crois qu'il est en train de faire cuire des tourtes, ajouta tout bas Roderick.

Les quatre adolescents restèrent tout à fait immobiles, les yeux fermés, jusqu'à ce que l'odeur de tourte au chevreuil devînt si irrésistiblement appétissante que chacun d'entre eux pensa que mourir en valait presque la peine, si l'on pouvait se jeter sur les tourtes, en attraper une et, qui sait, engloutir une ou deux bouchées avant d'être tué par l'Ickabog.

Puis ils entendirent le monstre remuer. Ses longs poils drus bruissèrent et, sur le sol, ses pattes pesantes émirent un son mat, puissant et ouaté. Il y eut un claquement sourd, comme s'il avait déposé par terre quelque chose de lourd. Enfin, une voix basse et caverneuse leur dit :

– Mangez.

Les quatre jeunes gens ouvrirent les yeux.

Vous pourriez imaginer qu'ils furent sidérés que l'Ickabog parlât leur langue, mais ils étaient déjà tellement stupéfaits que le monstre existât, qu'il sût faire du feu et qu'il fît cuire des tourtes au chevreuil, qu'ils réfléchirent à peine à cet aspect-là de la situation. L'Ickabog avait placé sur le sol auprès d'eux un plateau de bois grossièrement taillé, recouvert de tourtes. Ils comprirent qu'il devait les avoir soustraites au stock de nourriture congelée dans le chariot abandonné.

Lentement, prudemment, les adolescents s'assirent, le regard levé vers les grands yeux tristes de l'Ickabog, qui les fixaient à travers l'enchevêtrement de poils longs et drus et verdâtres dont il était recouvert de la tête aux pieds. Il avait plus ou moins une forme humaine, avec un ventre absolument gigantesque, et de grandes pattes hirsutes, chacune ornée d'une seule griffe pointue.

DANS LA GROTTE

– Qu'est-ce que vous allez faire de nous ? demanda courageusement Bert.

De sa voix sonore et profonde, l'Ickabog répondit :

– Je vais vous manger. Mais pas tout de suite.

Le monstre fit demi-tour, s'empara de deux paniers d'écorce tressée et se dirigea vers l'entrée de la grotte. Puis, comme frappé par une pensée soudaine, il se retourna vers eux et fit :

– *Groar.*

Ce n'était pas un vrai rugissement. Il l'avait simplement dit. Les quatre adolescents dévisagèrent l'Ickabog, qui leur fit un clin d'œil avant de se retourner et de sortir de la grotte, un panier dans chaque patte. Puis un rocher aussi gros que l'entrée de la caverne roula, dans un bruit de tonnerre, devant l'orifice, pour empêcher les captifs de sortir. Ils écoutèrent les pas de l'Ickabog faire croustiller la neige dehors et s'évanouir dans le lointain.

Chapitre 52

Des champignons

Jamais Daisy et Martha n'oublieraient la saveur de ces tourtes de Baronstown après les longues années de soupe aux choux chez la mère Grommell. Martha, d'ailleurs, fondit en larmes dès la première bouchée et déclara qu'elle n'avait jamais imaginé qu'un aliment puisse avoir ce goût-là. Le temps de manger, ils oublièrent tous l'Ickabog. Une fois les tourtes terminées, ils se sentirent plus audacieux et se levèrent pour explorer la grotte de la créature à la lumière des flammes.

– Regardez, dit Daisy qui avait repéré des dessins sur la paroi.

On voyait une centaine d'Ickabogs ébouriffés se faire pourchasser par des bonshommes en bâtons brandissant des lances.

– Et celui-là! s'écria Roderick en désignant un dessin près de l'entrée de la grotte.

Éclairé par le feu, le quatuor détailla l'image d'un Ickabog seul, face à face avec un petit personnage qui portait un casque à plumet et tenait une épée.

DES CHAMPIGNONS

– On dirait le roi, chuchota Daisy, le doigt tendu vers le bonhomme. Vous ne pensez pas qu'il ait *vraiment* vu l'Ickabog cette nuit-là, si ?

Les autres n'avaient pas la réponse, évidemment, mais moi oui. Je vais maintenant vous dire toute la vérité, et j'espère que vous ne vous offusquerez pas que je ne l'aie pas fait plus tôt.

Fred avait *réellement* entraperçu l'Ickabog dans la brume épaisse du marais, la nuit funeste où le commandant Beamish avait été tué. Je peux aussi vous confier que, le matin suivant, le vieux berger qui avait cru son chien dévoré par le monstre avait entendu gratter et chouiner à sa porte, et s'était rendu compte que son fidèle Tweed était rentré à la maison car, bien sûr, Crachinay avait dégagé le chien des ronces dans lesquelles il était piégé.

Afin que vous ne jugiez pas le vieux berger trop durement pour n'avoir point fait savoir au roi que Tweed, somme toute, n'avait pas été mangé par l'Ickabog, souvenez-vous qu'il était éreinté par son long aller-retour à Chouxville. Et, de toute façon, le roi s'en serait moqué. Fred avait vu le monstre dans la brume, et rien ni personne après cela n'aurait pu le persuader qu'il n'existait pas.

– Je me demande, dit Martha, pourquoi l'Ickabog n'a pas mangé le roi.

– Peut-être qu'il l'a vraiment combattu, comme on le raconte ? suggéra Roderick d'un ton dubitatif.

– Vous savez quoi, renchérit Daisy en se retournant pour

observer la grotte, c'est bizarre qu'il n'y ait pas d'ossements dans cet endroit, si l'Ickabog mange les gens.

– Il doit aussi avaler la carcasse, supposa Bert d'une voix tremblante.

Il vint alors à l'esprit de Daisy qu'ils avaient manifestement fait fausse route en pensant que le commandant Beamish était mort par accident dans le marais. Il était clair que l'Ickabog l'avait tué, en fin de compte. Elle attrapa la main de Bert pour lui faire sentir qu'elle savait combien c'était terrible, pour lui, de se retrouver dans le repaire du meurtrier de son père quand, à nouveau, des pas pesants retentirent à l'extérieur, et ils comprirent que le monstre était de retour. Les quatre amis se précipitèrent dans le doux amas de laine de mouton et s'y assirent comme s'ils ne l'avaient jamais quitté.

L'Ickabog fit rouler le rocher dans un grondement assourdissant, laissant s'engouffrer le vent froid de l'hiver. Dehors, il neigeait toujours fort et il avait des flocons plein les poils. Dans l'un de ses paniers s'entassaient quantité de champignons et du petit bois pour le feu. Dans l'autre, quelques pâtisseries de Chouxville congelées.

Sous le regard des adolescents, l'Ickabog raviva le feu et disposa les pâtisseries, enchâssées dans leur bloc de glace, sur une pierre plate juste à côté, où elles se mirent lentement à dégeler. Puis, alors que Daisy, Bert, Martha et Roderick l'observaient, l'Ickabog commença à manger des champignons. Il faisait cela d'une curieuse manière. Il en embrochait quelques-uns sur l'unique griffe qu'il avait à chaque patte, avant de les attraper délicatement avec sa bouche, un par un, et prenait un plaisir évident à les mâcher.

Après un temps, il sembla s'apercevoir que les quatre êtres humains le regardaient.

– *Groar*, dit-il encore une fois.

Et il se remit à les ignorer, jusqu'à ce qu'il eût terminé tous les champignons ; après quoi il souleva précautionneusement de la pierre chaude les pâtisseries de Chouxville décongelées, et les présenta aux humains dans ses vastes pattes velues.

– Il essaie de nous engraisser ! chuchota Martha, terrifiée.

Mais tout de même, elle saisit un Chichi-Chic et, une seconde plus tard, ses yeux se fermaient d'extase.

Quand l'Ickabog et les humains eurent mangé, la créature rangea soigneusement ses deux paniers dans un coin, attisa le feu, et s'approcha de l'entrée de la grotte ; dehors, la neige continuait à tomber et le soleil se couchait. Il y eut un son étrange, que vous connaissez si vous avez déjà entendu une cornemuse se gonfler d'air avant que l'on commence à en jouer : c'était l'Ickabog qui prenait une grande inspiration, puis il entonna un chant dans une langue qu'aucun des humains ne comprit. La chanson se déploya sur le marais tandis que la nuit descendait. Les quatre adolescents écoutèrent ; bientôt leurs paupières s'alourdirent et, un par un, ils s'enfoncèrent de nouveau dans le nid de laine de mouton, et s'endormirent.

Chapitre 53

Le monstre mystérieux

Il se passa plusieurs jours avant que Daisy, Bert, Martha et Roderick trouvent le courage de faire quoi que ce soit d'autre que de manger la nourriture congelée que l'Ickabog leur rapportait du chariot, et de regarder le monstre avaler les champignons de sa cueillette. Chaque fois que l'Ickabog sortait (et il faisait toujours rouler l'énorme rocher devant l'accès à la grotte, pour les empêcher de s'évader), ils parlaient de son étrange comportement, mais tout bas, au cas où il les écouterait en secret depuis l'autre côté du rocher.

L'un de leurs sujets de débat, c'était de savoir si l'Ickabog était un mâle ou une femelle. Daisy, Bert et Roderick pensaient tous les trois que c'était un mâle, parce que sa voix était profonde et caverneuse, mais Martha, qui s'occupait des moutons avant que sa famille meure de faim, estimait que c'était une femelle.

– Elle a le ventre qui grossit, leur dit-elle. Je crois qu'elle va avoir des bébés.

LE MONSTRE MYSTÉRIEUX

L'autre chose que les adolescents se demandaient, bien sûr, c'était à quel moment l'Ickabog risquait de les manger, et s'ils arriveraient à le combattre quand il essaierait.

– Je pense qu'on a encore un peu de temps, affirma Bert, les yeux posés sur Daisy et Martha, qui étaient encore très maigrelettes après toutes ces années à l'orphelinat. Vous deux, vous ne seriez pas le festin du siècle.

– Si je lui attrape le cou par-derrière, proposa Roderick en mimant le geste, et que Bert lui file un grand coup dans l'estomac…

– On n'arrivera jamais à maîtriser l'Ickabog, rétorqua Daisy. Il est capable de déplacer un rocher aussi gros que lui. On est loin d'être assez forts.

– Si seulement on avait une arme, dit Bert en se levant pour aller donner un coup de pied dans une pierre, qui fusa à travers la grotte.

– Vous ne trouvez pas ça bizarre, ajouta Daisy, qu'on ne l'ait rien vu manger d'autre que des champignons ? Vous n'avez pas l'impression qu'il fait semblant d'être plus féroce qu'il ne l'est vraiment ?

– Il mange des moutons, souligna Martha. Elle vient d'où, toute cette laine, s'il ne mange pas de moutons ?

– Peut-être qu'il a juste ramassé des touffes de laine accrochées aux ronces ? suggéra Daisy en attrapant une houppette blanche et douce. Je ne comprends toujours pas pourquoi il n'y a pas du tout d'os ici, s'il a l'habitude de manger des animaux.

– Et cette chanson qu'il chante tous les soirs ? dit Bert. Ça me colle la chair de poule. Si vous voulez mon avis, c'est un chant guerrier.

– Moi aussi, ça me fait peur, opina Martha.

– Je me demande ce que ça veut dire, renchérit Daisy.

Quelques minutes plus tard, l'énorme rocher à l'entrée de la caverne bascula à nouveau, et l'Ickabog reparut avec ses deux paniers, l'un rempli des habituels champignons, et l'autre bourré de fromages de Kurdsburg congelés.

Ils mangèrent tous sans mot dire, comme d'habitude, et après que l'Ickabog eut rangé ses paniers et attisé le feu, alors que le soleil se couchait, la créature alla s'installer à l'entrée de la grotte, prête à chanter son étrange chanson, dans la langue que les humains ne comprenaient pas.

Daisy se leva.

– Qu'est-ce que tu fabriques ? chuchota Bert en l'attrapant par la cheville. Assieds-toi !

– Non, dit Daisy en se dégageant. Je veux lui parler.

Alors elle s'avança bravement vers l'entrée, et s'assit auprès de l'Ickabog.

Chapitre 54

La chanson de l'Ickabog

L'Ickabog venait tout juste de reprendre son souffle, émettant son habituel sifflement de cornemuse qui se gonfle, quand Daisy lui demanda :

– Tu chantes en quelle langue, Ickabog ?

Le monstre baissa son regard vers elle, surpris de la trouver si près de lui. Daisy crut d'abord qu'il n'allait pas lui répondre mais, enfin, il dit de sa voix lente et profonde :

– En Ickerlang.

– Et elle raconte quoi, ta chanson ?

– C'est l'histoire des Ickabogs – et de ton peuple, aussi.

– Des humains, tu veux dire ? questionna Daisy.

– Des humains, oui. Les deux histoires n'en font qu'une, parce que les humains sont néantés des Ickabogs.

Il reprit sa respiration pour chanter à nouveau, mais Daisy l'interrogea :

– Ça veut dire quoi, « néantés » ? C'est pareil que « nés » ?

– Non, répondit la créature en la toisant, être néanté, c'est très différent d'être né. C'est la manière dont les nouveaux Ickabogs viennent au monde.

Daisy cherchait à être polie, étant donné la taille énorme de l'Ickabog, alors elle dit avec précaution :

– Ça a quand même *un peu* l'air de vouloir dire être né.

– Eh bien, ce n'est pas le cas, déclara-t-il de sa voix caverneuse. Né et néanté, ce n'est vraiment pas la même la chose. Une fois nos bébés néantés, nous qui leur avons donné néance, nous mourons.

– Toujours ? demanda Daisy.

Elle avait remarqué que l'Ickabog se caressait négligemment le ventre tout en parlant.

– Toujours, confirma-t-il. C'est comme ça, chez les Ickabogs. Vivre avec ses enfants fait partie des incongruités humaines.

– Mais c'est trop triste, dit lentement Daisy. De mourir quand ses enfants naissent.

– Ce n'est pas du tout triste. C'est tout à fait glorieux, la néance ! Notre existence entière tend à la néance. Ce qu'on est en train de faire, de ressentir, quand nos bébés sont néantés, leur confère leur nature. C'est très important, une bonne néance.

– Je ne comprends pas, dit Daisy.

– Si je meurs triste et sans espoir, expliqua-t-il, mes bébés ne survivront pas. J'ai vu mes semblables mourir désespérés, l'un après l'autre, et leurs bébés ne leur ont survécu que quelques secondes. Un Ickabog ne peut vivre sans espoir. Je suis le dernier Ickabog, et ma néance sera la néance la plus importante de l'histoire, parce que, si ma néance se passe bien, notre espèce se perpétuera ; sinon, les Ickabogs disparaîtront à jamais…

« Tous nos problèmes ont commencé à cause d'une mauvaise néance, tu sais.

– C'est ça que raconte ta chanson ? demanda Daisy. La mauvaise néance ?

L'Ickabog hocha la tête, les yeux rivés sur le marais enneigé, où la nuit tombait. Puis il inspira à nouveau, de son souffle profond de cornemuse, et il se mit à chanter ; et cette fois, il chanta dans une langue que les humains comprenaient.

À l'aurore des temps, quand seuls
Vivaient les Ickabogs, le veule
Humain n'existait pas encore,
Ni le froid silex de son cœur.
Le monde alors était parfait,
Du paradis le clair reflet ;
Et nul ne nous causait du tort
En ces temps enfuis de bonheur.

Oh, Ickabogs, revenez-nous,
Revenons à nous, néantés ;
Oh, Ickabogs, revenez-nous,
Mes semblables, venez.

Puis un soir d'orage tragique
Vit Fiel, néanté de Panique,
Se dresser énorme et amer,
Différent de ses camarades.
Il parlait dur, agissait mal,
Et on força cet animal
À fuir, sous les coups de ses frères,
Sous leurs coléreuses brimades.

Oh, Ickabogs, que la sagesse,
Mes semblables, tous nous commence;
Oh, Ickabogs, que la sagesse
Préside à nos néances.

À mille lieues de son enfance,
Fiel, seul, alla donner néance;
Dans la pénombre il expira,
Et ce fut Haine qui advint :
Un Ickabog nu, d'une engeance
Destinée à crier vengeance.
Le goût du sang guidait ses pas,
Sa malveillance portait loin.

Oh, Ickabogs, que la bonté,
Mes semblables, tous nous commence;
Oh, Ickabogs, que la bonté
Préside à nos néances.

LA CHANSON DE L'ICKABOG

Haine engendra l'espèce humaine :
C'est de nous que les humains viennent;
De Fiel, de Haine, ils s'élevèrent
En bataillons pour nous abattre.
Le sang d'Ickabogs massacrés
Tomba en pluie sur la contrée;
Ils jetaient nos parents à terre,
Et toujours revenaient se battre.

Oh, Ickabogs, que la bravoure,
Mes semblables, tous nous commence;
Oh, Ickabogs, que la bravoure
Préside à nos néances.

Nos prairies noyées de lumière,
Les humains nous les confisquèrent;
Tourbe, roc, pluie et brumes denses
Sont désormais notre cachot.
Jusqu'à ce que le tout dernier,
Ayant esquivé leurs épées
Et leurs fusils, donne néance
En rage et en haine à nouveau.

Oh, Ickabogs, tuez les humains,
Mes semblables, versez leur sang,
Oh, Ickabogs, tuez les humains,
Tuez-les maintenant.

Daisy et l'Ickabog restèrent silencieux quelque temps après qu'il eut fini de chanter. Les étoiles commençaient à poindre, à présent. Daisy fixa son regard sur la lune tout en demandant :

– Tu as mangé combien d'humains, Ickabog ?

Le monstre soupira.

– Aucun pour l'instant. Les Ickabogs aiment les champignons.

– Tu comptes nous manger quand sera venue l'heure de la néance ? demanda Daisy. Pour que tes bébés naissent avec la conviction que les Ickabogs mangent les humains ? Tu veux qu'ils deviennent des tueurs d'humains, c'est ça ? Pour reconquérir vos terres ?

L'Ickabog posa les yeux sur elle. Il n'avait pas l'air de vouloir répondre, mais il finit par hocher sa tête gigantesque et hirsute. Derrière Daisy et la créature, Bert, Martha et Roderick échangèrent des regards terrifiés à la lueur du feu qui s'éteignait.

– Je sais ce que ça fait de perdre les gens qu'on aime le plus, dit doucement Daisy. Ma mère est morte, et mon père a disparu. Très longtemps après le départ de mon père, je me suis forcée à croire qu'il était encore vivant, parce qu'il le fallait, sinon je pense que je serais morte, moi aussi.

Daisy se leva pour pouvoir regarder les yeux tristes de la créature.

– Je crois que les humains ont besoin d'espoir, presque autant que les Ickabogs. Mais, reprit-elle, une main sur le cœur, ma mère et mon père sont encore là-dedans, tous les deux, et ils y seront toujours. Alors, quand tu me mangeras, Ickabog, mange mon cœur en dernier. Je voudrais garder mes parents en vie le plus de temps possible.

Elle regagna le fond de la grotte, et les quatre humains se réinstallèrent sur leur tas de laine, près du feu.

Un peu plus tard, malgré le sommeil qui la gagnait, Daisy crut entendre l'Ickabog renifler.

Chapitre 55

Crachinay offense le roi

Après la catastrophe du fourgon postal incontrôlable, Lord Crachinay fit en sorte qu'un tel incident ne se reproduise plus jamais. Un nouveau décret fut promulgué, à l'insu du roi, permettant au conseiller suprême d'ouvrir toute correspondance pour y déceler d'éventuels indices de haute trahison. L'affiche du décret listait généreusement tout ce qui pouvait désormais constituer une haute trahison en Cornucopia. C'était toujours de la haute trahison d'affirmer que l'Ickabog n'existait pas, ou que Fred n'était pas un bon roi. C'était aussi de la haute trahison de critiquer Lord Crachinay et Lord Flapoon, de la haute trahison de dire que l'impôt contre l'Ickabog était trop élevé et, pour la première fois, de la haute trahison de raconter que la Cornucopia n'était plus aussi heureuse ou aussi bien nourrie qu'elle l'avait été.

À présent que chacun tremblait de dire la vérité dans ses

lettres, le courrier et même les déplacements pour la capitale diminuèrent jusqu'à disparaître presque, ce qui était exactement l'intention de Crachinay, et il fit ainsi démarrer la phase deux de son projet. Il s'agissait d'envoyer un tas de lettres de fans à Fred. Comme il fallait que l'écriture change d'une lettre à l'autre, Crachinay enferma quelques soldats dans une pièce, avec une liasse de papier et de nombreuses plumes, et leur donna ses consignes de rédaction.

– Complimentez le roi, évidemment, commanda-t-il en passant et repassant devant les hommes, avec d'amples mouvements de son habit de conseiller suprême. Dites-lui qu'il est le meilleur monarque de toute l'histoire du pays. Complimentez-moi également. Mettez que vous n'imaginez pas ce que deviendrait la Cornucopia sans Lord Crachinay. Et ajoutez que vous savez que l'Ickabog aurait tué encore bien plus de monde sans la Brigade de défense contre l'Ickabog, et que la Cornucopia est plus riche que jamais.

Ainsi Fred commença-t-il à recevoir des lettres qui lui racontaient à quel point il était fabuleux et qui affirmaient que le pays n'avait jamais été aussi heureux, et que la guerre contre l'Ickabog se déroulait impeccablement.

– Eh bien, on dirait que tout se passe à merveille ! s'exclama Fred, ravi, en brandissant l'une de ces lettres lors d'un déjeuner en compagnie des deux lords.

Il était beaucoup plus guilleret depuis que le faux courrier lui parvenait. Le rude hiver avait fait geler le sol, si bien qu'il était dangereux d'aller chasser, mais Fred, qui portait un superbe nouveau costume de soie couleur orange brûlée, à boutons de topaze, se sentait particulièrement beau, ce jour-là, et cela ajoutait à sa gaieté. Il lui était tout à fait délicieux de regarder les flocons de neige dégringoler derrière les vitres, tandis qu'un feu flamboyait dans la cheminée et que sur la table s'empilaient bien haut, comme d'habitude, des mets onéreux.

– J'ignorais complètement qu'on avait tué tant d'Ickabogs, Crachinay ! D'ailleurs, maintenant que j'y pense : je ne savais même pas qu'il y avait plus d'un Ickabog !

– Euh, oui, Sire, dit Crachinay en décochant un regard furieux à Flapoon, qui se bourrait d'un fromage frais particulièrement succulent.

Le conseiller suprême avait tellement de choses à faire qu'il avait confié à Flapoon la tâche de vérifier toutes les fausses lettres avant qu'on les envoyât au roi.

– Nous ne souhaitions pas vous alarmer, mais il y a quelque temps, nous nous sommes aperçus que le monstre s'était, ahem…

Il toussota délicatement.

– … reproduit.

– Je vois, dit Fred. C'est une satanée bonne nouvelle, en tout cas, que vous les descendiez à ce rythme. Vous savez quoi, on devrait en faire empailler un et organiser une exposition pour le peuple !

– Euh… oui, Sire, quelle excellente idée, grinça Crachinay entre ses dents.

– Il y a quelque chose que je ne comprends pas, quand même, ajouta Fred en regardant à nouveau la lettre, les sourcils froncés. Je croyais que le professeur Bellarnack avait dit que chaque fois qu'un Ickabog meurt, il y en a deux qui poussent à sa place ? Si on les tue comme ça, on ne serait pas en train de les multiplier par deux ?

– Ah… non, Sire, pas vraiment, répondit Crachinay, son esprit fourbe travaillant à toute vitesse. Nous avons trouvé, en fait, un moyen d'empêcher que cela se produise, si on… euh, si…

– Si on leur flanque d'abord un grand coup sur le crâne, suggéra Flapoon.

– Si on leur flanque d'abord un grand coup sur le crâne, répéta Crachinay en hochant la tête. Voilà. Si on arrive à s'approcher assez près pour les assommer avant de les tuer, Sire, le euh… processus multiplicatif semble se… semble s'arrêter.

– Mais pourquoi vous ne m'aviez pas rapporté cette découverte exceptionnelle, Crachinay ? s'écria Fred. Ça change tout : la Cornucopia sera peut-être bientôt débarrassée des Ickabogs pour toujours !

– Oui, Sire, c'est en effet une bonne nouvelle, n'est-ce pas ? répondit le lord, qui aurait bien voulu déloger d'une claque le sourire qui ornait le visage de Flapoon. Toutefois, il reste encore un bon nombre d'Ickabogs…

– Tout de même, on dirait qu'on touche enfin au but ! l'interrompit joyeusement Fred, qui reposa la lettre et reprit son couteau et sa fourchette. Comme c'est triste que le pauvre commandant Blatt ait été tué par un Ickabog juste avant qu'on commence à prendre le dessus sur ces monstres !

– Très triste certes, Sire, opina Crachinay, qui avait évidemment expliqué au roi la disparition soudaine du commandant Blatt en racontant qu'il avait perdu la vie dans les Marécages alors qu'il tentait d'empêcher l'Ickabog de descendre vers le sud.

– Eh bien, il y avait quelque chose qui me turlupinait, et maintenant tout s'éclaire, dit Fred. Les serviteurs n'arrêtent pas de chanter l'hymne national, vous les avez entendus ? Ça met sacrément de bonne humeur, bien sûr, même s'il y a un côté un peu *répétitif*. Mais c'est donc pour cette raison : ils célèbrent notre triomphe face aux Ickabogs, c'est ça ?

– Oui, sans doute, Sire, répondit Crachinay.

En réalité, le chant venait des prisonniers, pas des serviteurs, mais Fred ne savait pas qu'il y avait une cinquantaine de personnes enfermées dans les cachots juste sous ses pieds.

– On devrait organiser un bal pour fêter ça ! déclara Fred. Il y a très longtemps qu'on n'a pas fait de bal. J'ai l'impression que je n'ai pas dansé avec Lady Eslanda depuis des lustres.

– Les bonnes sœurs ne dansent pas, s'emporta Crachinay qui se leva abruptement. Flapoon, il faut qu'on parle.

Les deux lords étaient à mi-chemin de la porte quand le roi ordonna :

CRACHINAY OFFENSE LE ROI

– Attendez.

Ils se retournèrent. Fred paraissait soudain mécontent.

– Aucun de vous deux n'a demandé la permission de quitter la table du souverain.

Les lords s'entre-regardèrent, puis Crachinay fit une courbette et Flapoon l'imita.

– J'implore le pardon de Votre Majesté, dit le conseiller suprême. C'est juste que, si nous devons mettre en œuvre votre excellente suggestion de faire empailler un Ickabog mort, il nous faut agir vite. Il risquerait, sinon, de, euh… de pourrir.

– Quoi qu'il en soit, déclara Fred en tripotant la médaille en or qu'il portait autour du cou, ornée de l'image du monarque combattant un monstre dragonesque, je reste le roi, Crachinay. *Votre* roi.

– Bien sûr, Sire, convint le lord en s'inclinant bien bas à nouveau. Je ne vis que pour vous servir.

– Hmm, fit Fred. Bon, assurez-vous de vous en souvenir, et dépêchez-vous de faire empailler cet Ickabog. Je désire qu'il soit exposé à la vue du peuple. Ensuite, nous parlerons du bal de gala.

Chapitre 56

Complot dans les cachots

Dès que les deux lords furent trop loin pour que Fred les entendît, Crachinay s'emporta contre Flapoon :

– Tu étais censé vérifier toutes ces lettres avant de les donner au roi ! Je vais le sortir d'où, ce cadavre d'Ickabog à faire empailler ?

– Tu n'as qu'à coudre quelque chose, proposa Flapoon en haussant les épaules.

– Coudre quelque chose ? *Coudre* quelque chose ?

– Bah ! Qu'est-ce que tu pourrais faire d'autre ? demanda Flapoon, et il mordit copieusement dans un Délice-des-Ducs qu'il avait subtilisé sur la table royale.

– Qu'est-ce que je pourrais faire, *moi* ? répéta Crachinay, furibond. Tu penses que c'est juste *mon* problème ?

– C'est toi qui as inventé l'Ickabog, dit Flapoon d'une voix pâteuse, tout en mâchant.

Il commençait à en avoir assez que Crachinay le houspille et lui donne tout le temps des ordres.

– Et c'est toi qui as tué Beamish ! gronda le conseiller suprême. Où est-ce que tu serais aujourd'hui, si je n'avais pas dit que c'était la faute du monstre ?

Sans attendre la réponse de Flapoon, Crachinay fit volte-face et s'engouffra dans les cachots. Au minimum, il pouvait empêcher les prisonniers de chanter à tue-tête l'hymne national, histoire que le roi croie que la guerre contre les Ickabogs avait repris une mauvaise tournure.

– Silence. SILENCE ! hurla le conseiller suprême en pénétrant dans les cachots, car il y régnait un vrai tintamarre.

On entendait chanter et rire ; le valet Cankerby courait de cellule en cellule, occupé à récupérer et à apporter des ustensiles de cuisine aux différents prisonniers, et l'air tiède était saturé du parfum de Songes-de-Donzelles tout juste sortis du four de Mrs Beamish. Les prisonniers avaient tous l'air bien mieux nourris que la dernière fois que Crachinay était descendu en ces lieux. Cela ne lui plut pas ; pas du tout, même. Il lui déplut tout particulièrement de constater que le capitaine Bonamy avait aussi fière allure et était aussi fort qu'autrefois. Le lord aimait ses ennemis faibles et désespérés. Même Mr Doisel semblait avoir taillé sa longue barbe blanche.

– Vous tenez le compte, hein, demanda-t-il à un Cankerby hors d'haleine, de cette vaisselle, de ces couteaux et de tout le toutim que vous distribuez ?

– Bien s..., bien sûr, monseigneur, pantela le valet.

Il rechignait à admettre que toutes les consignes que lui donnait Mrs Beamish le plongeaient dans une telle confusion qu'il n'avait pas la moindre idée de ce que possédait chacun des prisonniers. Des cuillères, des fouets, des louches, des casseroles, des plats à four ; il devait passer tout cela entre les barreaux, pour que la production de gâteaux de Mrs Beamish satisfasse aux exigences et, une fois ou deux, il avait tendu par erreur l'un des ciseaux à bois de Mr Doisel à un autre prisonnier. Il lui *semblait bien* qu'il récupérait tout chaque soir, mais comment diable en être certain ? Et, parfois, Cankerby s'inquiétait de ce que le gardien des cachots, qui était porté sur la bouteille, n'entendît pas les prisonniers se chuchoter des choses, s'ils se mettaient en tête de comploter quoi que ce soit la nuit, après l'extinction des chandelles. Mais Cankerby vit bien que Crachinay n'était pas d'humeur à ce qu'on lui confiât des problèmes, alors le valet tint sa langue.

– Le chant, c'est terminé ! cria Crachinay, sa voix résonnant à travers les cachots. Le roi a la migraine !

De fait, c'était le lord qui commençait à avoir fortement mal au crâne. Il oublia les prisonniers dès qu'il leur eut tourné le dos, et se remit à réfléchir à la manière dont il pourrait bien fabriquer un Ickabog empaillé convaincant. Peut-être Flapoon avait-il mis le doigt sur quelque chose ? S'ils prenaient une carcasse de taureau, et enlevaient une couturière pour habiller le squelette d'une peau dragonesque, et qu'ils bourraient le tout de sciure de bois ?

COMPLOT DANS LES CACHOTS

Les mensonges s'ajoutaient aux mensonges qui s'ajoutaient aux mensonges. Quand on commençait à mentir, il fallait continuer, et puis c'était comme être le capitaine d'un bateau qui prend l'eau, toujours à combler des trous dans la coque pour éviter le naufrage. Perdu dans ses pensées de squelette et de sciure, Crachinay ignorait totalement qu'il venait de tourner le dos à ce qui promettait d'être son plus gros problème jusqu'alors : des cachots remplis de prisonniers qui complotaient, chacun cachant des ciseaux et des couteaux à bois sous ses couvertures, et derrière des briques mal scellées dans les murs.

Chapitre 57
Le plan de Daisy

Là-bas, dans les Marécages, où le sol était toujours matelassé de neige épaisse, l'Ickabog ne faisait désormais plus rouler le rocher devant l'entrée de la grotte quand il sortait avec ses paniers. À présent, Daisy, Bert, Martha et Roderick l'aidaient à récolter les petits champignons des marais qu'il appréciait et, lors de ces excursions, ils délogeaient également d'autres vivres congelés du chariot abandonné, qu'ils rapportaient à la grotte pour leur propre consommation.

De jour en jour, les quatre humains prenaient des forces et leur santé s'améliorait. L'Ickabog aussi grossissait tant et plus, mais c'était parce que l'heure de la néance approchait. Comme le monstre avait déclaré qu'il comptait manger les quatre humains au moment de la néance, Bert, Martha et Roderick n'étaient pas ravis de voir enfler son ventre. Bert, en particulier, était certain que la créature avait l'intention de les tuer. Il croyait, à présent, qu'il avait eu tort de penser que son père avait eu un accident. L'Ickabog existait ; il était donc clair que l'Ickabog avait tué le commandant Beamish.

LE PLAN DE DAISY

Souvent, durant la cueillette de champignons, le monstre et Daisy s'éloignaient un peu, devant les autres, et se parlaient en privé.

– Vous pensez qu'ils se disent quoi ? murmura Martha aux deux garçons, alors qu'ils sondaient le marécage pour dégoter les petits champignons blancs dont l'Ickabog était spécialement friand.

– Je crois qu'elle essaie de devenir amie avec lui, chuchota Bert.

– Pourquoi ? Pour qu'il nous mange nous, et pas elle ? demanda Roderick.

– C'est horrible de dire ça, trancha Martha. Daisy s'occupait de tout le monde à l'orphelinat. Parfois, elle prenait même les punitions pour d'autres enfants.

Roderick fut décontenancé. Son père lui avait appris à toujours s'attendre au pire avec les personnes qu'il rencontrait, et lui avait enseigné que la seule manière de s'en sortir dans la vie, c'était d'être le plus grand, le plus fort, et le plus hargneux de la bande. Il était difficile de perdre les habitudes qu'on lui avait transmises mais, à présent que son père était mort, et sa mère et ses frères probablement en prison, Roderick ne voulait pas déplaire à ses nouveaux amis.

– Pardon, marmonna-t-il, et Martha lui sourit.

Il se trouvait cependant que Bert avait tout à fait raison. Daisy voulait en effet se lier d'amitié avec l'Ickabog, mais son plan n'était pas seulement de sauver sa peau, ou même celle de ses trois amis. C'était de sauver toute la Cornucopia.

Alors qu'elle et le monstre marchaient à travers le marais ce matin-là, s'éloignant des autres, elle remarqua que quelques perce-neige avaient réussi à traverser une couche de glace en train de fondre. Le printemps arrivait, ce qui voulait dire que des soldats reviendraient bientôt stationner au bord du marais. L'estomac un peu tordu, parce qu'elle savait combien la réussite de cette étape était cruciale, Daisy commença :

– Ickabog, tu sais, la chanson que tu chantes tous les soirs ?

Le monstre, qui soulevait une bûche pour voir si des champignons se cachaient dessous, répondit :

– Si je ne savais pas, je ne pourrais pas la chanter, si ?

Il pouffa d'un rire un peu sifflant.

– Alors tu sais, quand tu chantes que tu voudrais que tes enfants soient bons, et sages, et braves ?

– Oui, opina l'Ickabog, qui cueillit un petit champignon d'un gris argenté et le présenta à Daisy. Celui-là, il est bien. On n'en a pas souvent, des argentés, dans le marais.

– Charmant, dit Daisy tandis que l'Ickabog fourrait le champignon dans son panier. Et puis, dans le dernier refrain de ta chanson, tu dis que tu espères que tes bébés tueront des humains.

– Oui, répéta la créature en se redressant pour attraper un petit bout de lichen jaunâtre sur un arbre mort, et le montrer à Daisy. Ça, c'est du poison. N'en mange jamais de ce type-là.

– D'accord, répondit Daisy, et elle prit une grande inspiration. Mais tu crois vraiment qu'un Ickabog bon, sage et brave mangerait des humains ?

Le monstre s'interrompit, à moitié penché pour cueillir un autre champignon argenté, et il scruta Daisy.

– Je n'ai pas *envie* de te manger, déclara-t-il, mais il le faut, sinon mes enfants mourront.

– Tu as dit qu'ils avaient besoin d'espoir, rétorqua Daisy. Qu'est-ce qui se passerait si, au moment de la néance, ils voyaient leur mère – ou leur père – je suis désolée, je ne sais pas vraiment…

– Je serai leur Ickababa, dit l'Ickabog. Et eux, ce seront mes Ickabous.

– Eh bien, est-ce que ça ne serait pas formidable si tes… tes Ickabous voyaient leur Ickababa entouré de personnes qui l'aiment, et qui souhaitent son bonheur, et qui voudraient vivre avec eux, en amis ? Est-ce que ça ne les remplirait pas d'espoir, plus que toute autre chose ?

L'Ickabog s'assit sur une souche d'arbre arraché et, pendant longtemps, il demeura silencieux. Bert, Martha et Roderick observaient de loin. Ils voyaient bien qu'il se passait quelque chose de très important entre Daisy et la créature, et bien qu'ils fussent extrêmement curieux, ils n'osaient s'approcher.

Enfin l'Ickabog annonça :

– Peut-être… Peut-être que ce serait mieux si je ne te mangeais pas, Daisy.

C'était la première fois que le monstre l'appelait par son prénom. Daisy tendit la main et la posa dans la patte de l'Ickabog, et pendant un moment les deux échangèrent un sourire. Puis il dit :

– Quand ma néance viendra, toi et tes amis, vous devrez vous réunir autour de moi, et mes Ickabous seront néantés en sachant que vous êtes leurs amis aussi. Et après cela, vous devrez rester avec mes Ickabous ici, dans le marais, pour toujours.

– Alors… le problème, là, dit Daisy prudemment, sa main tenant toujours la patte de l'Ickabog, c'est qu'il n'y aura bientôt plus de nourriture dans le chariot. Je ne pense pas qu'il y ait assez de champignons ici pour qu'on survive, nous quatre et tes Ickabous.

Daisy trouvait étrange de parler ainsi d'un temps où l'Ickabog ne serait plus en vie, mais cela ne semblait pas gêner le monstre.

– Mais alors, que faire ? lui demanda-t-il, ses grands yeux anxieux.

– Ickabog, répondit Daisy avec précaution, il y a des gens qui meurent dans toute la Cornucopia. Ils meurent de faim, et ils se font même assassiner, tout ça parce que des méchants hommes ont fait croire à tout le monde que tu voulais tuer des humains.

– *C'était* ce que je voulais, jusqu'à ce que je vous rencontre, vous quatre, observa la créature.

– Mais depuis, tu as changé, dit la jeune fille, qui se leva

LE PLAN DE DAISY

et fit face à l'Ickabog tout en lui serrant ses deux pattes. Tu comprends, maintenant, que les humains – la plupart, en tout cas – ne sont ni cruels ni malveillants. Ils sont surtout tristes et fatigués, Ickabog. Et s'ils te connaissaient, s'ils voyaient comme tu es bon, comme tu es doux, et que tu ne manges que des champignons, ils comprendraient que c'est idiot d'avoir peur de toi. Je suis sûre qu'ils voudraient que toi et tes Ickabous, vous quittiez le marais et que vous retourniez dans les prés où habitaient vos ancêtres, où les champignons sont meilleurs et plus gros, et que tes descendants vivent avec nous, en amis.

– Tu veux que je quitte le marais ? dit l'Ickabog. Pour aller parmi les humains, avec leurs fusils et leurs lances ?

– Ickabog, écoute-moi, je t'en prie, implora Daisy. Si tes Ickabous sont néantés avec des centaines de personnes autour, qui voudront toutes les aimer et les protéger, est-ce que ça ne leur donnera pas plus d'espoir qu'à tout autre Ickabou avant eux ? Alors que si nous quatre, on reste dans le marais, et qu'on meurt de faim, tes Ickabous, il leur restera quoi à espérer ?

Le monstre contempla Daisy ; et Bert, Martha et Roderick les scrutèrent en se demandant ce qui pouvait bien être en train de se passer. Enfin, une énorme larme enfla dans l'œil de l'Ickabog, comme une pomme de verre.

– J'ai peur d'aller parmi les humains. J'ai peur qu'ils nous tuent, moi et mes Ickabous.

– Ils ne le feront pas, dit Daisy, qui lâcha la patte de

l'Ickabog et posa ses mains, à la place, de part et d'autre de l'énorme visage velu de la créature, les doigts ensevelis sous ses longs poils qui ressemblaient aux herbes du marais. Je te jure, Ickabog, qu'on te protégera. Ta néance *sera* la plus importante de toute l'histoire. Ce sera le retour des Ickabogs… et de la Cornucopia aussi.

Chapitre 58

Hetty Hopkins

Quand Daisy confia son plan aux autres, Bert refusa tout d'abord d'y prendre part.

– Protéger le monstre? Hors de question, dit-il avec férocité. Je me suis juré de l'abattre, Daisy. L'Ickabog a tué mon père!

– Bert, c'est faux, répliqua-t-elle. Il n'a jamais tué *personne*. S'il te plaît, écoute ce qu'il a à dire!

Alors, ce soir-là, dans la grotte, Bert, Martha et Roderick s'approchèrent de l'Ickabog pour la première fois, car ils avaient toujours eu trop peur jusque-là, et il raconta aux quatre humains ce qui s'était passé, une nuit, des années plus tôt, lorsque dans le brouillard il s'était retrouvé face à face avec un homme.

– … qui avait des poils jaunes sur le visage, décrivit l'Ickabog en désignant sa propre lèvre supérieure.

– Une moustache? suggéra Daisy.

– Et une épée qui clignotait.

– Avec des pierres précieuses dessus, expliqua la jeune fille. C'était *forcément* le roi.

– Et tu as rencontré qui d'autre ? demanda Bert.

– Personne, répondit l'Ickabog. Je me suis enfui et je me suis caché derrière un rocher. Les humains ont tué tous mes ancêtres. J'étais effrayé.

– Eh bien alors, comment est-ce que mon père est mort ? interrogea Bert.

– Ton Ickababa, c'est celui qui a reçu une balle du gros fusil ? s'enquit l'Ickabog.

– Une balle ? répéta Bert en blêmissant. Comment tu sais ça, si tu t'es enfui ?

– Je regardais depuis mon rocher, dit le monstre. Les Ickabogs voient bien dans le brouillard. J'avais peur. Je voulais savoir ce que ces humains fabriquaient dans le marais. Un homme a été tué par un autre homme.

– Flapoon ! finit par exploser Roderick.

Jusqu'alors, il avait craint de tout raconter à son ami, mais il ne pouvait plus se retenir, à présent.

– Bert, un jour j'ai entendu mon père dire à ma mère qu'il devait sa promotion à Lord Flapoon et son tromblon. J'étais tout petit… Je n'ai pas compris ce que cela signifiait, à l'époque… Je suis désolé de ne jamais t'avoir raconté ça, je… j'avais peur de ta réaction.

Pendant plusieurs minutes, Bert ne prononça pas un mot. Il se rappela cette nuit terrible dans le petit salon bleu, quand il était allé chercher la main froide, morte, de son père sous le drapeau cornucopien pour que sa mère puisse l'embrasser. Il se souvint de Crachinay disant qu'ils ne pouvaient pas voir le corps de son père, et il revit Lord Flapoon les doucher, lui et sa mère, de miettes de tourte en racontant qu'il avait toujours bien aimé le commandant Beamish. Bert porta la main à sa poitrine, là où la médaille de son père reposait contre sa peau, puis il se tourna vers Daisy et lui souffla :

– D'accord. J'en suis.

Alors, les quatre humains et l'Ickabog commencèrent à mettre en œuvre le plan de Daisy ; il fallait agir vite, parce que la neige fondait rapidement, et ils redoutaient le retour des soldats dans les Marécages.

D'abord, ils prirent les énormes plateaux de bois vides où s'étaient empilés les fromages, les tourtes et les pâtisseries qu'ils avaient déjà mangés, et Daisy y grava des messages. Puis l'Ickabog aida les deux garçons à dégager le chariot de la boue, tandis que Martha cueillait autant de champignons que possible, afin que l'Ickabog ait assez à manger pour son voyage vers le sud.

À l'aube du troisième jour, ils se mirent en chemin. Ils avaient tout planifié avec beaucoup d'attention. L'Ickabog tractait le chariot, qui était chargé de ce qui restait de nourriture congelée, et de paniers de champignons. Devant le monstre marchaient Bert et Roderick, chacun portant une pancarte. Celle de Bert disait : L'ICKABOG EST INOFFENSIF. Celle de Roderick : CRACHINAY VOUS A MENTI. Daisy était perchée sur les épaules de la créature. Sur sa pancarte, on pouvait lire : L'ICKABOG NE MANGE

QUE DES CHAMPIGNONS. Martha était installée dans le wagon, avec la nourriture et une grande brassée de perce-neige, qui faisaient partie du plan de Daisy. La pancarte de Martha proclamait : VIVE L'ICKABOG ! À BAS LORD CRACHINAY !

Sur de nombreuses lieues, ils ne rencontrèrent personne puis, vers midi, ils croisèrent deux passants déguenillés, accompagnés d'un seul mouton très maigre. Ce couple épuisé et affamé n'était autre que la servante Hetty Hopkins et son mari, qui avaient dû laisser leurs enfants à la mère Grommell. Ils arpentaient la campagne à la recherche d'un travail, mais personne n'en avait à leur donner. Ils avaient trouvé le mouton famélique sur la route, et l'avaient emmené avec eux, mais sa laine était si clairsemée et filandreuse qu'elle ne valait rien.

Quand Mr Hopkins vit l'Ickabog, il tomba à genoux, stupéfait ; Hetty, quant à elle, resta simplement plantée là, bouche bée. Lorsque l'étrange équipage se fut assez rapproché pour que mari et femme puissent lire toutes les pancartes, ils se dirent qu'ils avaient perdu la tête.

Daisy, qui s'attendait à ce que les gens réagissent ainsi, leur cria d'en haut :

– Ce n'est pas un rêve ! Voici l'Ickabog, et il est doux et paisible ! Il n'a jamais tué personne ! Il nous a même sauvé la vie !

L'Ickabog se baissa précautionneusement pour ne pas faire basculer Daisy, et tapota la tête du mouton maigrichon. Au lieu de s'enfuir, l'animal fit *bêêê*, nullement effrayé, et se remit à brouter l'herbe grêle et sèche.

– Vous voyez ? dit Daisy. Votre mouton sait bien que l'Ickabog est inoffensif ! Venez avec nous ; vous pouvez grimper dans notre chariot !

Les Hopkins étaient tellement fatigués et ils avaient tellement faim que, bien qu'ils eussent encore très peur de la créature, ils se hissèrent auprès de Martha, et leur mouton avec. Et ainsi repartirent cahin-caha l'Ickabog, les six humains, et le mouton, en direction de Jéroboam.

Chapitre 59

Retour à Jéroboam

Au crépuscule, la silhouette gris sombre de Jéroboam se dessina à l'horizon. Le cortège de l'Ickabog fit une brève halte au sommet d'une colline qui surplombait la ville. Martha tendit au monstre la grosse brassée de perce-neige. Puis chacun s'assura qu'il tenait sa pancarte dans le bon sens, et les quatre amis se serrèrent la main, parce qu'ils s'étaient juré les uns aux autres, et avaient juré à l'Ickabog, qu'ils le protégeraient et ne s'écarteraient jamais de lui, même si on les menaçait avec des fusils.

Ainsi l'Ickabog descendit-il la colline d'un pas résolu vers la ville vigneronne, et les gardes postés aux portes de la cité le virent arriver. Ils braquèrent leurs armes, prêts à tirer, mais Daisy se mit debout sur l'épaule de l'Ickabog et agita les bras, et Bert et Roderick brandirent leurs pancartes. Le fusil tremblant, les soldats regardèrent, terrorisés, le monstre se rapprocher encore et encore.

– L'Ickabog n'a jamais tué personne ! hurla Daisy.
– On vous a menti ! cria Bert.

Les gardes ne savaient pas quoi faire, parce qu'ils ne voulaient pas tirer sur les quatre jeunes gens. L'Ickabog, de son pas froufroutant, s'approchait toujours plus, effrayant par sa carrure et par son étrangeté. Mais ses énormes yeux étaient empreints de douceur, et il tenait des perce-neige entre ses pattes. Enfin, quand il arriva à la hauteur des gardes, il s'arrêta, se pencha, et leur tendit à chacun une fleur.

Les gardes saisirent tous deux l'offrande, car ils avaient peur de la refuser. Puis l'Ickabog leur tapota gentiment la tête, comme il l'avait fait avec le mouton, et entra dans Jéroboam.

On entendit des hurlements à la ronde : les gens s'enfuyaient en voyant venir le monstre, ou allaient chercher précipitamment des armes, mais Bert et Roderick marchaient avec détermination devant lui, leurs pancartes brandies, et la créature continuait à tendre des perce-neige aux passants, jusqu'à ce qu'enfin une jeune femme eût le courage d'en accepter un. L'Ickabog en fut si heureux qu'il la remercia de sa voix tonitruante, qui déclencha encore plus de hurlements, mais d'autres personnes s'avancèrent près de la créature. Bientôt, une petite grappe de gens s'était accumulée autour de lui, et ils saisissaient des fleurs dans sa patte en riant. L'Ickabog commençait à sourire, lui aussi. Il ne s'était jamais attendu à ce qu'on l'acclame ou le remercie.

– Je t'avais dit qu'ils t'adoreraient s'ils te connaissaient ! lui murmura Daisy à l'oreille.

– Venez avec nous ! lança Bert à la foule. On va au sud pour voir le roi !

Alors, les Jéroboamiens, qui avaient tant souffert sous la férule de Crachinay, se ruèrent chez eux afin d'aller prendre des torches, des fourches, des fusils, non pas pour faire du mal à l'Ickabog, mais pour le protéger. Enragés par les mensonges qu'on leur avait racontés, ils se massèrent autour du monstre, et ainsi la procession se mit en chemin dans la nuit qui s'épaississait, avec juste un petit détour.

Daisy avait insisté pour que l'on fît étape à l'orphelinat. La porte était, bien sûr, solidement fermée à clé et verrouillée, mais un coup de patte de l'Ickabog régla le problème. Le monstre fit descendre Daisy avec précaution, et elle se précipita à l'intérieur pour réunir tous les enfants. Les petits s'agglutinèrent dans le chariot, les jumeaux Hopkins tombèrent dans les bras de leurs parents, et les enfants plus âgés se joignirent à la foule tandis que la mère Grommell s'époumonait, glapissait de fureur et tentait de les rappeler. Puis elle aperçut l'énorme face poilue de l'Ickabog qui la regardait à travers une fenêtre, les sourcils froncés, et j'ai la joie de vous dire qu'elle tomba brutalement dans les pommes.

Alors l'Ickabog, ravi, continua à longer l'artère principale de Jéroboam, rassemblant toujours plus de monde sur son chemin, et personne ne remarqua John la Taloche qui guettait au coin d'une rue tandis que la foule passait. John la Taloche, qui venait d'aller boire un coup dans une taverne locale, n'avait pas oublié que Roderick Blatt l'avait laissé le nez en sang le soir où les deux garçons lui avaient volé ses clés. Il comprit immédiatement que si ces agitateurs, avec leur monstre des marais plein de poils, atteignaient la capitale, tous ceux qui avaient profité du mythe du redoutable Ickabog pour faire fortune auraient des ennuis. Alors, au lieu de retourner à l'orphelinat, il vola le cheval d'un autre ivrogne juste devant la taverne.

Contrairement à l'Ickabog, qui se déplaçait lentement, John la Taloche s'élança vers le sud au grand galop, pour avertir Lord Crachinay du danger qui se dirigeait sur Chouxville.

Chapitre 60

Rébellion

Parfois – je ne sais guère comment –, des gens qui vivent à des centaines de lieues les uns des autres semblent prendre conscience que le temps est venu d'agir. Peut-être les idées se répandent-elles comme le pollen dans la brise. Quoi qu'il en soit, dans les cachots du palais, les prisonniers qui avaient escamoté des ciseaux et des couteaux à bois, de lourdes poêles et des rouleaux à pâtisserie sous leur matelas et derrière des pierres des murs de leurs cellules étaient enfin prêts. À l'aube du jour où l'Ickabog avançait vers Kurdsburg, le capitaine Bonamy et Mr Doisel, dont les cellules se faisaient face, étaient éveillés, pâles, tendus, perchés juste au bord de leur lit, car c'était le jour où ils s'étaient juré de s'évader, ou de mourir.

Plusieurs étages au-dessus des prisonniers, Lord Crachinay lui aussi se réveilla tôt. Ignorant totalement qu'une évasion se tramait sous ses pieds, ou qu'un véritable Ickabog bien vivant s'approchait en ce moment même de Chouxville, entouré d'une foule de Cornucopiens qui ne faisait que croître, Crachinay fit sa toilette, endossa son habit de conseiller suprême, puis se dirigea vers une aile condamnée des écuries, qui était sous surveillance depuis une semaine.

– Écartez-vous, dit-il aux soldats qui montaient la garde, et il déverrouilla les portes.

Une équipe de couturières et de tailleurs éreintés patientait dans l'écurie, auprès d'un modèle de monstre. Il faisait la taille d'un taureau ; sa peau était en cuir, hérissée d'épines. Ses pattes sculptées étaient ornées de griffes terrifiantes, sa gueule était pleine de crocs et ses yeux furieux luisaient sur sa face d'un éclat ambré.

Les couturières et les tailleurs regardèrent avec anxiété Crachinay faire lentement le tour de leur création. De près, on voyait les coutures, et on devinait que les yeux étaient en verre, que les épines étaient en réalité des clous perforant le cuir, et que les griffes et les crocs n'étaient autres que du bois peint. Si l'on appuyait sur la peau de la bête, une petite pluie de sciure s'écoulait des sutures. Mais tout de même, dans la pénombre de l'étable, c'était un travail convaincant, et les couturières et les tailleurs furent soulagés de voir Crachinay sourire.

– Ça fera l'affaire, du moins à la lueur des bougies, dit-il. Il va juste falloir que je tienne notre cher roi à distance quand il viendra l'admirer. Nous n'avons qu'à dire que les épines et les crocs sont encore pleins de venin.

Les serviteurs échangèrent des regards rassurés. Voilà une semaine qu'ils travaillaient nuit et jour. À présent, ils seraient enfin autorisés à rentrer chez eux pour retrouver leur famille.

– Soldats, dit Crachinay en se tournant vers les gardes qui attendaient dans la cour, emmenez ces gens. Si vous criez, ajouta-t-il nonchalamment alors que la plus jeune des couturières ouvrait la bouche dans ce but, vous serez fusillés.

Tandis que les soldats escortaient les créateurs de l'Ickabog empaillé, le lord, sifflotant, grimpa les escaliers jusqu'aux appartements du roi, où il trouva Fred en pyjama de soie, la moustache dans un filet, et Flapoon qui coinçait une serviette sous ses multiples mentons.

– Bonjour, Sire! lança Crachinay en s'inclinant. Vous avez bien dormi, j'espère? J'ai une surprise pour Votre Majesté aujourd'hui. Nous sommes parvenus à faire empailler l'un des Ickabogs. Je sais que Votre Majesté avait vivement envie de le voir.

– Fabuleux, Crachinay! s'exclama le roi. Et après ça, on pourrait l'envoyer faire une tournée dans tout le royaume, non? Pour bien montrer au peuple à quoi on fait face?

– Je ne le recommanderais pas, Sire, dit le lord, qui craignait qu'en observant l'Ickabog empaillé à la lumière du jour, n'importe qui s'aperçût forcément que c'était un faux. Nous ne souhaitons pas que le petit peuple soit pris de panique. Votre Majesté est si courageuse qu'elle peut affronter la vision de…

Mais avant que Crachinay puisse conclure, la porte des

appartements privés du roi s'ouvrit à la volée, et un John la Taloche trempé de sueur s'y précipita, les yeux hagards, retardé sur la route par non pas une, mais deux cliques de bandits de grand chemin. S'étant égaré dans un bois avant de faire une chute de cheval en sautant un fossé, il n'avait pas pu récupérer sa monture et n'avait finalement atteint le palais que peu de temps avant l'Ickabog. Affolé, il avait forcé une fenêtre des cuisines pour entrer, et deux gardes l'avaient poursuivi à travers le palais, fin prêts à le pourfendre de leur épée.

Fred poussa un hurlement et se cacha derrière Flapoon. Crachinay dégaina sa dague et se leva d'un bond.

– Il y a… un… Ickabog, dit John la Taloche à bout de souffle, en tombant à genoux. Un vrai… Ickabog… vivant ! Il arrive… avec des milliers de personnes… L'Ickabog… existe !

Naturellement, Crachinay ne crut pas une seconde à cette histoire.

– Emmenez-le aux cachots ! gronda-t-il à l'intention des gardes, et ils traînèrent hors de la pièce John la Taloche qui se débattait, puis fermèrent la porte derrière eux.

« J'implore votre pardon, Sire, reprit Crachinay, sa dague toujours brandie. Cet homme goûtera au fouet, tout comme les gardes qui l'ont laissé s'introduire dans le pal…

Mais le conseiller suprême n'eut pas le temps de terminer sa phrase : deux autres hommes firent irruption dans les appartements privés du roi. C'était les espions postés par Crachinay à Chouxville, qui avaient des nouvelles du Nord concernant l'avancée de l'Ickabog ; mais comme le roi ne les avait jamais vus de sa vie, il poussa à nouveau un cri terrifié.

– Mon… seigneur, haleta le premier espion en faisant une courbette à Crachinay, il y a… un… Ickabog, qui se dirige… ici !

– Et il a… toute une foule… avec lui, hoqueta le second. Il *existe* !

– Mais enfin, évidemment qu'il existe ! déclara Crachinay, qui pouvait difficilement dire autre chose en présence du roi. Faites-le savoir à la Brigade de défense contre l'Ickabog – je me joindrai à elle sur-le-champ dans la cour, et nous irons tuer la bête !

Crachinay reconduisit les espions à la porte et les refoula dans le couloir, essayant d'étouffer leurs voix qui murmuraient : « Monseigneur, il existe, et les gens l'aiment bien ! » Et : « Je l'ai vu, monseigneur, de mes yeux vu ! »

– Nous abattrons ce monstre comme nous avons abattu tous les autres ! s'exclama Crachinay à plein volume, à l'intention du roi, et puis entre ses dents il ajouta : Allez-vous-en !

Le lord ferma brutalement la porte derrière les espions et revint s'asseoir à table, perturbé, mais soucieux de n'en rien laisser paraître. Flapoon était toujours en pleine dégustation de jambon de Baronstown. Il avait la vague impression que tous ces gens qui se ruaient dans la pièce pour dire que

RÉBELLION

l'Ickabog existait étaient aux ordres de Crachinay, alors il n'avait pas la moindre inquiétude. Fred, en revanche, tremblotait de la tête aux pieds.

– Imaginez ça, le monstre qui pointe son nez en plein jour, Crachinay ! gémit-il. Je croyais qu'il ne sortait que la nuit !

– Oui, il commence à avoir un sacré culot, n'est-ce pas, Votre Majesté ? répondit Crachinay.

Il n'avait aucune idée de ce que pouvait bien être ce prétendu Ickabog. Tout ce qui lui venait à l'esprit, c'était que quelques pauvres gens avaient dû fabriquer une sorte de faux monstre, peut-être dans le but de voler de la nourriture, ou d'extorquer de l'or à leurs voisins – mais il faudrait évidemment mettre un terme à tout cela. Il n'existait qu'un seul véritable Ickabog : celui que Crachinay avait inventé.

– Viens, Flapoon, nous devons empêcher cette bête d'entrer dans Chouxville !

– Quel courage vous avez, Crachinay, dit le roi Fred d'une voix brisée.

– Balivernes, Votre Majesté, rétorqua le lord. Je sacrifierais ma vie pour la Cornucopia. Vous devez bien le savoir, après tout ce temps !

Crachinay avait la main sur la poignée de la porte quand de nouveaux bruits de pas précipités, cette fois accompagnés de cris et de tintements métalliques, firent voler en éclats le calme des appartements. Déconcerté, Crachinay ouvrit la porte pour voir ce qui se passait.

Un groupe de prisonniers en haillons se ruait vers lui. À sa tête se trouvaient Mr Doisel, à la chevelure blanche, une hache à la main, et le robuste capitaine Bonamy, tenant un fusil qu'il avait manifestement arraché à un garde du palais. Juste derrière venait Mrs Beamish, sa tignasse voletant derrière elle, qui brandissait une gigantesque casserole. Elle était talonnée par Millicent, la suivante de Lady Eslanda, armée d'un rouleau à pâtisserie.

Juste à temps, Crachinay claqua la porte et la verrouilla. Quelques secondes plus tard, la hache de Mr Doisel défonçait le panneau de bois.

– Flapoon, viens ! hurla Crachinay, et les deux lords traversèrent la pièce en courant vers une autre porte, qui menait à un escalier donnant sur la cour.

Fred, qui n'avait aucune idée de ce qui se passait, et n'avait même jamais su qu'il y avait cinquante personnes enfermées dans les cachots de son palais, fut lent à réagir. Dès qu'il vit les visages furieux des prisonniers apparaître dans le trou que Mr Doisel avait fait dans la porte, il se leva d'un bond pour suivre les deux lords ; mais ceux-ci, qui ne songeaient qu'à sauver leur peau, l'avaient verrouillée de l'extérieur. Le roi resta planté là, en pyjama, dos au mur, à regarder les prisonniers évadés entrer dans sa chambre en démolissant la porte à coups de hache.

Chapitre 61

Flapoon fait feu à nouveau

Les deux lords se ruèrent dans la cour du palais, où ils trouvèrent la Brigade de défense contre l'Ickabog déjà en selle et armée, comme l'avait ordonné Crachinay. Cependant, le commandant Prodd (l'homme qui avait enlevé Daisy bien des années plus tôt, et qu'on avait promu après l'exécution du commandant Blatt par Crachinay) semblait nerveux.

– Monseigneur, dit-il au conseiller suprême qui enfourchait précipitamment son cheval, il se passe quelque chose à l'intérieur du palais – on a entendu du vacarme...

– Ce n'est pas le moment! aboya le lord.

Un bruit de verre brisé fit se lever les regards des soldats.

– Il y a des gens dans la chambre du roi! s'écria Prodd. Ne faudrait-il pas aller à son secours?

– Peu importe le roi! hurla Crachinay.

Le capitaine Bonamy apparut alors à la fenêtre de la chambre de Fred. De là-haut, il rugit :

– Vous ne vous échapperez pas, Crachinay !
– Ah, vraiment ? gronda le lord.

Et, talonnant les flancs de son maigre cheval jaune, il le mit brutalement au galop et disparut par les portes du palais. Le commandant Prodd craignait trop Crachinay pour ne pas le suivre. Alors, lui et les autres membres de la Brigade de défense contre l'Ickabog filèrent au pas de charge derrière Sa Seigneurie. Quant à Flapoon, qui avait à peine réussi à se jucher sur son cheval quand Crachinay avait détalé, il rebondissait sur la croupe de sa monture, s'agrippant désespérément à la crinière, les pieds à la recherche des étriers.

Entre les prisonniers évadés qui envahissaient le palais et un faux Ickabog qui traversait le pays en attirant les foules, d'aucuns se seraient peut-être avoués vaincus, mais pas Lord Crachinay. Il lui restait un escadron de soldats bien entraînés et bien armés chevauchant derrière lui, des monceaux d'or cachés dans sa demeure provinciale, et sa fourbe cervelle était déjà en train de concocter un plan. D'abord, il abattrait ceux qui avaient fabriqué ce faux Ickabog et ramènerait par la terreur le peuple à l'obéissance. Puis il renverrait le commandant Prodd et ses soldats au palais pour exécuter tous les prisonniers évadés. Les prisonniers, certes, auraient peut-être eu le temps de tuer le roi, mais en vérité il serait sans doute plus pratique de gouverner le pays sans Fred. Tandis qu'il galopait, Crachinay pensa avec amertume que, si seulement il n'avait pas dû faire tant

FLAPOON FAIT FEU À NOUVEAU

d'efforts pour mentir au roi, il aurait pu s'éviter certaines erreurs, comme laisser cette satanée chef pâtissière avoir entre les mains des couteaux et des casseroles. Il regrettait également de ne pas avoir recruté davantage d'espions, parce qu'il aurait peut-être su, alors, que quelqu'un était en train de fabriquer un faux Ickabog – un faux beaucoup plus convaincant, apparemment, que celui qu'il avait vu le matin même dans l'écurie.

Ainsi la Brigade de défense contre l'Ickabog traversat-elle à toute vitesse les rues pavées curieusement vides de Chouxville, et surgit sur la grand-route qui menait à Kurdsburg. Crachinay, furieux, comprenait à présent pourquoi les rues de la cité étaient désertes. Ayant entendu dire qu'un Ickabog en chair et en os marchait vers la capitale, accompagné d'une immense foule, les citoyens de Chouxville s'étaient précipités hors de la ville pour l'apercevoir de leurs propres yeux.

– Dégagez de notre chemin! DÉGAGEZ DE NOTRE CHEMIN! hurla Crachinay, et les petites gens s'éparpillèrent à son arrivée.

Il enrageait de constater qu'ils paraissaient plus enthousiastes qu'effrayés. Il éperonnait si fort son cheval que les flancs de l'animal saignaient, et Lord Flapoon derrière lui avait à présent le teint cireux, car il n'avait guère eu le temps de digérer son petit déjeuner.

Enfin, Crachinay et les soldats aperçurent l'énorme foule qui se profilait au loin, et le lord tira fortement les rênes de son pauvre cheval, qui s'arrêta en dérapant un peu sur la route. Là-bas, parmi des milliers de Cornucopiens riant et chantant, se dressait une créature géante, aussi haute que deux chevaux, avec des yeux qui brillaient comme des lampes, couverte de longs poils d'un brun verdâtre, telles des herbes des marais. Sur son épaule était perchée une jeune fille, et devant lui marchaient, d'un pas martial, deux jeunes gens qui brandissaient des pancartes en bois. De temps à autre, le monstre se penchait, et visiblement – mais oui – il distribuait des fleurs.

– C'est une machination, marmonna Crachinay, si effrayé et sous le choc qu'il se rendait à peine compte de ce qu'il disait. Il y a forcément un truc ! lança-t-il d'une voix plus forte, étirant son cou maigrichon pour tenter de comprendre. C'est évident que ce sont des gens sur les épaules les uns des autres, dans un costume d'herbes des marais – brigadiers, en joue !

Mais les soldats furent lents à obéir. Tout ce temps où ils étaient censés protéger le pays contre l'Ickabog, ils n'en avaient jamais vu un seul et ne s'étaient pas vraiment attendus à en voir ; pourtant, à présent, ils n'étaient absolument pas convaincus qu'ils eussent affaire à une machination. Au contraire, le monstre leur paraissait tout à fait authentique. Il tapotait le crâne des chiens, tendait des fleurs aux enfants, et laissait cette jeune fille s'asseoir sur son épaule ; il n'avait pas du tout l'air féroce. Et puis, les soldats redoutaient la foule qui escortait l'Ickabog : des milliers de personnes, qui semblaient toutes bien l'aimer. Comment réagiraient-elles si la créature se faisait attaquer ?

Soudain, l'un des plus jeunes soldats perdit complètement la tête.

– Ce n'est pas une machination. Je m'en vais.

Avant que quiconque pût l'arrêter, il s'était enfui au galop.

Flapoon, qui avait enfin trouvé ses étriers, s'avança vers le premier rang du bataillon pour prendre place auprès de Crachinay.

– Qu'est-ce qu'on fait ? demanda-t-il en regardant s'approcher, toujours plus près, l'Ickabog et la foule joyeuse qui chantait.

– Je réfléchis, grogna le conseiller suprême. Je réfléchis !

Mais on aurait dit que les rouages de l'esprit embesogné de Crachinay avaient fini par se coincer. C'étaient les visages enjoués qui le dérangeaient le plus. Il en était venu à considérer le rire comme un luxe, pareil à un gâteau de Chouxville ou à des draps propres, et voir ces gens déguenillés s'amuser l'effrayait davantage que si chacun eût été armé d'un fusil.

– Je vais lui tirer dessus, déclara Flapoon en levant son tromblon pour le braquer sur l'Ickabog.

– Non, dit Crachinay, regarde, abruti, tu ne vois pas qu'ils sont plus nombreux que nous ?

Mais à ce moment précis, l'Ickabog laissa échapper un hurlement assourdissant, à glacer le sang. La foule qui s'était massée autour de lui eut un mouvement de recul ; les visages, soudain, étaient apeurés. Beaucoup de gens lâchèrent leurs fleurs. Quelques-uns prirent leurs jambes à leur cou.

Dans un autre cri terrible, l'Ickabog tomba à genoux, faisant presque culbuter Daisy, qui s'accrochait pourtant fermement.

Et puis, une sombre et gigantesque fente apparut le long de l'énorme ventre gonflé de l'Ickabog.

– Tu avais raison, Crachinay ! hurla Flapoon en pointant son arme. Il y a des hommes cachés là-dedans !

Et tandis que les gens dans la foule commençaient à crier et à s'enfuir, Lord Flapoon visa le ventre du monstre, et fit feu.

Chapitre 62

La néance

Et alors, bien des choses se passèrent au même moment ou presque, de sorte que nul observateur ne fut capable d'en suivre exactement le cours ; mais heureusement, je peux tout vous raconter.

La balle de Lord Flapoon fila tout droit vers le ventre du monstre qui s'ouvrait. Bert et Roderick, ayant juré de protéger l'Ickabog coûte que coûte, se jetèrent tous les deux sur la trajectoire de la balle, qui atteignit Bert en pleine poitrine, et lorsqu'il s'effondra par terre, sa pancarte de bois, qui disait L'ICKABOG EST INOFFENSIF, éclata en morceaux.

Puis un bébé Ickabog, déjà plus grand qu'un cheval, se dégagea péniblement du ventre de son Ickababa. Sa néance avait été épouvantable, car il était venu au monde empli de la peur du fusil qu'avait eue son parent, et la première chose qu'il avait vue de sa vie, c'était quelqu'un qui essayait de le tuer ; alors il se précipita droit sur Flapoon, qui tentait de recharger son tromblon.

Les soldats, qui auraient pu venir en aide à Flapoon,

étaient si terrorisés par le nouveau monstre qui se ruait vers eux qu'ils décampèrent au grand galop sans même essayer de tirer. Crachinay fut l'un de ceux qui déguerpirent le plus vite et, bientôt, il fut entièrement hors de vue. Le bébé Ickabog poussa un rugissement atroce, qui hante toujours les cauchemars des témoins de la scène, avant de sauter sur Flapoon. En quelques secondes, le lord était étalé par terre, mort.

Tout cela s'était déroulé très rapidement ; les gens hurlaient et pleuraient, et Daisy se cramponnait encore à l'Ickabog mourant, qui gisait sur la route auprès de Bert. Roderick et Martha étaient penchés sur le jeune homme, qui, à leur grande stupéfaction, avait ouvert les yeux.

– Je... je crois que ça va, chuchota-t-il.

Il passa une main sous sa chemise et en tira l'énorme médaille en argent de son père. La balle de Flapoon y était fichée. La médaille avait sauvé la vie de Bert.

Voyant que Bert était vivant, Daisy plongea à nouveau ses mains dans les poils de part et d'autre du visage de l'Ickabog.

– Je n'ai pas vu mon Ickabou, murmura-t-il, mourant, et dans ses yeux enflèrent à nouveau des larmes comme des pommes de verre.

– Il est beau, dit Daisy qui commençait elle-même à pleurer. Regarde... ici...

Un second Ickabou sortait du ventre de l'Ickabog en se tortillant. Celui-là avait une expression affectueuse et un

LA NÉANCE

sourire timide, parce que sa néance avait eu lieu alors que son parent contemplait le visage de Daisy et avait vu ses larmes, et il avait compris qu'un humain pouvait aimer un Ickabog comme un membre de sa propre famille. Ignorant le tumulte et la clameur tout autour de lui, le second Ickabou s'agenouilla auprès de Daisy sur la route et caressa le visage du grand Ickabog. Ickababa et Ickabou se regardèrent et sourirent, et puis les yeux du grand Ickabog se fermèrent doucement, et Daisy sut qu'il était mort. Elle enfouit son visage dans ses poils hirsutes et sanglota.

– Il ne faut pas être triste, dit une voix familière, caverneuse, tandis que quelque chose lui caressait les cheveux. Ne pleure pas, Daisy. C'est la néance. C'est un glorieux événement.

Les paupières papillotantes, Daisy leva son regard vers le bébé, dont la voix était exactement celle de son Ickababa.

– Tu sais comment je m'appelle, dit-elle.

– Mais bien entendu, répondit gentiment l'Ickabou. Je suis néanté en sachant tout de toi. Et maintenant, il faut aller trouver mon Ickabob.

Daisy comprit que c'était ainsi que les Ickabogs appellaient ceux de leur fratrie. Elle se leva et vit Flapoon mort au milieu de la route, et l'aîné des Ickabous entouré de gens qui brandissaient des fourches et des fusils.

– Grimpe là-dessus avec moi, dit précipitamment la jeune fille au second bébé.

Main dans la main, tous deux montèrent sur le chariot.

Daisy hurla à la foule de l'écouter. Comme c'était la jeune fille qui avait traversé le pays sur l'épaule de l'Ickabog, ceux qui se tenaient le plus près se dirent qu'elle devait savoir des choses qui valaient la peine d'être entendues, alors ils firent taire tout le monde, et Daisy réussit finalement à prendre la parole :

– Il ne faut pas faire de mal aux Ickabogs ! furent les premiers mots à sortir de sa bouche quand enfin la foule eut fait silence. Si vous êtes cruels envers eux, ils auront des bébés qui naîtront encore plus cruels !

– Qui seront néantés cruels, corrigea l'Ickabou à côté d'elle.

– Néantés cruels, oui, dit Daisy. Mais s'ils sont néantés dans la bonté, ils seront bienveillants ! Ils ne mangent que des champignons et ils veulent être amis avec nous !

La foule, incertaine, se répandit en murmures, jusqu'à ce que Daisy raconte que le commandant Beamish était mort dans le marais tué par Lord Flapoon d'un coup de feu, pas par un Ickabog, et que Crachinay avait utilisé cette mort pour inventer l'histoire d'un monstre meurtrier vivant dans les Marécages.

Alors, la foule décida qu'elle voulait aller parler au roi Fred ; on chargea donc les corps de l'Ickabog mort et de Lord Flapoon sur le chariot, et une vingtaine d'hommes costauds le tractèrent. La procession se mit en chemin vers le palais, avec à sa tête Daisy, Martha, et le gentil Ickabou bras dessus, bras dessous, et trente citoyens armés de fusils entourant le féroce aîné des Ickabous, qui aurait, sinon, tué encore d'autres personnes, car il avait été néanté dans la peur et la haine des humains.

Mais, après une brève conversation, Bert et Roderick s'évaporèrent ; et où donc, vous le saurez bientôt.

Chapitre 63
Le dernier plan de Lord Crachinay

Lorsque Daisy pénétra dans la cour du palais, en tête du défilé populaire, elle fut estomaquée de voir combien le lieu avait peu changé. L'eau des fontaines dansait toujours, les paons continuaient à se pavaner, et la seule altération sur la façade du palais était un carreau cassé, au deuxième étage.

Soudain, la grande double porte dorée s'ouvrit à la volée, et la foule vit deux silhouettes en haillons courir à leur rencontre : un homme aux cheveux blancs, une hache à la main, et une femme brandissant une énorme casserole.

Daisy, dévisageant l'homme aux cheveux blancs, sentit ses genoux se dérober, et le gentil Ickabou la rattrapa et l'aida à rester debout. Mr Doisel s'approcha, chancelant, et je crois qu'il ne remarqua même pas qu'un véritable Ickabog en chair et en os se tenait auprès de sa fille depuis longtemps perdue. Tandis que tous deux s'embrassaient et sanglotaient, Daisy aperçut Mrs Beamish par-dessus l'épaule de son père.

– Bert est vivant ! cria-t-elle à la chef pâtissière, qui cherchait frénétiquement son fils des yeux. Mais il a quelque chose à faire... Il revient bientôt !

D'autres prisonniers surgissaient à présent du palais, et des cris de joie retentissaient au rythme des retrouvailles de ceux qui s'aimaient, et de nombreux enfants de l'orphelinat reconnurent leurs parents, qu'ils avaient crus morts.

Puis, bien d'autres choses se produisirent : les trente solides gaillards qui entouraient l'Ickabou féroce l'entraînèrent à l'écart avant qu'il tue quelqu'un d'autre ; Daisy demanda à son père si Martha pouvait venir vivre avec eux ; le capitaine Bonamy apparut au balcon, aux côtés d'un roi Fred éploré et toujours en pyjama, et la foule se répandit en acclamations quand le capitaine déclara qu'il était temps, à son avis, d'essayer de vivre sans monarque.

Cependant, il nous faut à présent quitter cet heureux tableau et nous lancer à la poursuite de l'homme le plus coupable des choses terribles que la Cornucopia avait endurées.

Lord Crachinay était à de nombreuses lieues de là, galopant le long d'une route de campagne déserte quand, tout à coup, son cheval se mit à boiter. Lorsque le conseiller suprême tenta de la faire continuer à avancer, la pauvre rosse, qui en avait tout à fait assez d'être maltraitée, fit une ruade qui expédia Crachinay par terre. Le lord essaya de cravacher le cheval, qui lui décocha un coup de sabot avant de s'en aller trotter dans une forêt, où il fut plus tard découvert, je suis fort aise de vous l'apprendre, par un gentil fermier qui le ramena à la santé.

Ainsi Lord Crachinay se vit-il obligé de longer à petites foulées les chemins de campagne jusqu'à son domaine provincial, relevant les pans de son habit de conseiller suprême pour éviter de trébucher, et jetant des coups d'œil derrière lui tous les quelques mètres, par crainte d'être suivi. Il était parfaitement conscient que sa vie en Cornucopia était terminée, mais sa cave à vin recelait encore une montagne d'or, et il comptait bien charger son carrosse d'autant de ducats qu'il pourrait en contenir avant de passer la frontière en douce, direction la Pluritania.

Le temps que Crachinay atteignît son manoir, la nuit était tombée, et il avait terriblement mal aux pieds. Il entra clopin-clopant et appela d'une voix tonitruante son majordome, Scrumble, qui bien longtemps auparavant avait incarné la mère de Nobby Bouton et le professeur Bellarnack.

– Je suis en bas, monseigneur ! lui répondit-on depuis la cave.

– Pourquoi vous n'avez pas allumé la lumière, Scrumble ? hurla Crachinay en descendant les escaliers à tâtons.

– Je me suis dit qu'il valait mieux faire croire que la maison était vide, monsieur ! cria Scrumble.

– Ah, fit le lord en boitillant et en grinçant des dents. Alors vous êtes au courant, hein ?

LE DERNIER PLAN DE LORD CRACHINAY

– Oui, monsieur, déclara la voix qui rebondissait contre les murs. J'ai supposé que vous voudriez décamper, monseigneur ?

– Oui, Scrumble, confirma Lord Crachinay en claudiquant vers la lueur lointaine d'une unique chandelle, c'est absolument mon souhait.

Il poussa la porte de la cave où, depuis toutes ces années, il entreposait son or. Le majordome, que Crachinay ne voyait que vaguement à la lumière de la bougie, avait remis son déguisement de professeur Bellarnack : la perruque blanche et les épais binocles qui faisaient disparaître presque entièrement ses yeux.

– J'ai pensé qu'il serait judicieux de voyager incognito, monsieur, dit Scrumble en lui tendant la robe noire et la perruque rousse de la veuve Bouton.

– Bonne idée, opina Crachinay qui retira promptement son habit et enfila le costume. Vous avez un rhume, Scrumble ? Votre voix sonne bizarre.

– C'est juste toute cette poussière qu'il y a ici, monsieur, expliqua le majordome en s'éloignant un peu plus de la chandelle. Et qu'est-ce que Votre Seigneurie compte faire de Lady Eslanda ? Elle est toujours enfermée dans la bibliothèque.

– Laissez-la dedans, répondit Crachinay après un instant de réflexion. Ça lui apprendra à ne pas avoir voulu m'épouser quand elle en avait l'occasion.

– Très bien, monseigneur. J'ai chargé le plus gros de l'or

dans le carrosse et sur deux chevaux. Votre Seigneurie serait-elle assez bonne pour m'aider à transporter ce dernier coffre ?

– J'espère que vous ne comptiez pas partir sans moi, Scrumble, dit le lord d'un ton soupçonneux, car il se demandait si, s'il était arrivé dix minutes plus tard, le majordome aurait brillé par son absence.

– Oh, non, monseigneur, lui assura Scrumble. Jamais, au grand jamais, je ne serais parti sans Votre Seigneurie. Le palefrenier Withers conduira, monsieur. Il est prêt ; il attend dans la cour.

– Parfait, déclara Crachinay.

Et, ensemble, ils transportèrent laborieusement le dernier coffre d'or jusqu'au rez-de-chaussée, traversèrent le manoir désert et sortirent dans la cour de derrière, où la calèche de Crachinay patientait dans la nuit. Même les dos des chevaux étaient alourdis de sacs d'or. On avait également attaché des valises remplies d'or au-dessus du carrosse.

Alors que lui et Scrumble hissaient le dernier coffre sur le toit du véhicule, Crachinay demanda :

– Qu'est-ce que c'est que ce bruit bizarre ?

– Je n'entends rien, monseigneur, dit Scrumble.

– C'est comme un grognement étrange, ajouta le lord.

Il lui revint un souvenir tandis qu'il se tenait là dans l'obscurité : un brouillard d'un blanc de glace, sur le marais, toutes ces années auparavant, et les geignements d'un chien qui se débattait contre les ronces dans lesquelles il s'était emmêlé. C'était là un bruit similaire, comme celui d'une créature piégée, incapable de se libérer, et il rendit Lord Crachinay tout aussi nerveux que la dernière fois, quand bien sûr il avait été suivi du tir de tromblon de Flapoon, qui avait lancé les deux lords sur le chemin de la fortune, et le pays sur la route de la ruine.

– Scrumble, je n'aime pas ce bruit-là.

– J'imagine bien que non, monseigneur.

La lune se faufila de derrière un nuage, et Lord Crachinay, qui s'était vivement tourné vers son majordome dont la voix était tout à coup fort différente, vit sous son nez le canon de l'un de ses propres pistolets. Scrumble, ayant retiré la perruque et les lunettes du professeur Bellarnack, se révéla être non pas le majordome, mais Bert Beamish. Et l'espace d'un instant, au clair de lune, la ressemblance entre le garçon et son père fut si forte que Crachinay eut l'impression démente que le commandant Beamish était revenu d'entre les morts pour le punir.

Puis il jeta des regards affolés partout autour de lui et aperçut, par la porte ouverte de la calèche, le véritable Scrumble, bâillonné et ligoté sur le sol – c'était de là que venait le curieux gémissement –, et Lady Eslanda, assise sur l'un des sièges, un sourire aux lèvres et un autre pistolet à la main. Crachinay ouvrit la bouche pour demander au palefrenier Withers pourquoi il ne réagissait pas, et s'aperçut que ce n'était pas Withers, mais Roderick Blatt. (Quand il avait repéré deux garçons remontant l'allée au grand galop, le vrai palefrenier avait, à juste titre, flairé les ennuis et s'était emparé de son cheval préféré dans l'écurie de son maître pour s'enfuir dans la nuit.)

– Comment êtes-vous arrivés si vite ? fut tout ce que trouva à dire le lord.

– On a emprunté des chevaux à un fermier, répondit Bert.

En réalité, Bert et Roderick étaient de bien meilleurs cavaliers que Crachinay, alors leurs chevaux ne s'étaient pas blessés. Ils avaient réussi à le dépasser et étaient arrivés avec largement assez d'avance pour libérer Lady Eslanda, trouver l'or, ligoter Scrumble le majordome, et le forcer à leur raconter en intégralité ce que Crachinay avait fait pour duper le royaume, y compris ses performances à lui en tant que professeur Bellarnack et veuve Bouton.

– Jeunes gens, ne prenons pas de décisions hâtives, dit faiblement Crachinay. Il y a un bon tas d'or là-dedans. Je le partage avec vous !

– Il ne vous appartient pas de le partager, répliqua Bert. Vous rentrez à Chouxville, et vous serez jugé en bonne et due forme.

Chapitre 64

Le renouveau de la Cornucopia

Il était une fois un tout petit pays, qui avait pour nom la Cornucopia, sur lequel régnaient un gouvernement de conseillers nouvellement nommés et un Premier ministre qui, à l'époque dont je parle ici, s'appelait Gordon Bonamy. Le peuple de Cornucopia avait élu Bonamy Premier ministre, car c'était un homme d'une grande honnêteté, et la Cornucopia avait appris la valeur de la vérité. On fit la fête dans tout le pays quand il annonça qu'il allait épouser Lady Eslanda, la femme pleine de bonté et de courage dont le témoignage contre Lord Crachinay avait eu une grande importance.

Le roi, qui avait permis que son heureux petit royaume fût ainsi précipité dans la ruine et le désespoir, fit face au tribunal, aux côtés du conseiller suprême et d'un certain nombre d'autres personnes qui avaient tiré profit des mystifications de Crachinay, dont la mère Grommell, John la Taloche, le valet Cankerby et Otto Scrumble.

Le roi ne fit que pleurer durant tout l'interrogatoire ; Lord Crachinay, quant à lui, répondit d'une voix fière et froide, et raconta tant de mensonges, et tenta de reporter la responsabilité de sa propre veulerie sur tant d'autres gens, qu'il empira son cas bien davantage que s'il avait simplement sangloté comme Fred. Les deux hommes furent envoyés aux cachots, dans les sous-sols du palais, en compagnie des autres criminels.

Je comprendrais aisément, au passage, que vous eussiez souhaité que Bert et Roderick tuent Crachinay d'un coup de fusil. Après tout, il avait causé la mort de centaines d'autres personnes. Cependant, vous serez sans doute réconfortés d'apprendre que le lord aurait véritablement préféré être mort que de moisir dans un cachot jour et nuit, à manger de la nourriture fadasse et à dormir dans des draps rêches, condamné à entendre Fred pleurer pendant des heures.

On récupéra l'or que Crachinay et Flapoon avaient subtilisé, et ainsi tous les gens qui avaient perdu leur fromagerie, leur boulangerie, leur crémerie ou leur porcherie, leur boucherie ou leur vignoble purent reprendre leur activité, et se remettre à produire les mets et le vin pour lesquels la Cornucopia était célèbre.

Toutefois, durant la longue période d'indigence qu'avait connue le pays, nombreux étaient ceux qui n'avaient pas eu la possibilité d'apprendre à faire du fromage, des saucisses, du vin et des gâteaux. Certains devinrent bibliothécaires, car Lady Eslanda avait eu l'excellente idée de transformer tous les orphelinats désormais inutilisés en bibliothèques, qu'elle aidait à approvisionner en livres. Mais il restait tout de même un certain nombre de gens sans emploi.

Et ce fut ainsi que naquit la cinquième grande ville de Cornucopia. Elle prit pour nom Ickaby, et se situa entre Kurdsburg et Jéroboam, sur les rives de la Fluma.

Quand le cadet des Ickabous eut vent que de nombreuses personnes n'avaient jamais appris un métier, il suggéra timidement qu'il pourrait leur enseigner à faire pousser des champignons, un art qu'il maîtrisait fort bien. Les cultivateurs de champignons rencontrèrent un tel succès qu'une ville prospère poussa tout autour d'eux.

Peut-être pensez-vous ne pas aimer les champignons, mais je vous promets que si vous goûtiez les crémeuses soupes aux champignons d'Ickaby, vous les adoreriez pour toute la vie. Kurdsburg et Baronstown développèrent de nouvelles recettes à base de ces champignons. D'ailleurs, juste avant que le Premier ministre Bonamy épousât Lady Eslanda, le roi de Pluritania lui proposa la main de n'importe laquelle de ses filles pour une année d'approvisionnement en charcuterie et en saucisses aux champignons de Cornucopia. Le Premier ministre envoya les saucisses en cadeau, ainsi qu'une invitation au mariage des Bonamy, et Lady Eslanda ajouta un mot pour suggérer au roi Porfirio d'arrêter d'offrir ses filles en mariage en échange de nourriture, et de les laisser épouser qui elles voudraient.

Ickaby était une ville singulière, cependant, car contrairement à Chouxville, à Kurdsburg, à Baronstown et à Jéroboam, elle était célèbre non pas pour un seul produit, mais pour trois.

Premièrement, les champignons, chacun d'entre eux beau comme une perle.

Deuxièmement, les éblouissants saumons et truites argentés que les pêcheurs attrapaient dans la Fluma – et vous serez peut-être heureux de savoir qu'une statue de la vieille dame qui avait étudié les poissons du fleuve s'élevait fièrement sur l'une des places d'Ickaby.

Troisièmement, la ville produisait de la laine.

Il fut décidé, voyez-vous, par le Premier ministre Bonamy, que les rares Marécageux qui avaient survécu à la longue période de famine méritaient de meilleures prairies pour leurs moutons que celles que l'on trouvait dans le Nord. Eh bien, lorsqu'on leur donna quelques champs verdoyants sur les rives de la Fluma, ils montrèrent de quoi ils étaient vraiment capables. La laine de Cornucopia était la plus douce, la plus soyeuse au monde, et les chandails et les chaussettes et les écharpes qu'on tricotait avec étaient plus beaux et plus douillets que nulle part ailleurs. La bergerie de Hetty Hopkins et de sa famille produisait une excellente laine, mais je dois dire que les confections les plus raffinées étaient en laine filée par Roderick et Martha Blatt, dont la ferme prospère se situait dans les faubourgs d'Ickaby. Oui, Roderick et Martha se marièrent, et j'ai la joie de vous informer qu'ils vécurent très heureux, eurent cinq enfants, et que Roderick attrapa un léger accent des Marécages.

Deux autres personnes se marièrent également. Je me réjouis de vous annoncer que, lorsqu'ils sortirent des cachots, et bien qu'ils ne fussent plus obligés de vivre côte à côte, Mrs Beamish et Mr Doisel, les vieux amis, s'aperçurent qu'ils ne pouvaient plus se passer l'un de l'autre. Alors, avec Bert comme témoin et Daisy comme demoiselle d'honneur, le menuisier et la chef pâtissière convolèrent en justes noces, et Bert et Daisy, qui s'étaient depuis si longtemps considérés comme frère et sœur, le devinrent pour de vrai. Mrs Beamish ouvrit sa propre pâtisserie, superbe, au cœur de Chouxville, où en plus des Nacelles-de-Fées, des Songes-de-Donzelles, des Délices-des-Ducs, des Chichis-Chics et des Espoirs-du-Paradis, elle créa l'Ickasouffle, le gâteau le plus léger, le plus mousseux que vous puissiez imaginer, saupoudré d'un délicat voile de copeaux de chocolat à la menthe, qui lui donnait l'air d'être tapissé d'herbes des marais.

Bert suivit les traces de son père et rejoignit l'armée cornucopienne. Étant donné sa droiture et son courage, il ne serait pas étonnant qu'il finisse à sa tête.

Daisy devint la plus grande spécialiste au monde des Ickabogs. Elle écrivit nombre de livres sur leur comportement fascinant, et ce fut grâce à elle que le peuple de Cornucopia accorda sa protection et son affection aux Ickabogs. Pendant son temps libre, elle gérait une florissante affaire de menuiserie avec son père, et l'un de leurs produits phares était une figurine d'Ickabog. Le deuxième Ickabou vivait dans ce qui avait été le parc aux cerfs du roi, près de l'atelier de Daisy, et les deux restèrent très bons amis.

Au centre de la capitale, on construisit un musée qui attirait chaque année de nombreux visiteurs. Ce musée avait été conçu par le Premier ministre et ses conseillers, avec l'aide de Daisy, Bert, Martha et Roderick, car personne ne souhaitait que le peuple de Cornucopia oubliât l'époque où le pays avait cru à tous les mensonges de Crachinay. Les visiteurs pouvaient voir la médaille en argent du commandant Beamish, avec la balle de Flapoon toujours logée dedans, et la statue de Nobby Bouton, désormais remplacée sur la plus grande place de Chouxville par une statue du courageux Ickabog qui était parti des Marécages des perce-neige plein les bras, sauvant ainsi à la fois son espèce et le pays tout entier. Le modèle d'Ickabog que Crachinay avait fait réaliser à partir d'un squelette de taureau et de quelques clous était également exposé, ainsi que l'immense portrait du roi Fred combattant un Ickabog dragonesque qui n'avait jamais existé que dans l'imagination de l'artiste.

Mais il me reste encore une créature à évoquer : l'aîné des Ickabous, le monstre féroce qui avait tué Lord Flapoon, et qui, la dernière fois que nous l'avons vu, se faisait emmener de force par de nombreux bonshommes vigoureux.

Eh bien, en réalité, cette créature-là posait quelque peu problème. Daisy avait expliqué à tout le monde qu'il ne fallait ni attaquer ni maltraiter le féroce Ickabou, car il n'en haïrait les humains que davantage. Cela signifierait que, le jour de sa néance, il mettrait au monde des Ickabous plus féroces encore que lui-même, et la Cornucopia se retrouverait confrontée au problème dont Crachinay avait prétendu qu'elle était victime. Tout d'abord, il fallut mettre cet Ickabou-là dans une cage renforcée pour l'empêcher de tuer des gens, et il était difficile de trouver des volontaires pour lui apporter des champignons, vu le danger qu'il représentait. Les seules personnes que cet Ickabou appréciât vaguement étaient Bert et Roderick, parce qu'au moment de sa néance, ils étaient en train de protéger son Ickababa. Le souci, bien entendu, c'était que Bert était parti à l'armée et que Roderick gérait une bergerie, et ni l'un ni l'autre n'avait le temps de passer ses journées à calmer un féroce Ickabou.

Une solution à cette difficulté émergea enfin, par un biais tout à fait inattendu.

Fred avait passé tout ce temps-là à pleurer à chaudes larmes dans son cachot. Certes, il avait été égoïste, vaniteux et lâche, mais il n'avait jamais voulu faire de mal à quiconque – sauf que, bien entendu, il avait fait du mal, et même beaucoup. Durant toute une année, après avoir perdu le trône, Fred fut plongé dans le plus sombre désespoir, en partie sans doute parce qu'il vivait dans un cachot plutôt que dans un palais, mais également parce qu'il ressentait une profonde honte.

Il se rendait compte à quel point il avait été un mauvais roi, et combien il avait mal agi, et il désirait plus que tout devenir quelqu'un de bien. Alors, un jour, à la stupéfaction de Crachinay, qui broyait du noir dans la cellule d'en face, Fred dit au gardien de prison qu'il se portait volontaire pour s'occuper du féroce Ickabog.

Et c'est ce qu'il fit. Blême comme la mort et les genoux tremblants au matin du premier jour, et bien des matins ensuite, l'ancien roi pénétra néanmoins dans la cage du féroce Ickabog et lui parla de la Cornucopia, et des terribles erreurs qu'il avait faites, et lui dit qu'il était possible d'apprendre à devenir meilleur, plus gentil, si on le voulait vraiment. Bien que Fred dût retourner dans sa cellule chaque soir, il demanda à ce qu'on installât l'Ickabog dans un joli champ plutôt que dans une cage et, à la surprise générale, cela fonctionna ; la créature remercia même Fred, d'un ton bourru, le lendemain matin.

Petit à petit, pendant les mois et les années qui suivirent, Fred s'enhardit et l'Ickabog s'adoucit, et enfin, alors que Fred était assez âgé, la néance de l'Ickabog advint, et les Ickabous qui sortirent de son ventre étaient gentils et doux. Fred, qui avait pleuré leur Ickababa comme son propre frère, mourut très peu de temps après. Même si l'on ne fit ériger aucune statue du dernier roi dans quelque ville cornucopienne que ce soit, les gens, occasionnellement, déposaient des fleurs sur sa tombe, et il aurait été heureux de le savoir.

LE RENOUVEAU DE LA CORNUCOPIA

Les humains sont-ils réellement néantés des Ickabogs ? Je ne suis pas en mesure de vous le dire. Peut-être traversons-nous une sorte de néance chaque fois que nous changeons, pour le meilleur ou pour le pire. Tout ce que je sais, c'est que la bonté peut rendre les pays, comme les Ickabogs, plus doux ; voilà pourquoi la Cornucopia fut heureuse à tout jamais.

Table

Un mot de J. K. Rowling — *9*

1. Le roi Fred Sans Effroi — *13*
2. L'Ickabog — *19*
3. Mort d'une couturière — *23*
4. La maison silencieuse — *30*
5. Daisy Doisel — *34*
6. La bagarre dans la cour — *37*
7. Les racontars de Lord Crachinay — *41*
8. Le jour des Requêtes — *46*
9. L'histoire du berger — *52*
10. La quête du roi Fred — *57*
11. Voyage vers le nord — *62*
12. Le roi perd son épée — *69*
13. L'accident — *75*
14. Le plan de Lord Crachinay — *81*
15. Le retour du roi — *87*
16. Bert fait ses adieux — *91*
17. Bonamy prend position — *97*
18. La chute d'un conseiller — *102*

19. Lady Eslanda	*106*
20. Une médaille pour Beamish et Bouton	*111*
21. Le professeur Bellarnack	*117*
22. La maison sans drapeau	*125*
23. Le procès	*131*
24. L'émigrette	*137*
25. Le problème de Lord Crachinay	*142*
26. Une tâche pour Mr Doisel	*148*
27. Enlevée	*152*
28. La mère Grommell	*158*
29. Mrs Beamish s'inquiète	*166*
30. La patte	*171*
31. Un boucher disparaît	*173*
32. Une faille dans le plan	*176*
33. Le roi Fred s'inquiète	*178*
34. Trois pattes de plus	*183*
35. Lord Crachinay fait sa demande	*187*
36. La Cornucopia a faim	*191*
37. Daisy et la lune	*195*
38. Une visite de Lord Crachinay	*198*
39. Bert et la Brigade de défense contre l'Ickabog	*205*
40. Bert trouve un indice	*214*
41. Le plan de Mrs Beamish	*218*
42. Derrière le rideau	*222*
43. Bert et la garde	*226*
44. Mrs Beamish contre-attaque	*231*
45. Bert à Jéroboam	*236*
46. L'histoire de Roderick Blatt	*239*
47. Au fond des cachots	*244*
48. Bert et Daisy se retrouvent	*248*
49. Une évasion chez la mère Grommell	*254*
50. Un périple hivernal	*260*
51. Dans la grotte	*264*
52. Des champignons	*268*

53. Le monstre mystérieux	*272*
54. La chanson de l'Ickabog	*275*
55. Crachinay offense le roi	*282*
56. Complot dans les cachots	*288*
57. Le plan de Daisy	*292*
58. Hetty Hopkins	*299*
59. Retour à Jéroboam	*304*
60. Rébellion	*308*
61. Flapoon fait feu à nouveau	*315*
62. La néance	*321*
63. Le dernier plan de Lord Crachinay	*326*
64. Le renouveau de la Cornucopia	*333*

De J.K. Rowling
chez Gallimard Jeunesse

HARRY POTTER
1. *Harry Potter à l'école des sorciers*
2. *Harry Potter et la Chambre des Secrets*
3. *Harry Potter et le prisonnier d'Azkaban*
4. *Harry Potter et la Coupe de Feu*
5. *Harry Potter et l'Ordre du Phénix*
6. *Harry Potter et le Prince de Sang-Mêlé*
7. *Harry Potter et les Reliques de la Mort*

Harry Potter et l'enfant maudit
(le texte intégral de la pièce de théâtre)

LA BIBLIOTHÈQUE DE POUDLARD
Le Quidditch à travers les âges
Les Animaux fantastiques : vie et habitat
Les Contes de Beedle le Barde

LES ANIMAUX FANTASTIQUES :
LES TEXTES DES FILMS
1. *Les Animaux fantastiques*
2. *Les Crimes de Grindelwald*

L'ICKABOG
CONCOURS D'ILLUSTRATION

Lors de la publication en ligne
de *L'Ickabog* en juin et juillet 2020,
J. K. Rowling a invité les enfants
du monde entier à participer
à l'aventure en illustrant pour elle son récit.

Dans chaque pays, un grand concours
d'illustration a été organisé
pour les artistes de sept à douze ans.

Découvrez ici les dessins des jeunes lauréats francophones !

CHAPITRE 1

Il était une fois un tout petit pays,
qui avait pour nom la Cornucopia.

JEANNE MÉNIVAL – 12 ANS, FRANCE

CHAPITRE 3

Et cependant, malgré les conseils des deux lords,
le roi Fred n'avait toujours pas tout à fait l'esprit tranquille.

MILAN STRUKELJ – 9 ANS, FRANCE

CHAPITRE 6

Il y avait une cour derrière le palais, où des paons se promenaient...

ROSE FERY POTIER - 7 ANS, FRANCE

CHAPITRE 9

« Énorme, qu'il est, avec des yeux comme des lampions et une bouche grosse comme ce trône-là, et des dents méchantes qui me brillent dessus. »

ELSA MARTENS - 9 ANS, BELGIQUE

CHAPITRE 11

C'était l'endroit le plus étrangement lugubre qu'aucun d'entre eux eût jamais visité ; sauvage et vide et désolé.

SARA LECERF – 10 ANS, FRANCE

CHAPITRE 12

« Vous, Blatt, vous restez avec moi, au cas où le monstre reviendrait par ici !
Vous avez toujours votre fusil, hein ? Parfait. »

HUBERT JASMIN – 8 ANS, CANADA

CHAPITRE 14

Il faisait trop sombre pour que le roi discerne le large sourire du lord.
Loin de chercher à rassurer le roi, Crachinay espérait plutôt attiser ses peurs.

ANNA VIDAL - 11 ANS, FRANCE

CHAPITRE 16

Une fois arrivé dans la salle du trône déserte, Crachinay enfila une veste propre et ordonna à une servante de n'allumer qu'une lampe et de lui apporter un verre de vin.

PAULINE ALDEBERT – 10 ANS, FRANCE

CHAPITRE 18

Un éclair de métal, et la pointe de l'épée de Blatt
sortit du ventre du conseiller suprême.

CÉCILE TENNEVIN – 11 ANS, FRANCE

CHAPITRE 21

On voyait là, recouvrant presque toute la table,
l'image en couleurs d'un monstre semblable à un dragon.

ARISTIDE VINEY – 10 ANS, FRANCE

CHAPITRE 22

Le dos de leur uniforme noir était orné de
deux grands yeux blancs au regard fixe, comme des lampes.

ÉLÉONORE SCHEUREN - 10 ANS, BELGIQUE

CHAPITRE 24

« Il fallait au moins un terrible monstre pour tuer mon mari. »

MÉLOÉE MALLEVAES DELAMARE – 12 ANS, FRANCE

CHAPITRE 27

Plus elle entassait d'enfants dans sa masure décrépite,
plus elle pouvait se payer de vin, et c'était la seule chose qui lui tenait
vraiment à cœur. Alors, elle tendit la main et croassa :
- Cinq ducats de frais de placement.

SIHAM AOUSSAT - 12 ANS, FRANCE

CHAPITRE 29

À Chouxville, Crachinay prit soin de faire courir le bruit que la famille Doisel avait fait ses malles en plein milieu de la nuit pour déménager en Pluritania.

CHARLIE TINCELIN-PERRIER – 11 ANS, FRANCE

CHAPITRE 32

Imaginez leur épouvante quand ils découvrirent
les immenses empreintes, le sang, les plumes.

CAMILLE COUDERC – 11 ANS, FRANCE

CHAPITRE 34

L'apparence du menuisier avait beaucoup changé
depuis la dernière fois que Crachinay l'avait vu.

MANUELA MOCA-GASPARIN – 11 ANS, FRANCE

CHAPITRE 35

Quelques jours plus tard, alors que Lady Eslanda se promenait seule dans la roseraie du palais, les deux soldats cachés dans un bosquet saisirent leur chance.

TALIYAH CAMERON – 12 ANS, FRANCE

CHAPITRE 37

Elle avait cousu des rallonges aux bretelles et aux jambes pour qu'elle lui aille,
et la raccommodait avec soin quand elle se déchirait.

CORALIE BAYLION FALLETTI - 10 ANS, FRANCE

CHAPITRE 40

À la lumière de sa bougie, il vit une toute petite patte d'Ickabog, parfaitement sculptée, le tout dernier fragment du jouet que Mr Doisel lui avait autrefois fabriqué.

FLAVIE LÉGARÉ - 11 ANS, CANADA

CHAPITRE 42

Mrs Beamish sursauta et plongea derrière un long rideau de velours, qu'elle tenta d'empêcher d'onduler.

MARGAUX GUILLOU – 12 ANS, FRANCE

CHAPITRE 44

« Nous sommes tous friands de vos créations, Mrs Beamish. Vous avez la permission de pâtisser pour le roi jusqu'à ce que votre fils soit capturé. »

JULIETTE LAKEMAN - 11 ANS, FRANCE

CHAPITRE 45

Il repéra l'un des avis de recherche à son nom,
qui frétillait sur un lampadaire tout proche.

CONSTANCE DE PEYER – 9 ANS, FRANCE

CHAPITRE 48

Ils s'étreignaient et pleuraient, comme transformés à nouveau
en ces petits enfants qu'ils avaient été, jadis.

COLETTE BOISSIER - 7 ANS, FRANCE

CHAPITRE 50

Avec la plus grande facilité, comme si c'était des bébés,
l'Ickabog les souleva et les emporta à travers le marais.

JUSTINE THOREAU – 9 ANS, FRANCE

CHAPITRE 51

Il avait plus ou moins forme humaine, avec un ventre absolument gigantesque, de grandes pattes hirsutes, chacune ornée d'une seule griffe pointue.

HUGO TRIAS - 10 ANS, FRANCE

CHAPITRE 52

Dans l'un de ses paniers s'entassaient quantité de champignons
et du petit bois pour le feu.

VALENTINE BRIDENNE - 9 ANS, FRANCE

CHAPITRE 53

Alors elle s'avança bravement vers l'entrée, et s'assit auprès de l'Ickabog.

LOUIS GRUEL - 10 ANS, FRANCE

CHAPITRE 55

Il lui était tout à fait délicieux de regarder les flocons de neige dégringoler derrière les vitres, tandis qu'un feu flamboyait dans la cheminée et que sur la table s'empilaient bien haut, comme d'habitude, des mets onéreux.

ELSA CLOUET – 10 ANS, FRANCE

CHAPITRE 57

Souvent, durant la cueillette de champignons, le monstre et Daisy s'éloignaient un peu, devant les autres, et se parlaient en privé.

FLORE DE PEYER - 7 ANS, FRANCE

CHAPITRE 59

Alors, les Jéroboamiens, qui avaient tant souffert sous la férule de Crachinay, se ruèrent chez eux afin d'aller prendre des torches, des fourches, des fusils, non pas pour faire du mal à l'Ickabog, mais pour le protéger.

JULIETTE LÉGLISE - 12 ANS, FRANCE

CHAPITRE 60

« Imaginez ça, le monstre qui pointe son nez en plein jour, Crachinay ! gémit-il. Je croyais qu'il ne sortait que la nuit ! »

CLÉMENTINE DUMERGUE – 7 ANS, FRANCE

CHAPITRE 61

Et tandis que les gens dans la foule commençaient à crier et à s'enfuir,
Lord Flapoon visa le ventre du monstre, et fit feu.

TRISTAN BARBIER - 10 ANS, FRANCE

CHAPITRE 63

L'eau des fontaines dansait toujours, les paons continuaient à se pavaner,
et la seule altération sur la façade du palais était un carreau cassé, au deuxième étage.

CLARISSE EGIOLE - 11 ANS, FRANCE

CHAPITRE 64

Ickaby était une ville singulière, cependant, car contrairement à Chouxville,
à Kurdsburg, à Baronstown et à Jéroboam, elle était célèbre
non pas pour un seul produit, mais pour trois.

MAËLLE DUJARDIN - 11 ANS, FRANCE

Le papier de cet ouvrage est composé de fibres naturelles, renouvelables, recyclables et fabriquées à partir de bois provenant de forêts gérées durablement.

Mise en pages : Maryline Gatepaille

Loi n° 49-956 du 16 juillet 1949
sur les publications destinées à la jeunesse
ISBN : 978-2-07-515055-2
Numéro d'édition : 372246
Dépôt légal : octobre 2020

Imprimé en France
par Normandie Roto Impression s.a.s., 61250 Lonrai